民国

武侠小说

典藏文库

平江不肖生卷

民国
武侠小说
典藏文库
平江不肖生卷

半夜飞头记

平江不肖生
著

中国文史出版社

平江不肖生论（代序）[1]

张赣生

在民国通俗小说史上，若论起划时代的人物，便不能不提及平江不肖生，他不仅是推动中国通俗社会小说由晚清过渡到民国的一位重要作家，更是拉开中国武侠小说大繁荣序幕的开路先锋。

平江不肖生（1890—1957），原名向恺然，湖南平江人。他出生于一个富裕家庭，其祖父以经营伞店发家，其父向碧泉是个秀才，在乡里间颇有文名。向恺然五岁随父攻读，十一岁习八股，恰逢清政府废八股，改以策论取士，遂改习策论，十四岁时清政府又废科举，改办学校，于是向氏考入长沙的高等实业学堂。其时正值同盟会在日本东京成立并创办《民报》鼓吹革命，日本文部省在清政府的要求下，于 1905 年 11 月颁布“取缔清韩留日学生规则”，镇压中国留日学生的革命活动，引起留日学生界的强烈反对，同盟会发起人之一陈天华于 12 月 8 日在日本愤而投海自杀，以死激励士气。转年，陈天华灵柩运回湖南，长沙各界公葬陈天华，掀起了政治风潮，刚刚入学一年的向恺然就因积极参与这次风潮而被开除学籍，随后他自费赴日留学。

---

① 本文节选自张赣生著《民国通俗小说论稿》。

民国二年（1913），袁世凯派人刺杀了宋教仁，群情激愤。向恺然回国参加了“倒袁运动”，任湖南讨袁第一军军法官，讨袁失败后，他再赴日本，结交武术名家，精研武术，这使他成为民国武侠小说作家中真正精通武术的人；同时，他因愤慨一般亡命于日本的中国人之道德堕落，执笔写作《留东外史》。民国四年（1915），向恺然重又归国，参加了中华革命党江西支部，继续从事反袁活动。袁世凯去世后，他移居上海以撰写小说谋生，直至 1927 年返回湖南，他的主要通俗小说作品均在这十年间先后问世。1930 年至 1932 年，向恺然曾再度在上海从事撰著，但这一时期所作均为讲述拳术的短篇文章。1932 年“一·二八”日寇进犯上海，向恺然应何键之请返回湖南创办国术训练所。1937 年，抗日战争全面展开，他随二十一集团军转战安徽大别山区，任总办公厅主任，兼安徽学院文学系教授。1947 年返湖南，1957 年反右斗争后患脑溢血去世。

关于“平江不肖生”这一笔名的来历，向恺然在 1951 年写的简短“自传”中说：“民国三年因愤慨一般亡命客的革命道德堕落，一般公费留学生不努力、不自爱，就开始著《留东外史》，专对以上两种人发动攻击。……因为被我唾骂的人太多，用笔名‘平江不肖生’，不敢写出我的真名实姓。”此后他发表武侠小说时也一直沿用这一笔名。

至于“平江不肖生”的含义，向氏哲嗣在回忆文章中说：“当时有人问为何用这‘不肖生’？父亲说：‘天下皆谓道大，夫惟其大，故似不肖。’此语出自老子《道德经》。原来其‘不肖’为此，并非自谦之词。”其实这是向氏本人后来提出的一种解释，不一定真是采用这笔名的初意。《老子·六十七章》曰：“天下皆谓我道大似不肖。夫惟大，故似不肖；若肖，久矣其细也夫。”这里的“不肖”是“不像”“不类”的意思。道是抽象的，道涵盖万物之理，而不像某一具体物，从不像、不类、不具体，引申为“玄虚”“荒诞”。这用以反驳某些人后来对《江湖奇侠传》的批评，颇能说明作者的立场；但在创作《留东外史》时采用这一笔名的初意却非如此，《留东外史》第一回《述源流不肖生饶舌，勾荡妇无赖子销魂》中说：“不肖生自明治四十年，即来此地，……既非亡命，又不经商，用着祖先遗物，说不读书，也曾进学堂，也曾毕过业；说是实心求学，一月倒有二十五日在花天酒地中。近年来，祖遗将罄，游兴亦阑。”这段话把“不肖”二字的含义说得很清楚，应无疑义。

向恺然从写社会小说改为写武侠小说，是应出版商之请。包天笑在《钏影楼回忆录》中说：“《留东外史》……出版后，销数大佳，于是海上同文，知有平江不肖生其人。……我要他在《星期》上写文字，他就答应写了一个《留东外史补》，还有一个《猎人偶记》。这个《猎人偶记》很特别，因力他居住湘西，深山多虎，常与猎者相接近，这不是洋场才子的小说家所能道其万一的。后来为世界书局的老板沈子方所知道了，他问我道：‘你从何处掘出了这个宝藏者？’于是他极力去挖取向恺然给世界书局写小说，稿资特别丰厚。但是他不要像《留东外史》那种材料，而要他写剑仙侠士之类的一流传奇小说，这不能不说是一种生意眼。那个时候，上海的所谓言情小说、恋爱小说，人家已经看得腻了，势必要换换口味，……以向君的多才多艺，于是《江湖奇侠传》一集、二集……层出不穷，开上海武侠小说的先河。”这段话有助于我们了解向恺然的武侠小说。

向恺然是由晚清的通俗小说模式向新风格过渡的作家之一。因此，在他的小说中就必然存在着新与旧的两方面因素。从他最初的成名作《留东外史》来看，晚清小说模式的痕迹十分明显。

鲁迅在《中国小说史略》中谈到《官场现形记》《二十年目睹之怪现状》等晚清“谴责小说”时，曾指出：“揭发伏藏，显其弊恶，而于时政，严加纠弹，或更扩充，并及风俗。虽命意在于匡世，似与讽刺小说同伦，而辞气浮露，笔无藏锋，甚且过甚其辞，以合时人嗜好”，是此类小说的共同特征。《留东外史》不仅在内容取材和创作思想上明显地带有晚清“嫖界小说”和谴责小说的痕迹，而且在故事的组织形式上也体现着晚清小说结构松散的时风，缺乏严谨的通盘考虑。我这样说，并非要否定《留东外史》的艺术成就，而是要表明客观存在的事实，《留东外史》是具有过渡性质的民初作品，它不可能完全摆脱晚清小说模式的影响。这是很自然的，《官场现形记》发表于1902—1907年，《二十年目睹之怪现状》发表于1902—1910年，《海上花列传》发表于1892—1894年，《海上繁华梦》发表于1903—1906年，《九尾龟》刊行于1906—1910年；当向恺然在民国三年（1914）撰著《留东外史》时，正值上述诸书风行之际，相距最近者不过三四年，《留东外史》与之实属于同时代产物，假若两者之间毫无共同之处，那反倒是怪事。

从另一个方面来看，《留东外史》之所以能称为过渡性质的作品，还在于它确实提供了新的东西，甚至在某种程度上有令人耳目一新之感。首先是他如实地描绘了异国风情，中国通俗小说中的外国，向来是《山海经》式的，《西游记》《三宝太监西洋记》《镜花缘》等不必说了；林琴南的小说原是翻译，但他笔下的外国也被写得面目全非；再看看晚清的其他作品，如《孽海花》中对欧洲的描写，大都未免流于妄诞。不肖生在《留东外史》中却能把日本的风土民俗写得生动、鲜明，这正是此书出版后大受读者欢迎的重要原因。但是，这还仅是浅层的新奇；更深一层来看，不论作者是否自觉地意识到要运用西方的创作方法，实际上他已经表现出这种倾向，如上所说之照实描绘异国风情，就是西方文学的“写实主义”方法，特别是在《留东外史》的某些段落中还显示了进行“心理分析”的倾向，这些都是从旧模式向新风格过渡的重要迹象。

总之，就《留东外史》总体而论，旧模式的深刻痕迹还是主要的，但不能因此而忽略它所显示的新倾向之重要意义。两方面的因素杂糅在一起，是过渡时期的必然现象。处于洪宪复古浪潮中的向恺然，能做到这一步已经难能可贵，不应对他提出不切实际的过高要求。看一看《玉梨魂》《孽冤镜》等在复古浪潮中极享盛名的扭捏之作，或许更有助于认识《留东外史》的可贵之处。

《留东外史》使向恺然崭露头角，但他之得享盛名却是因为写了武侠小说《江湖奇侠传》。

《江湖奇侠传》当年所引起的轰动，今天的读者或许难以想象得到。这部作品首刊于《红》杂志第二十二期，《红》杂志为世界书局所办周刊，1922 年 8 月创刊，至年底发行二十一期，转年始连载《江湖奇侠传》。1924 年 7 月，《红》杂志出满一百期，改名为《红玫瑰》，仍为周刊，继续连载，至 1927 年向氏返湘，遂由《红玫瑰》编者赵苕狂续写，现今通行的《江湖奇侠传》一百六十回本，自一百零七回起为赵氏所续。

《江湖奇侠传》掀起的热潮一直持续了十年。据郑逸梅《武侠小说的通病》一文说："那个付诸劫灰的东方图书馆中，备有不肖生的《江湖奇侠传》，阅的人多，不久便书页破烂，字迹模糊，不能再阅了，由馆中再备一部，但是不久又破烂模糊了。所以直到'一·二八'之役，这部书已购到十有四次，武侠小说的吸引力，多么可惊咧。"在《江湖奇侠传》小说一版再版的同时，由它改编成的连台本戏也久演不衰，更加轰动的是明星影片公司改编拍摄的《火烧红莲寺》，由当时最著名的影星胡蝶主演。沈雁冰在《封建的小市民文艺》（作于 1933 年）一文中说："1930 年，中国的'武侠小说'盛极一时。自《江湖奇侠传》以下，模仿因袭的武侠小说，少说也有百来种吧。同时国产影片方面，也是‘武侠片’的全盛时代；《火烧红莲寺》出足了风头……《火烧红莲寺》对于小市民层的魔力之大，只要你一到那开映这影片的影戏院内就可以看到。叫好、拍掌，在那些影戏院里是不禁的，从头到尾，你是在狂热的包围中，而每逢影片中剑侠放飞剑互相斗争的时候，看客们的狂呼就同作战一般，他们对红姑的飞降而喝采，并不尽因为那红姑是女明星胡蝶所扮演，而是因为那红姑是一个女剑侠，是《火烧红莲寺》的中心人物；他们对于影片的批评从来不会是某某明星扮演某某角色的表情哪样好哪样坏，他们是批评昆仑派如何、崆峒派如何的！在他们，影戏不复是‘戏’，而是真实！如果说国产影片而有对于广大的群众感情起作用的，那就得首推《火烧红莲寺》了。从银幕上的《火烧红莲寺》又成为‘连环图画小说’的《火烧红莲寺》，实在是简陋得多了，可是那疯魔人心的效力依然不灭。”这是一位极力反对《江湖奇侠传》者写下的实录，我认为他所描绘的这幅轰动景象是可信的。

如此轰动一时的《江湖奇侠传》，它的魅力在哪里？要说简单也简单，不过是把奇闻异事讲得生动有趣而已。

向氏初撰《江湖奇侠传》时，并无完整构思，只是随手摭拾湖南民间传说，加以铺张夸饰，以动观听，用类似《儒林外史》的那种集短为长的结构，信笔写来，可行可止。作者在此书第八回中说：“说出来，在现在一般人的眼中看了，说不定要骂在下所说的，全是面壁虚造，鬼话连篇。以为于今的湖南，并不曾搬到外国去，何尝听人说过这些奇奇怪怪的事迹，又何尝见过这些奇奇怪怪的人物，不都是些凭空捏造的鬼话吗？其实不然。于今的湖南，实在不是四五十年前的湖南。只要是年在六十以上的湖南人，听了在下这些话，大概都得含笑点头，不骂在下捣鬼。至于平、浏人争赵家坪的事，直到民国纪元前三四年，才革除了这种争水陆码头的恶习惯。洞庭湖的大侠大盗，素以南荆桥、北荆桥、鱼矶、罗山几处为渊薮。逊清光绪年间，还猖獗得了不得。”就说出了此书前一部分的性质。

总之，《江湖奇侠传》有其不容忽视的长处，确实把奇闻逸事讲得生动有趣；但也有其不容忽视的短处，近乎于“大杂烩”，它之得享盛名，除了它自身确有长处之外，还与当时的环境条件有关，在晚清至民初的十多年间，中国通俗小说几经变化，公案小说和谴责小说的浪潮逐渐消退，“淫啼浪哭”的哀情小说维持不久已令人厌烦，此时向氏将新奇有趣的风土民俗引入武侠说部，道洋场才子之万不能道，自然使人耳目一新，其引起轰动也就是情理中应有之事了。

向恺然还写过一部比较现实的武术技击小说，即以大刀王五和霍元甲为素材的《侠义英雄传》，这部作品的发表与《江湖奇侠传》同时，于1923年至1924年间在世界书局出版的《侦探世界》杂志连载，全书八十回，后出单行本。或许是由于向氏想使此书的风格与《江湖奇侠传》有鲜明的区别，也或许是向氏集中精力撰写《江湖奇侠传》而难以兼顾，这部《侠义英雄传》写得不够神采飞扬，远不如《江湖奇侠传》驰名。此外，向氏还著有《玉玦金环录》《江湖大侠传》《江湖小侠传》《江湖异人传》等十余部武侠小说，成为二十年代最引人注目的武侠小说名家。

通观向氏的武侠小说创作，无论是《江湖奇侠传》或《侠义英雄传》，都还未能形成完善形态的神怪武侠小说或技击武侠小说风格。当然，对于这一点，我们不能苛求，向氏是一位过渡阶段的作家，他在民国通俗小说史上属于开基立业的先行者，他的功绩主要是开一代风气，施影响于后人。正是他的《江湖奇侠传》引起的巨大轰动，吸引了更多读者对武侠小说的关注，也推动报刊经营者和出版商竞相搜求武侠小说。后起的还珠楼主、白羽、郑证因、王度庐、朱贞木等都是在这种风气下，受报刊之约才从事武侠小说创作的，就这个意义上说，若没有向恺然开风气之先，或许也就不会有北派四大家的武侠名作。另一方面，向氏也的确给予后起的还珠、白羽、郑证因很大影响，只要看看还珠、白羽、郑证因早期的作品，就能发现其受向氏影响的痕迹。所以，向氏在民国通俗小说史上是一位重要的人物，他的功绩不容贬低，不能只从作品本身来衡量他应占的地位。

目　　录

第一回

石田翁惊梦得麟儿
王公子祝嘏逢贞女

在下提笔写这部书，胸中先有无穷的感慨。因为书中的事迹，盘踞在下脑筋中，已有五六年的光景。这五六年中无时无刻不想将书中事迹，仔细描写出来，以供读者茶前酒后的谈助。亦可见人世间相惊怪的侠客剑仙，并不完全是子虚乌有的事。奈何五六年来，只是人闲心不闲，简直没有握笔写这事的机会。在脑筋里面，盘踞五六年的影子，差不多要愈远愈淡，渐就湮灭了。

今日恰有位朋友来访，闲谈中，朋友偶然说起，四年前曾在什么小说中，读过一篇《无来禅师》的传，情节很觉奇离；可惜记事太简单些，著者姓氏也忘了，不知是谁作的。不肖生听了笑道："足下觉得太简单，我也是这般想，不过足下不知道事情的真相，故只觉得简单。在我还更觉得传中，脱漏的事迹不少呢。"那朋友惊问道："你也见过那篇传，并知道事情的真相吗?"不肖生答道："岂但见过，岂但知道，那传中所谓慧海禅师的，我并亲自会过，事情还是他亲口对我，详详细细说的呢。那传中所述，只是事情的大概，还不曾写得十分之一。"朋友问道："你既知道这般详细，何不编出一部书来，与人消遣之外，或者还能感化一些人，少讨几个败坏家庭的姨太太哩!"不肖生道："我这心思，起在足下未读传之前，只是几年下来，又几乎把这事忘了。此若不是足下提起，我也想不到上面去。难得我此刻，竟是人闲心也闲，足下又来提醒了我，何不就趁此机会，拼着几日工夫，将这事写出来，以了几年的心愿哩！”朋友喜道：“好极了，你就写吧，我不扰你了，迟几日我来拜读便了。”朋友走后，我便拿出纸笔来写道：

话说江苏无锡县，有一个大绅士，姓王名叫石田。这王石田也曾中过一榜，能书善画，在无锡城中，是一个很有名望的绅士。家财虽不是巨富，祖遗的产业，却有不少。王石田为人，胸怀淡泊，不乐仕进，若论他的人品才情，本是玉堂金马的人物；只因不乐仕进，中了一榜之后，便奉母家居，教育膝下一个儿子。这儿子名叫无怀，生得粉妆玉琢，天资颖悟绝伦。相传这无怀初生的时候，王石田梦见一个大和尚，身披袈裟，手持法器，从大门进来，向王石田合掌行了一礼，连说了两句：“托庇，托庇！”即径向内室走去。

王石田治家素来内外之防极严，真是五尺童子，非呼唤不敢辄入中庭。今见那和尚径走入内室，不由得生气，赶上前去阻挡。可是作怪，那和尚走得甚快，等王石田赶到，和尚已进了王夫人的卧室。王石田大怒，喝一声：“秃驴哪里走？”一声不曾喝出，已惊醒转来，即听得床后脚步响。

原来是丫鬟来报喜的，说王夫人发作不到几秒钟，已生下一个小少爷来了。王石田听得，心想古人笔记中，常有此等无稽之谈，但非我辈读圣贤的人，所宜崇信。如果轮回之说，信而有征，则彼释家弟子，忽投入我儒家之门，也是我圣道兴隆之兆，我也只好从归斯受之之义。王石田心里虽是这般想，不过他生成是个迂腐性子，见无怀三四岁的时候，即聪悟得了不得，墙壁上挂的对联、屏条，只要指点一篇，便能成诵不忘。并最爱翻书弄笔，绝没有寻常小儿贪玩的性质。王石田也未尝不欢喜，只因有那一梦存在脑筋里，总怕无忧带有异端的根性，将来破坏他累世的书香。因是不敢教无怀从外面塾师读书，恐怕塾师不善引诱，把无怀教坏了。自己既中过一榜，便专在家中，教无怀读书，轻易不许无怀出外，与世人接见。即无怀随意翻阅的一本书，也得经王石田认可，才能读下去。凡稍有违反孔孟旨意的书，是绝对不许无怀寓目的。

是这么绳捆索绑的教育，将无怀教到十二岁，制艺试贴种种应试文字，都给王石田教得无所不精、无所不巧了。就在十二岁上考幼童，进了一个学。那时进了学的人，都要做酒庆贺，亲戚朋友，都送礼物来道喜。王石田因怕无怀年纪太轻，立脚未稳，一做喜酒，王氏在无锡是个世家，王石田平日交游又广，来贺的人，必然不少，势不能不教无怀出来酬应。一讲酬应，即不免分了向学之心。因此托故谢绝宾客，只当没有这回事一样，仍是日夜监督着无怀，做官场的准备。

直到十六岁中了举，王石田认为立脚已稳了，才将防范的方法，解放了许多，许无怀与几个指定的老成人来往了。谁知索性不开放，禁闭到底，倒也罢了，禁闭了十几年，一旦忽然开放，无怀又是个绝顶聪明的人，正如断了缰的劣马，奔腾起来，哪里还有一定的步骤？十二岁以前，无锡人都知道王家有个神童；十六岁以后，全省都知道无锡有个王无怀，是少年才子，名家闺秀。请冰人来说合的，固是络绎不绝，那无锡有名的娼妓，亦莫不以得见王才子为极荣幸。无怀庭训虽严，然少年心性，情窦初开，每每把持不住。只须一个人，将他引上了路，尝着了烟花中滋味，便不容易教他回头了。

王无怀这日，在无锡一个父执的绅士家贺寿，这绅士叫了无锡许多的名妓侑觞。名妓中有一个叫白玉兰的，年龄比无怀大二岁，颇有几分妖艳动人之处。久有爱慕无怀之意，只苦无缘见面，这日在席间遇着了，见了无怀的神采，更加欣羡得了不得，不住地用眉目传情。无怀却因席间还有一个叫陈珊珊的，年龄只得十五六岁，生得玲珑娇小，楚楚动人，又恰坐在无怀接近。无怀遂以全副精神，注定在珊珊身上，白玉兰的眼风，并未觉得。珊珊虽在稚年，却也知道无怀是不容易垂青的，今见这般殷勤相待，不由得那幼稚心坎中，也茁发一种恋爱的萌芽。

那时无锡妓女身上，都带有几张小小的红纸条儿，上面写了本人的姓名及住址班名，以当名刺。当时珊珊见无怀倾注于她，便暗暗地塞了一张条儿在无怀手里，并约无怀席散后到她家去玩玩。无怀口里虽不敢答应，心里却是很想去领略领略。席散后，回到家里，兀自心神不定，仿佛觉得珊珊用纤手在那里，招他去玩似的。勉强挨过了一夜，次日便推说去母舅家。

出了家门，即悄悄寻找陈珊珊的班子，好容易沿途探访，才寻找着了。见门口停着两乘轿子，系了两匹马，豪奴悍仆，簇拥大门左右，却又不敢跨足进去。在门外徘徊了好一会儿，毕竟没有冲进去的勇气，只好退回来，真个走到他母舅家。

他母舅姓梁，名锡诚，在无锡要算是第一等巨富。锡诚的父亲，经盐商起家，积有百十万财产。锡诚生小长厚，虽也曾读过几年书，苦天资不高，读不甚通。他父亲一死，便废学在家，经理家政。无怀的母亲，是锡诚的妹子，锡诚没有儿子，只一个女儿，已经出了阁。锡诚的太太又凶狠，不敢纳妾，夫妻两个，都十分痛爱无怀，屡次与无怀的母亲商量，想将无怀过房挑继。无奈王石田不肯，说锡诚是守财虏，不知教养，一行挑继，钱多了，丧了无怀上进之志。然锡诚夫妇见无怀实在是个好子弟，平日对锡诚夫妇，又十分恭顺，因此王石田虽固执不肯，然锡诚夫妇的心思，也坚执毫不变更。就是无怀，见舅母母舅这般钟爱自己，也当作娘生父母一般地看待。

无怀一生不曾在别人家歇宿过，就只在梁家，每月总得歇宿二三夜，王石田却不禁止。这日无怀回到梁家，锡诚见了笑道："我正有事，要去你家，你却来了。"无怀问道："你老人家有什么事？"梁太太在旁笑答道："你自己猜猜，看是什么事？"无怀摇头道："猜不着。"梁太太道："你舅父想喝你的谢媒酒，特地要去你家，替你说媒。"无怀听得，低头红了脸不作声。锡诚笑道："也是时候了，若依你老头子的，不等你点过状元，放了巡抚总督，是不主张给你定亲的，那如何使得呢？功名迟早，都有分定，你十六岁上，就中了举，还要怎样？人心也不要太不足了。不过你此刻定亲，不是一件容易的事罢了，第一要女家的声家清白，又要这女子德、言、工、貌四者，都是一等，才能够与你相匹配。这个心，我和你舅母，也不知存了有多久，随处留心，总没有合适的。

"这两年来，求我上你家来说合的，少说点儿，也有一百开外了。你看我曾上你家来，说过一次没有。你的亲事，我和你舅母比你父亲、母亲，还要认真几倍。你父亲时常骂我不通，我却时常说你父亲通是很通，不过有些书呆子样。这些事情，他不太肯当心，便是当心也不中用。我听你父亲谈过，只要这女子的声家，是书香世族，女子的父兄，是道德之士，女子德行好就得了。年龄就比你大两三岁，也没要紧，只要六宫俱全，容貌就丑一点，也没要紧，第一是要耐得劳苦，没染娇惯的习气。哈哈，他老人家这种书呆子的脾气，说出这种话来，真把我和你舅母，笑也笑够了，气也气够了。你家又不是作山种地的人家，又不是没有产业，要讨这耐得苦的媳妇干什么呢？只要六宫俱全这句话，更是又笑人又气人。你看我这里丫头、老妈子，这么多个数，有哪一个不是六宫俱全的，看有谁看得上眼？他老人家全不想自己是什么人家，儿子是什么人物，只管拿着那重德不重色的古调儿来说，你说是不是又好笑人，又好气人？"

无怀听了，心里是非常舒服，口里只是不好回答，仍是含笑低头地坐着。

锡诚又说道："小孩子有什么害臊的，我既肯上你家去说媒，这女子必是件件合适的，你尽管放心。说起这女家来，并不是外人，也是你老头子同年的朋友，就是鱼塘张凤笙先生的小姐。前回你中了举办喜酒，凤笙先生不是还亲来道喜，你老头子什么客都不陪，独陪他谈了一夜的吗？"无怀点了点头，笑说道："和老头子一样的脾气，所以那么说得来。"锡诚拍手道："对呀，但是有你老头子这般脾气，才有你般的好儿子；有凤笙先生那般脾气，便有那般好的女儿。我为凤笙先生托人向我来说，央我出头作合。我一听，门户资格，般般都对，只不知那小姐是何等人物？你舅母也不放心，前日特借着去鱼塘龙王庙上香，故意挨到黄昏向后，不能进城，到张家借宿一夜。凤笙先生的夫人，贤德极了，听说是上香晚了，不能进城，来借宿的。先打发贴身的丫鬟，出来看了一看，见是上等人，随即出来接着。你舅母不曾说出真姓名来，就是跟去的轿夫丫鬟，也都预先约齐了陪口。那位小姐，名叫静宜，也出来陪着你舅母，谈了一会儿话。你舅母说，她生长了五十多岁，不曾见过那般端庄齐整，贞静幽娴的小姐。你舅母又到那小姐房里坐了一会儿，哪里是什么小姐的绣房，简直是一间学士的书房。张夫人说她父亲因为儿子小，是姨太太生的，今年才得三岁，故将女儿作儿子教养。今年虽只十五岁，然作出诗文来，他父亲都说是韵逸天成，不似食人间烟火的吐属。

"你舅母恐怕那小姐书虽读得好，女红一点也不懂，也是美中不足。谁知更是惊人，引你舅母安歇的地方，便是那小姐的绣房，正上着绷子，用白素缎绣凤笙夫妇的两个像，还不曾绣成。你舅母揭开上面覆的纸一看，和快刀裁的一般，哪里看得出一颗针眼来？最巧的，就是那素缎上，并没画底子，只用柳炭，略略地围了一个画图的圈儿，以外都是一针一针地，依着旁边挂的一张画像，下手去绣。你舅母问那小姐，小小年纪，怎么就学会了这么精巧的技艺。张夫人在旁答道：‘哪里是学会的，也不知糟蹋了多少绫缎，慢慢边绣边改方法，才绣得这个样子。先请画师画在缎子上，照着颜色配线，绣出来，统是嫌没有生气。后来小丫头说，索性不要底子，将像挂在旁边，望着去绣，只怕还能传神一点。于是就依着她，但是尚不曾绣完，将来能传神不能传神，此时还说不定。她父亲几次教她不要绣了，她偏淘气定要绣成，又不能每天绣，一个月难得绣十天，每天又只早晨，能绣一时半刻。阴天落雨，她说光色不对，配出线来不合；阳光太烈了，也是一样。绣久了，眼睛发花，辨别的色气，也不是正色气。总之，动手就是麻烦罢了！’

“你舅母在那时候，心里欢喜得不知要如何痛爱那小姐才好，恨不得一口说穿了，将那小姐抱在怀里，作外甥媳妇亲热。仔细一想，使不得，恐怕张家见怪，反把事情弄决裂了。昨日早起，张家还款待得十分殷勤，你舅母不肯在她那里吃早饭，张夫人便不放你舅母走，很办了些酒菜，张夫人亲自陪吃，即此可见张夫人的贤德了。她若知道是我家的人，不消说得，应该是那么款待；但是我这里去得很机密，他家绝没有看出破绽之理。你舅母回来，得意极了，昨夜就赶我上你家去说。一则天色不早了，二则恰好来了客，此时正打算出门，你就来了。”

无怀道：“多谢舅父舅母这般劳神，小甥将来如何报答？”梁太太笑道：“你只当是我和你舅父养老的过房儿子，就算是报答我们了。你可知道我和你舅父痛你的心，比你亲生父母，只有多没有少么？”无怀连忙答道：“若不知道，就更辜负舅父舅母的一片心了。”梁太太点头向锡诚道：“你还是去吧。无怀就在这里多玩玩，晚了便不回去了。”梁锡诚答应着，自上王家去了。

无怀听得说张静宜小姐，是天仙化人一般的人物，心里虽是欣幸，然陈珊珊的倩影，脑筋里一时终挪不移动。梁锡诚一走，和梁太太没有多少话说，一缕心思又绕到陈珊珊的前后左右去了。坐了一会儿，梁太太搬了些点心，给他吃了。实在坐不住，又在梁太太跟前推故，说是趁今日出了外，要去看一个朋友。梁太太知道他父亲拘管得紧，轻易不能出来，便不阻搁他，只叮咛嘱咐一些不可去远了，早去早回的话。无怀随即走了出来，复到陈珊珊门口，见轿马奴仆都没有了，心里不由怦然跳了几跳。

不知王无怀初次入娼寮，是何景象，且俟下回再写。

第二回

梁太太上庙探亲
陈珊珊闭门谢客

话说王无怀复到陈珊珊门口，见轿马奴仆都没了，不由心里喜得怦怦地跳起来。他又不知道班子应该怎生个逛法，直走入大门，问陈珊珊姑娘，是不是在这里。阶檐下坐着两个龟奴，见无怀衣饰朴质，问话时，先就红了脸，显然露出乡下小伙子的样子来。当龟奴的人，能有多大的眼力？看了这羞怯的模样，又是甚姑娘小姐，便故意作没听见地回问道："什么呢，你来找谁咧？"无怀疑心走错了，不好意思再说出珊珊的名字来，也不回答，掉转身往外走。

事有凑巧，刚折身走到门口，一乘绣花小轿，迎面而来。轿中坐的，正是无怀心坎儿上温存的陈珊珊，从外面出局回来。一见无怀，忙将轿子停下，笑盈盈走出轿来，伸手拉了无怀的手道："你来了，怎么不坐坐就走？幸喜我回来得快，请进去坐吧。"无怀这一喜，真是喜从天降，跟着珊珊向里面走。珊珊接着说道："我只道你昨日会来，推病辞了几处的局，在家等你，却不见你影子。以为你是有口无心的，必不来了，谁知今日却肯真来。"说时已携着手，引到里面一间极精洁幽雅的房里，纳无怀在一张软榻上坐下，自己挨身陪坐在旁边。

无怀但闻得一股醉心的香气，非兰似麝的，扑鼻而来。又接触着珊珊那软温莹净的手腕，陡觉心旌摇摇，如痴如醉。珊珊立起身，向无怀低声说道："你坐坐，我去招呼外面一声，就来陪你。"无怀只有诺诺连声地点头应好，望着珊珊细蹴湘裙地出房去了。才敛了敛神，看房中周围上下，糊裱得如雪洞一般，窗明几净，不染纤尘。花梨木床上帐褥被枕，全是一色白皑皑的，没间一些儿杂色，连外面的床围，都是白湖绣的。心想珊珊若不是有洁癖的人，绝不能用这种被褥，也是要这种房间，方配贮珊珊这种人物。

一个人正在揣想，珊珊已进来仍坐在身旁，笑说道："你尽管安心在我这玩，我已吩咐了外面，无论有什么客来，或叫条子，都只回我病了，连这个房间对外面的门，我都教他们锁上了。"说完现出喜不自胜的样子，望着无怀笑。无怀也笑道："什么话不好回，为何要回说你病了，我很不愿意听说你有病，你这不是自己咒自己吗?"

珊珊握着无怀的手笑道："他们在外面回话，你坐在这里，如何听得着？你不知道，我们没有别的话好回，只有说病最好。我身体不好，本来是时常生病的，我说有病，人家都相信。"无怀摇头道："你身体现在不好，时常生病，无病还要有病，那病真要来缠你了，以后不要是这么回人好不好?"珊珊点头道："好是好，但我却甚愿意病魔时常来缠我，反落得清静些时；病魔一退，种种恶魔就来缠了，实在缠得我厌烦不过。"无怀吃惊问道："有什么恶魔，这么时常来缠你?"珊珊睄了无怀一眼，低头半晌不语。无怀不懂得，乃问道："你怎的不说明给我听?"珊珊轻吁了一声，气道："只你不是恶魔，除你以外，凡来这房里的，一概是缠我的恶魔。你能时时在我这里，陪着我玩，我就不愿病魔来；你若不在这里……"

无怀连连止住道："不要往下说，我知道了。我问你，你在这里，住了多久了?"珊珊道："将近三年了。"无怀叹道："如何直到昨日才遇着你，我看你也真苦了。我昨日本就要来的，因天色晚了，家里不肯教我出来。今日已来这里两次，第一次到这里，见门口有轿马，又围着一大堆凶眉恶眼的人，我见了害怕，就转回去了；第二次来，你家的人，又不懂我的话，我还疑是走错了。若不是迎面遇着你，又只得回家去了。这一回去，就不知道要什么时候，才有机缘再遇着你。”

珊珊急得用小脚在地下跺道：“那些凶眉恶眼的凶徒，就是陪那群恶魔一起来缠我的。怎么第二次来，我家里的人，会不懂你的话呢，这不是奇了吗？同是本地方人，哪有不懂话的道理。那些狗骨头，实在可恶，他们没见过你，以为是平常人，等歇我得警戒他们。”无怀摇头道：“快不要向他们再提了，只怪我的话没问明白，这些事，不要提他了。我再问你，你的父母都在这里吗?”珊珊略点了点头，不作声。无怀道：“既父母都在这里，礼当引我去见见，莫说你要好的朋友，这般不懂礼节。”

珊珊伸手来掩无怀的嘴笑道：“幸没别人在这里听得，真要传出去当笑话。”无怀正色道：“怎的倒是笑话?”珊珊凑近无怀的耳根道：“莫说我这父母，都是假的；便是我的真父母，也不敢当你的礼节。你到这里来，难道不知道这是什么地方，我是什么人吗？我这父母，见了你，还要请安的，如何倒教我引你去见他，不是笑话吗?”无怀道：“我何尝不知道，不过我怎忍心将你做烟花女子看待，不是为你，我又怎肯到这地方来呢？不过我不知道是你的假父母，若是真的，总应该见见礼才对得住你。既是假的，也就罢了。但是你的真父母，现在哪里，怎不迎来，作一块儿住着，也好朝夕奉养。”

珊珊见无怀这般说，不由得心里感激。她本是个极聪明、有慧根的女子，天性最是笃厚，心里一感激，便触动了她身世之感。不知不觉地，那一双莹波秋水，闪了几下，就红了起来，满含着两泡泪珠，低头咬着嘴唇不语。

无怀慌了，连忙从珊珊衣襟上，取下一方白丝帕来，替她揩眼泪，一边自怨自艾地说道：“我真是糊涂极了，信口乱道，第一遭见面，便害得你伤心，我也是你的恶魔了。”

无怀正在温存抚慰，只见一个十二三岁的小丫头，头上边绾着一个小发髻，眉目如画，衣服尤整洁异常。双手捧着一个乌木嵌银丝的小圆盘，盘中一把小古铜色的茶壶，两个鸡蛋大的粉彩茶杯，轻轻放在软榻旁边，一张小茶几上。珊珊接过无怀手中的丝帕，在眼上揩了一下笑道：“只怪我眼皮儿太浅，存不住眼泪。初次和你见面，就是这么泪眼婆娑的，你不忌讳，不怪我吧？”无怀笑道：“你倒怕我怪，我自己正怪自己胡说乱道呢！”

珊珊立起身，走到茶几跟前，先揭开茶壶盖，看了一看，复嗅了一嗅，向那小丫头问道：“你把水收起来了没有？”小丫头道：“早收起了。”珊珊提起壶，向茶杯里，略斟了小半杯，端向窗前，仔细端详了一会儿，才回身斟了大半杯，双手递给无怀道：“这茶叶不大好，水却是好水。烹的火候，也还不错，你尝尝看，若嫌浓了，还有一种淡的。”无怀也双手接过来，即触着一种清香，沁入心腑，却辨不出是何香气。也嗅了一嗅，笑道：“我愧陆羽，不辨茶香，只好学司马相如的消渴罢了。”珊珊笑道：“你说我自己咒自己，你这不是自己咒自己吗？你若得了司马相如消渴疾，一灯秋雨，偃卧茂陵，那才真是苦哩！”

无怀呷了点儿茶答道：“只要有你相依，便是真苦，也不觉着了。你这茶是好，真能使两腋生风，是什么茶，什么水，怎生烹的？你如何会有这般清致？”珊珊笑道：“这茶是人人知道的云雾茶，但还不是绝顶的；水却是去年腊月，我亲手从这院中几株梅花的瓣儿上，剥下来的积雪，仅有半小瓷坛。用橄榄核做薪，煅至百沸以上，退火投入茶叶，约半炊时，再加橄榄核，煅至起沸，这茶便能喝了。至问我如何会有这般清致，这话今日可不对你说，自有对你说的时候。我已知道你家中，约束你很严，常到这地方来，必不容易，我心中总不愿意，拿不快活的话向你说。”无怀道：“你怎么知道我家中约束我很严？”珊珊道：“无锡城中谁不知道，何况我呢？”

无怀与珊珊，直絮谈到黄昏向后，就在珊珊家用了晚膳，无怀还舍不得走。反是珊珊催促他道：“你今夜若不回去，只怕以后更难到这里来了。我是巴不得你常在这里不走，只是不能只顾眼前欢乐。”无怀也实怕自己父亲发觉，怏怏地与珊珊握手而别。

归到家中，知道他舅父梁锡诚来说媒。他父亲见说是张凤笙的小姐，却很愿意，当下将无怀的生庚八字写好，由梁锡诚送往张家去了。无怀的一颗心，完全搁在珊珊身上，亲事成否，倒毫不在意。他平日在家，除陪着他祖母余太君及他母亲承欢色笑，总是坐在书房里看书。这日从珊珊家回来，只在余太君房里，略坐了一坐，他母亲着了点凉，早安歇了。

无怀天性本厚，若是平日，见他母亲身体不适，必不住地在旁边问长问短，寻些有趣味的故事，说给母亲听，逗着他母亲开心。这日不知怎的，连他自己都如热锅上蚂蚁一般，在他母亲床跟前，坐了一会儿，勉强按捺住性子，问了几句病情，便再也坐不住了。出来到书房，翻着书来看，看了两页，更看不入目。眼睛虽望在书上，脑筋里来回晃动的，就只有陈珊珊的影子。丢了书，伏在桌上打盹儿，一合眼，就觉得握着珊珊的手，在那里喁喁絮语。到夜深睡在床上，更是想念得很，糊里糊涂过了一夜，何曾睡好片刻？直到天明，才昏昏睡去。

他书房里使唤的小厮叫墨耕，比无怀小二岁。这墨耕年纪虽小，却很是机灵，服侍无怀，最能精细，是王石田跟前一个老庄头的儿子。无怀既一夜不曾睡好，一经睡着，便不容易醒来。墨耕唤他起来用早点，唤了几声不应，轻轻推了两下。无怀惊醒转来，举眼四处望了一望，见墨耕立在床前，不觉生气道：“我才睡着，正在舒服的时候，你这奴才，偏来扰我。一个好梦，不知被你惊到哪里去了。”墨耕道：“老太太教小的来，请少爷去用早点，老太太等着呢。”无怀张着耳听了一听，问道：“外面什么响？”墨耕道：“下了好一会儿雨了，滴得屋檐水响。”无怀蹙着眉头道：“此刻还下着吗？”墨耕点头道：“下了一早晨，没有住歇，大一阵小一阵的。老爷昨夜吩咐了轿夫，今早要出城拜客，因雨大了，也不能去。”

无怀咬着牙齿，望着窗外长吁了一声，折转身朝里面仍旧睡了。墨耕从来不曾见过无怀有这种样子，也摸不着头脑，又不敢再推再唤，只立在旁边说道：“老太太等着呢，老太太等着呢！”无怀听了，才一蹶劣爬起来坐着。墨耕忙拿衣给他来披，无怀伸手夺过来道：“粗手笨脚的，你们这一类东西，就和烂泥做的一样，从顶至踵，哪里寻得出一些儿清秀之气来？”接着又叹了一声，自言自语地说道：“这也只怪我自己太浊，若是能像她那么清秀的人，就自然该有那么清秀的使女了。”墨耕瞪着眼望着，也不知无怀怎的忽然厌恶起他来了。

无怀正在披衣，只见余太君跟前的丫鬟芍药，进来说道：“老太太叫我来问少爷，怎的还不去用点心？”无怀匆匆忙忙地洗漱了，来到余太君的房里，照例请过早安。余太君一看无怀的脸，吃惊问道：“你也病了吗，怎的脸上变了颜色，两眼就像害火眼似的通红？”无怀也是觉得头目有些不清爽，只因余太君极痛爱他，他不敢说出来，怕余太君着急，连忙回说没有病。余太君道：“你母亲素来多病，算不了什么，你不要也跟着病才好呢！”无怀应着是，陪余太君用过早点，看雨更下得大了，又在家中闷了一日。

第二日天晴了，刚打算设法出门，去看珊珊。不凑巧梁锡诚来了，便失去了出外的题目。梁锡诚前日拿了无怀的庚书，昨日一早，便坐轿子到了鱼塘张家，张凤笙当即回了静宜小姐的生庚，办酒席陪款了梁锡诚。梁锡诚昨日回家，依得梁太太的意思，巴不得昨日就将庚书送来。梁锡诚因来回坐了五六十里的轿子，身体也有些困乏了，今日吃了早饭，即带着庚贴来了。王石田本来一不信命理，二不信神签，说定就定了。余太君不肯，叫算命的合了婚，又亲带无怀到观音庙求签，都说得极好，余太君才放心，择日下定。

一连几日，忙着问名纳采，无怀没法抽身出外。订婚的手续都完备了，无怀才得又借着看舅母，一出门就三步作两步的，跑到陈珊珊家来。这回却不比前回了，龟奴日前被珊珊骂了一顿，知道这个乡下小伙子似的人，就是无锡有名的大少爷，有名的才子。今日见无怀进门，连忙立起身，垂手站在一旁。无怀径向珊珊房里走去，一个龟奴跟在后面，叫了两声如意。无怀看珊珊的前房门，有锁向外关着，回头向龟奴道："门如何锁着，出去了吗?"龟奴还没答话，只见前日烹茶的那个小丫头，从后面转了出来，一眼看见无怀，笑嘻嘻地招手道："请走这里来。"

无怀跟着转入珊珊卧室，跨进门即听得珊珊在里面笑道："我知道是你来了，你若再不来，我可真要病了。"旋说旋迎出来。无怀见珊珊云鬓不整，短发覆额，那时正是十一月天气，随意披着一件银鼠的一口钟，伸手来握无怀的手。无怀见她里面，仅穿着一件贴身的荷色小绣绸棉袄，雪也似的藕臂，都打了出来。随即把手松了说道："你在家里怎么披着这东西，里面的衣裳又单薄，是这么还怕不病吗?"珊珊指着床上笑道："你看我不是睡了才起来吗?"无怀望了望床上，点头道："你仍上床拥被卧坐着吧！今日天气虽晴了，却是很冷。"珊珊笑道："我又不真病，坐在被里怎的。"说时叫如意拿了件灰鼠袄子，背转身换了，与无怀并肩坐着问道："你怎么一去就七日不到这里来，我打发人暗地到你家左右邻舍探听，说你家喜事，在华丰园酒席馆里，叫了些上等酒席。前日去你家的贺客，说有二十多乘轿子，你家毕竟有什么喜事，怎的那日不曾听你说起呢？"

无怀道："那日我在这里的时候，连我自己都不知道，有这么一回事，教我把什么说给你听哩！"珊珊笑道："照你这样说，要算是意外的喜事了，此刻可说给我听么？"无怀道："有什么不可说，不过你不想拿不快活的话向我说，我也不想拿不快活的话向你说罢了！我们谈旁的话吧，横竖不算是我的喜事。"珊珊不依道："你必须说给我听，无论你什么话，我听了都快活。"无怀道："你既打发人探听了，事情你一定知道，何必再说他哩！"珊珊摇头道："我若知道，也不要你说了，他们都是些浑蛋，如何探得一桩事明白？"无怀道："你定要问，我就说给你听吧，现在有人替我说媒，就是这件事。"珊珊笑道："恭喜恭喜，怎么不算是你的喜事，难道是我的喜事吗？是谁家的小姐，已定了成亲的日子没有呢？"

无怀摇头道："这些无味的话，只管说他干什么，我不愿意再提这事了。"珊珊正色道："你不要以为我听了这事不快活，我心里实在是快活极了，我既爱你，就巴不得你娶一个称心如意的夫人。是谁家的小姐，怎生一个人物，我都很愿意知道。"

无怀只是摇头不说。珊珊连问了几遍，把无怀问急了，才抬头望了珊珊，长叹一声道："你是知道我家里情形的，一颗芝麻大的事，也不能由我做主。父母之上，还有祖母，由得我还有说法的份儿么。你看我既经遇着了你，还有心思去闹这些玩意儿么？家中是这么一来，我实在很辜负你一片爱我的心了。我不恨别的，只恨我自己福薄。"说着嗓子也硬了，眼眶儿也红了。

珊珊见了，一把握了无怀的手，搓了两搓，笑道：“你不要是这么呆吧，怎么谓之辜负我一片爱你的心，你这话说得我不懂。我爱你，难道就教你不娶妻，即算你的意思以为我爱你，便是想嫁你，我一个当妓的人，卑贱的身体，也不是可以与你相匹配的。”无怀道：“你这话分明骂我，我若早知你是这么存心，把我不当人，我也真不该冒昧向你说这话了。”珊珊急得红了脸道：“我刚才说的话，哪一句是存心把你不当人，你倒说出来。”无怀道：“你是卑贱的身体，我就是高贵的身体？你要是知道我的心，或是把我当个人，绝不肯对我说这话。”珊珊道：“你就为这句话么？我且问你，你说我的身体不卑贱，是说陈珊珊的身体不卑贱呢，还是说一切当妓女的人的身体，都不卑贱哩？”无怀道：“自然是说你一个人，那些妓女，卑贱也好，不卑贱也好，我说她干什么！”

珊珊笑道：“好吗！你要知道，我的身体不卑贱，是你一个人存在心里的，凡是你以外的人，谁不将我作一个平常的妓女看待。女子而至于为娼，要说不卑贱，只怕除了你，没第二个人相信。你身体的高贵，在无锡城中，固然是妇孺皆知，便是江苏一省，知道你的也就不少。你纵然承认我能与你相匹配，我也不自以为卑贱，难道世界上，就只你和我两人不成？况且你刚才自己说的，一颗芝麻大的事，你家里都不能由你做主，这样婚姻大事，你就能自己做主吗？你父母、祖母，也都和你一样，知道我不是和寻常娼妓一般的卑贱身体吗？”无怀望着珊珊半晌说道：“据你这样说，你爱我简直是白爱了；我爱你，也爱不出什么结果来，那又何必这么牵肠挂肚，做什么呢？”

不知珊珊回出什么话来，且俟下回再写。

第三回

陈念贻著书贾祸
米成山斗气护花

话说陈珊珊听了王无怀的话，待回答，却又忍住。无怀急问道："怎么要说不说的，真闷破我的肚子了。"珊珊笑道："你的话，说得不错，还教我说什么呢?"无怀道："你不要害我着急吧，若是这么一句话，你也用不着待说不说了。"珊珊道："今日不用再说了吧，哪里就少了谈这事的日子吗?"无怀道："怎么事事都要留到后来再说，是什么道理呢?"珊珊笑道："何尝事事都要留到后来再说，这本不是今日谈的事，教我如何不留待后日呢?"无怀道："那日烹茶，我问你怎么会有这般清致，你就说今日可不对你说，自有对你说的时候，你此刻可不可以就把那话，说给我听呢?"珊珊惨然不乐道："你一连几日不能到我这里来，来了又不能多坐，何苦不大家寻些开心的事说说，定要说这些事做什么呢?"无怀道："唯其我不能容易到这里来，来了又专是闲谈，不关痛痒，那不辜负了我这一来吗?"

珊珊仍握了无怀的手道："好好，我说给你听，只是你不要替我难过。你要知道，只要有你肯怜爱我，我平生感受的痛苦，就完全消灭了。我原籍是江阴人，我父亲名陈念贻，丁酉科拔贡，为江阴的名士，在江浙两省，很有些声誉。只因生性孤介，疾恶过深，那时浙江巡抚姓林，名字我却因年小，忘记了。林巡抚有位小姐，生得慧美无双，十八岁尚不曾许人，相传与林巡抚的娈童名蓉桂的有染。后来林巡抚的姨侄贾某来了，林巡抚很欢喜他少年美才，便留在衙门里读书。不知如何，也与这位小姐，生了关系。事不机密，又给蓉桂知道了，蓉桂就吃起醋来，想在林巡抚面前，揭穿这事。又怕林巡抚因自己的面子下不去，恼羞成怒，反不得了。那小姐曾送过蓉桂一只鞋子，蓉桂便心生一计，知道林巡抚，每夜必到贾某房里，坐着闲谈，并时常横躺在贾某的床上。蓉桂悄悄地将那只鞋子，藏在贾某的枕头角上。

“那夜林巡抚果然在贾某床上躺着，忽闻到一股很浓的香气，随手翻开枕头一看，就见着了那只小绣鞋。拿起来一看，正色问贾某道：‘这东西是哪里来的?’偏偏事有凑巧，那小姐也曾送过同样的一只与贾某，里面并写了些字。贾某一见，只道就是那一只，以为林巡抚见了里面的字，事情必已败露，无可隐饰了。吓得脸上登时变了色，不因不由的，双膝向地，跪了下来，只是叩头说该死。不待林巡抚追问，贾某已自认玷污小姐的事了。

“其实那小姐送贾某的鞋子，贾某还佩带在贴肉衣上，这也是事情合当败露，毕竟贾某和那小姐，都服毒死了。林巡抚因这种事，关系名誉很大，只说是暴病死了，外面人知道的绝少。我父亲因与巡抚衙门的幕客，多有知交，所以知道得极为详细。常说只能怪林巡抚自己，平日品行太不端方，治家也太无纪律，方有这种不幸的事发生。于是就著了《凤舄缘传奇》，一时江浙文人争相传录；而我家庭的厄运，便也随着这一部《凤舄缘传奇》来了。

“林巡抚恨我父亲传播他家的丑事，用尽无穷的方法将我父亲的功名革了。若不是我父亲认识的人多，倾家运动，几乎性命不保。我有个姑母，原在无锡，开了一个店子，我父亲在江阴安居不下，便带了母亲和我，搬到无锡来，打算依着姑母，暂住几时，再谋生活。谁知倒运的人，凡事都是不凑巧的，在江阴未动身之前半个月，还曾接了姑母的信，很欢迎我家搬到无锡来；及至我全家到无锡，我姑母已于数日前，害疫症死了。她又没有儿子，死后才承继一个远房侄儿，姑父是已经去世多年了，承继的这个远房侄儿，无非贪图我姑母的一点遗产，连我姑母的葬事，都是随便敷衍，开的店子也收了。我父亲见扑了一个空，待再回江阴去，江阴也是没有产业，还怕不免遭世俗人的白眼；并且身边所存的旅费也有限，只得暂住在一家名叫‘鸿升’的栈房里，打算寻一所相安的房屋，设馆教书，支持生活。

“可怜我父亲，生成孤介的性质，胸怀又仄，身体又弱，连年家庭不幸，遭遇的事，都是拂人意志的。他老人家，终日只是借酒浇愁，清醒的时候，教我读书写字；醉了便诸事不问，纳头便睡，一醒来就教我烹茶解酒。在江阴的时候，从我八九岁起，至十二岁止，四五年间，都是如此。全家搬至无锡，住在鸿升栈里，我父亲也就没这般清兴了。我家住在鸿升栈，我父亲原想向各亲友处，告贷些钱，再行赁屋居住。发出去无数的书信，还没等得回信，我父亲因急带气，就病了下来。

“那时又没有钱延医服药，只我母女两个，日夜在旁服侍，以为病几日，自然会好的。可恶那鸿升栈的主人，起先还只一日几次的，催逼房饭账，后来见我父亲病了，更时时刻刻地逼着搬移。那时我母女所受的苦楚，真是一年也说不尽，又不敢将栈主催逼的情形，说给父亲听。于是日挨一日，父亲的病也日重一日，自起病不上半月，可怜我父亲，竟丢下我母女两个，独自西去了。”

珊珊说至此，禁不住伏身痛哭起来。无怀听了这情形，自然也是伤感下泪，但是只得极力忍住，用言语安慰珊珊。珊珊抽咽了许久，才拭了泪说道：“你想丢下我母女两个，在这举目无亲的无锡，望着这一瞑不顾的父亲尸体，身边又一文没有，行李中无一值钱之物，我那时，才得十二岁，我母亲平日为人，只知道吃斋念佛，以外什么事也不懂的。一旦遇了这种为难的事，我母女两个，连哭都不敢放声，因为没有钱的人，什么人都瞧不起。那栈房里住了不少的客，听说死了人，已是大家忌讳；何况死了人，再加之以号哭呢？幸是十月间天气，我父亲的尸，在床上停了三日才入殓，尚没有腐坏，草草地将葬事办了。而我的身体，已不是我母亲的身体了，只因当时受种种的逼迫，势不能不将我押钱开销。本来要押三四百两银子，也可押着，我母亲不愿多押，只押一百二十两。除开销一切账项之外，还剩了三四十两，我母亲买了点香火地，就在本城观音庙，落发出了家。

“我在这里住了三年，每月去看母亲四五次，赎身的银子，我早已积蓄着偿还了。依我本要立时出去，侍奉我母亲终身，无奈我母亲执意不肯，说什么妓女可以从良，尼姑不能还俗，要我安心在这里，多住几时，且看机缘再说。好在我身体既已赎出，举动还不受他们拘束。”

无怀问道：“你如何有这么多银子赎身的呢？”珊珊道：“我这银子，完全是一个人给我的，这个人说起来，你总应该知道。”无怀问：“是谁？”珊珊笑道：“我说出来，你却不要笑，就是米成山先生，他老人家一个人给我的。”无怀笑道：“米成山先生，我如何不知道，只是他于今七十多岁的人，难道还欢喜在外面玩吗？”

珊珊摇头道：“他老人家如何肯在外面玩，自己曾孙都有了，连我自己也不知道他是什么道理。去年正月间，周吏部家的少爷娶媳妇，无锡班子里稍微露点头脸的人，都叫去陪酒。那时我初进班子，什么都不懂得，也跟着大众去了。在酒席上，就遇了他老人家。有知道我的人，大家议论，说我父亲轻薄，好攻人阴私。若不是做什么《凤舄缘传奇》，何至身死他乡，没有葬身之地，妻子落发为尼，亲生女儿流落烟花呢？我在旁边，听了这番议论，怎禁得心如刀割，眼泪也不由得如泉涌一般地出来。我同伴连连推我，凑近我耳边说道：‘人家喜事，叫我们来助兴，如何公然哭起来，不怕人家忌讳吗？’我听了这话，心里明知道不应该，只是正在伤感的时候，一些儿不由我自主。同伴的不说，我还能极力地忍住；反是听了怕人家忌讳的话，更觉得心痛，竟放声哭了出来。

“周家的贺客，都非常惊讶，吏部父子，更气愤不过。当时说我坏了他家的禁忌，要将我和假母，送往无锡县去重责。我假母拉我跪着求情，我抵死不肯，假母一面骂我，一面跪着向吏部哀求。吏部见我不肯跪，益发怒不可遏，定要送县。便有几个恶奴过来揪我，要押着我往外走。那时真亏了米成山先生，将恶奴喝住，向吏部说了几句情，立刻要轿子送我回来。假母一到家，就拿起一根藤条，将我的衣服剥了，教我跪在丹墀里，先数骂了我一顿，正要举起藤条打下，恰好我的救星来了。”

无怀倒抽了一声道：“阿弥陀佛，是谁来救你呢。”

珊珊道：“你说还有谁？就是那位米老先生，他老人家一进门，即夺下假母的藤条道：‘我料道你这东西回来，是要在她身上出气的，因此我不待席终，催着轿夫飞跑。若再迟来一步，这小孩子便糟蹋在你这东西手里了。’他老人家边说边问我道：‘打伤了哪里没有？’又望着假母叱道：‘还不快拿衣服来，给她穿上。’我立起身，米老先生从假母手里，接了衣服，替我披上，教我坐下。他老人家也坐在旁边，安慰我道：‘你父亲我虽不曾会过面，但久闻他的名，并见过他的著作。照他的为人，实不应得这么悲惨的结果，只是这些事，已过去了，也不用说他。今日席间，那些人的议论，你不要放在心里难过。因为那些人都是些无知识的混账东西，并且那周吏部和林巡抚是把兄弟，议论你父亲的，又是周吏部的手下人，所以拿着你来开心。他们说你父亲轻薄，你看他们，更是轻薄得无以复加了。他们既有意是这么说的，你又何必气呢？不过我有一句话，因为你聪明可爱，又是名士之后，我才肯说他们的话，虽不足气，只是教你听听也好。你于今落在烟花里面，不知何时才得拔出身出来，此刻年龄尚小，没要紧，再过几年，就难免不坠落。你听了今日的话，应时时存一个不敢堕落的心思。须知你不堕落，你父亲即不堕落；你万一堕落了，那说是你父亲轻薄之报的人，就恐怕还不止今日这几个呢？'

"他老人家接着又问我是多少身价，押身契是怎生写的？我将当时情形述了一遍，他老人家点点头，说不要紧，当下叫了假父假母，过来吩咐道：'珊珊是我很欢喜的女孩子，你们此后须另眼相看，我明日再来，必不亏负你们，你们若是有丝毫凌虐她的地方，我没有不知道的，那时仔细你们的狗腿。'他老人家吩咐后，即拿了二十两银子给我，又拿了十两给假母，教假母做衣服我穿。其实做衣服是一句话，假母何尝做了。第二日他老人家，同了几个绅士来，带了些裁料给我。从此以后，或三日、或五日，总得来一次，不是借这里请客，就在这里打牌。直到今年五月，他老人家帮着我把我的身赎了，知道他们不能凌虐我了，又对假母吩咐了一顿，见客不见客，随我情愿，他老人家才不大来了。"

无怀听得出神，至此不觉在腿上拍了一下，道："这样菩萨心肠的人，人世上去哪里能寻觅第二个。我只知道他是一个文章前辈，却不知道他能有这般举动，怎教我不五体投地地佩服？"珊珊道："就是他老人家，也不主张我到观音庙去，所以我仍在这里住着，从五月到于今，他老人家只来过三次。以外来这里的，除开你，就无一个不是龌龊不堪的了。这个如意小丫头，也是他老人家花四十两银子，买了送给我的，因怕她不如我的意，所以取名叫作‘如意’。我常想受了他老人家这么大的恩，实在是没有法子可以报答，唯有时时向天祝祷，求上天保佑他长生不老。”无怀道：“你自是不能不这么存心，但他施恩于你，却不是望报的。”

无怀这日和珊珊，又直谈到用了晚膳，才无精打采地回家。此后不出外则已，出外总得到珊珊家来。依珊珊的心思，原是无论什么客都不接见，什么人叫局都不去。奈她假母因班子里，只有珊珊一个人出色，珊珊一推病不见客、不出局，生意便冷淡了一大半。珊珊自经米成山拔识后，在无锡的艳名大噪，她越是不肯见客，不肯出局，想见她、想叫她的更多，甚至有愿纳百金，求珊珊应一次局的。她假母如何舍得，错过这种好交易呢？明知逼迫无效，便用种种软语来哀求，珊珊却情不过，勉强敷衍几处，久而久之，外面都知道陈珊珊是王才子的意中人了。没见过珊珊的人，更想赏鉴赏鉴。珊珊生性好静，没认识无怀的时候，已是厌恶那些俗客。于今时珠玉在前，更觉得那些俗客，不堪入目了。

一日无怀走来，面上很露出不愉快的颜色，珊珊忙问：“有什么不遂心的事吗？”无怀道：“别的不遂心事却没有，我父亲不久就要带我进京去会试，和你至少也有半年不能会面，因此我心里非常不快活。”珊珊笑道：“这还不快活吗？我听了快活极了，趁早功成名就，岂不甚好。我和你还怕没有会面的日子么？你心里切不可不快活，你越是成了名，我和你越有长远会面的希望；若就是这么下去，只怕至多也不过三年五载，就有见不着面的日子了。”无怀道：“这话怎讲？”珊珊道：“这不是很容易明白的道理吗？这地方不是我久居之所，而你的家庭，又凡事不能由你做主，三年五载之后，我就不死，也许出家了。（谁知今日无意中一言，将来竟成了谶语，冥冥中自有天数，不可逃也。）你和我到哪里去见面呢？”

无怀愕然道：“我心里已是不快活，你怎还说出这种不祥的话来。”珊珊笑道：“不是我有意说这种不祥的话，无非要安你去会试的心。并且你初次来这里的时候，我就曾向你说了，我们欲图长久会面，总以此时少会面为好。我的身份、你的家庭，都限制了我两人，在此时多会面，有害无利。我今日便替你践行，望你安心随着父亲进京，努力前途。我从今日起，也闭门念佛，求佛保佑你文战胜利。你未动身以前，不用再到我这里来了，免得分了你的心不好。”

无怀斜依软榻坐着，一言不发，只见珊珊跑出去一会儿，进来笑道：“你这人怎么说不明白，还是这么闷闷不乐的。”无怀半晌抬头说道：“我心里不知怎的，总觉有些不定似的。你的话我都听得明白，确是一点不错，但是我这颗心，仍好像没有着落。”珊珊叹道：“我明说给你听吧，我的福命，只得如此，能跟才子做妾，比跟龌龊商人做妻强多了。你安心去便了，我总守着身子等你。”无怀这才跳起来笑道：“我这颗心有着落了，功名富贵，我所自有。所不易得的，就是你爱我的这一片心。”珊珊点头道：“以你的才华，成名自是意中事，只是我父亲在日，我屡曾听得和我母亲说，功名富贵，全由数定；才情学问，都在其次。我辈读书人，只能尽人事以听天命。人事虽尽了，天数中没有成名的份，也是枉然，落第的人的学问，未必尽在及第人之下。我母亲背后向我说，这是我父亲自己慰藉自己的话，我当时也是这么想。去年米老先生在这里，和我闲谈，问我父亲在日的言语举动，我也曾将这话问他老人家。他老人家说是一点也不错，并引了许多古今的人物做证，一件一件地，说给我听。末后说祖宗积累深厚的，自己学问又过得去，总有几成可望。今日我向你说这些话，你却不要怪我扫了你的兴，像你家这般的根基，自然不可一概而论，我只望你一心努力，一战成功。我两人的志愿，便不忧不遂了。”

无怀是一帆风顺，不曾蹉跌的人，脑筋里哪里有这种思想，听了也不在意。这日，珊珊整备了几样清洁的酒菜，替无怀饯行，陪着无怀，勉强欢笑。想到至少有半年不能会面，总不觉凄然不乐。无怀更是心中难过，又无法留恋，只得互嘱珍重，挥泪而别。

无怀去后，珊珊真个闭门念佛，不接见游客。唯有米成山听说珊珊结识了王无怀，欢喜得了不得，特地来珊珊家打听。珊珊自是从见面起，至饯行止，据实说了一遍。米成山不住地点头道好，等他成了名回来，我自向他父亲石田翁去说。你从此就当是我的孙女儿，到我家去住着。张凤笙是我的门生，他媳妇我知道很贤德，他的女儿，料不至于泼悍，将来同居一室，不相安的事，必是没有的。你能得所，也不枉我提携你一场。”珊珊听了，感激得哭了出来，连忙趴在地下，叩了几个头，喊了几声爷爷。

米成山伸手拉了珊珊起来笑道：“我见你一个小女孩，很能知道自爱，不忘根本，我能帮助你，是我心里极快活的事。你于今又能自择人，我不费什么，何不成全你到底，也不免得你那穷死了的父亲，死后还要遭人唾骂，使世界有些骨气的读书人，见了寒心。你父亲的著作，我还要将他收入我米氏丛书内，刊印出来呢。”珊珊流泪道：“我父亲福薄，生前不曾遇着爷爷，爷爷是这么做，真是泽及枯骨了，孙女代先父叩谢爷爷。”说着，又拜了下去。

米成山一边伸手去拉，一边也掉下几点老泪来。当下米成山将珊珊的假父假母，都叫了来说道：“珊珊的身，早已经我的手赎过了，押身契也收回毁了。她在这里，本算是寄住，然而替你们挣的钱，仍是不少。于今她已许了人家，并拜给我做孙女，再寄住在这里，是不可的了。我明日就派人来接她，到我家里去住，你们还有什么话说没有，有话可当我的面说。”

不知龟奴鸨母听了，说出什么话来，且俟下回再写。

第四回

丁内艰王无怀守制
叙阔别观音庙谈心

话说珊珊的假父假母，听得米成山的话，心里自是老大不愿意，但是口里如何说得理由出来。米成山又是无锡的巨绅，势力极大，无锡县知事，没有不在他跟前献殷勤的。他儿子叫米建瀛，是很有直声的御史。米成山又做过一任山西藩台，放过一任主考，所以门生故史极多，为人更正直无私。无锡城中，有谁不敬重他，谁不惧怕他呢！

珊珊的假母乖觉，连忙跪下说道："珊珊小姐实在替小妇人家，挣的钱不少。不过老太爷明见万里，小妇人一家十多口，这一两年来，全仗珊珊小姐一个人，支持门户。虽然替小妇人家，挣得不少的钱，总是入手便光了。于今老太爷大恩，收她做孙小姐，她本是大家的小姐，这一来，不但她感激，便是小妇人夫妇，也应代她感激老太爷的恩典才是。小妇人夫妇，还有什么话敢说呢！"

米成山哈哈笑道："好一个没有什么话敢说。这分明是说，不是没有话说，是有话不敢说。我看你们这类东西，简直是个坏胚，幸喜这个女孩子，不是你们亲生的；若是你们亲生的，就这一辈子，也莫想跳出这个火坑了。你们简直是把她当摇钱树、聚宝盆，大约没有十万八万，也填不了你们的欲壑。我不是吝惜银钱，我既已提拔这孩子到我家去了，再冤枉给你们的钱，没有意思。只这房里一房木器，是我买来的，也值二三百两银子。当时因这孩子在孝服中，所以一切都用素净的，于今她孝服也满了，我也嫌这白的，不大吉利，就赏了你们吧。”说时望着珊珊道：“你的衣服有穿旧了的，或颜色不好的，也都赏给他们，他们所得的，就不少了。银子是一两不要给，给也是白给了。他们若是有天良的，只这么就应感激你了；没有天良，便连你的身体给他们，他们剥了你的皮，还要吃你的肉，还不肯吐一点骨头呢。”珊珊连忙应是。

鸨母叩头谢赏起来，龟奴也谢了赏，都退去了。米成山教珊珊将需用的衣物捡好，约了明日上午来接，便坐着轿子回去了。

米成山一走，鸨母龟奴都跑进房来，望着珊珊痛哭，哀求珊珊留碗饭给他们吃。外面的相帮娘姨，也都进来，向珊珊叩头道喜。珊珊很积了些银子，拿出五十两来，分赏了相帮娘姨，又拿出一百两来，赏了龟奴鸨母。鸨母还要求多，珊珊不悦道：“米老太爷说你们不知足，真是太不知足了。前日王公子在这里，我替他饯行，就赏了你们一百银子。他每来一次，总是十两二十两，你们的钱，还得得不够吗？依米老太爷的话，是一两也不准我赏你们，你们不是亲耳听了的么？”

鸨母笑道（刚才是哭，此刻又笑了出来，确是狗贱无耻的鸨子）：“什么王公子赏的银子，不完全就是小姐代替他赏我们的么？小姐的银子、银包，我们都认识，都是米府大顺银号的银子。”珊珊红了脸怒道：“混账，王府和米府是通家，王府的银子，都存在大顺银号里，随时要，随时去取。我这银子，也都是王公子给我的。王府是无锡首富，十万八万，只须一张字条，谁家钱庄银号，拿不出来，为什么教我代赏？我哪里有这许多银子，替他每次的代赏？你这话，和放屁一样，将来传出去了，成什么话？人家把王公子当什么人哩。”旋责骂，旋气得哭起来，一手将赏给鸨母的一百银子，抢了过来，往床上一掷道：“我悔不听我爷爷的话，拿银子买气来受。”

珊珊这一闹，把这两只龟奴鸨母吓慌了，又不敢再拿出那剥衣服、举藤条的威风来对付。黑眼睛望着到了手的白银子，忽被抢了回去，更如何舍得。只好双双跪下来，又使出那进门痛哭的神气，哀求一会儿，自己骂自己一会儿，只少自己打自己了。珊珊也不睬理，从床上拿了那封银子，往地上一掼道：“我以后若听得外面，有这种不伦不类的话，你们仔细一点就是了。便是米府饶了你，只怕王府也不会饶你。”鸨母龟奴哪里还敢再说二句，拾起银子，立起身来，诺诺连声地应着出去了。

珊珊揩干了眼泪，教如意帮着清检衣服。次日才用过早点，米成山已派了轿子，并几个轿夫来迎接。珊珊先教轿夫，将应用的物什搬去，才别了龟奴鸨母及同班的姊妹们，带着如意上轿进米府去了。

珊珊刚才动身，无怀却又来了。龟奴迎着告知拜米成山做孙女，接到米府去居住的话，无怀错愕了半晌，不明白是怎么一回事。龟奴见无怀立着不动，只道他不相信，引着他到珊珊先住的房里去看。无怀望了望问道：“她既是搬到米府去住，何以木器被帐，都不曾带去呢?”龟奴又将米成山忌讳的话说了，无怀只得无精打采地点了点头，仍回家去。

原来无怀自前日珊珊替他饯了行回去，本打算安心在家用一晌会试工夫，好随着他父亲进京会试。珊珊固是不愿意无怀常来，怕他家庭间发生障碍，反于自己的终身之事不好。便是无怀也只要珊珊承认做妾，就心满意足了，暂时少见几次面，却没要紧。谁知这几日，无怀母亲的病，因感冒起，一日重似一日，请了许多名医看了，都说体质太弱，非有多时间调养，不能望好。王石田夫妻的情爱，本来甚好，眼看着妻子病得厉害，如何能撇下来，带着儿子进京会试呢？并且距会试的期尚早，只得暂时歇下，等病好了再说。无怀因此想送个信给珊珊，凑巧刚才已走，回到家中，也想不出和珊珊通消息的法子。

又过了几日，王夫人的病势，更加沉重了，无怀也就无心再想念珊珊，日夜在王夫人床前，衣不解带地服侍。没掩延几日，王夫人便呜呼死了。王夫人一死不打紧，不但害得无怀闱场不能下，便是婚事，也就要一搁三年。只是若非王夫人趁这时死了，也就没有以下种种忠孝节义、奸盗邪淫的好事实演了出来，没有以下种种好事实。那就是王无怀会进士、点翰林，和袁才子一样，乞假完婚，拥着娇妻美妾，过人生顶快活的日子。在王无怀及张静宜、陈珊珊一般人，自是愿意，不过不肖生巴巴地提起笔来，写这种和《儿女英雄传》一般的无聊小说，就未免太无味了。

闲话少说，王夫人丧葬既毕，无怀在家守制，无事可书。整整过了两年，这日，无怀正从梁锡诚家中回来，走观音庙经过，见庙门口立着几个仆役，一眼看见无怀，都垂手直立起来。无怀觉得有一两个很是面熟的，只是记不起是谁家的仆役。再望门里，停着一乘三人抬的小轿，轿后两个铁丝纱灯笼，上写着朱红米字。陡然记起珊珊的母亲，是在这庙里出了家，这轿子必是珊珊坐着来看她母亲的。一时心里踌躇，欲待进去吧，一则自己在制中，恐怕人家议论；一则这观音庙不比班子，况又有珊珊的母亲在内，见面说话，多有不便。正在寻思如何避人耳目，与珊珊会谈几句，忽见仆役中一个衣服穿得漂亮的，走到无怀跟前，打了一拱，立起身来说道："我家小姐，正想和少爷说句话，请少爷在这里等等，进去通报一声，便来迎接。"无怀不曾回答，那人已转身跑进庙里去了。

不一会儿，同着如意小丫头出来，无怀看如意，也是遍身绫锦，出落得如花枝一般，笑嘻嘻地走近身来说道："小姐在里面等少爷进去。"无怀点了点头，跟着如意向庙里走。才到正殿，就见珊珊立在经堂里。虽是淡妆素服，而一种幽娴静淑的气概，正如霜中的菊、雪里的梅，比二年前在班子里见着的时候，觉得那时只是可爱，此时更是可敬了。珊珊见了无怀，却不似在班子时，走过来就握无怀的手，说也有，笑也有了；只略露出些笑容，低声问了句好，即让无怀到一间很精雅的云房内，一张紫檀禅榻上坐下，自己也就不和先时一样，挨身坐下了，另坐在一张椅上相陪。

珊珊说道："我母亲这两日，发了肝气痛的老病，我因此这两日都到这里来。幸喜此时好了些，大约明后日，就可平复了。平日我母亲，是不许我常到这里来的。"无怀道："我常走这门口经过，怪道至今日才遇着你。前年你搬进米府的那日，我去班子里，扑了一个空，后来母亲一去世，你如何进米府的情形，我至今还不知道。"珊珊遂将那时米成山到班子里来打听，及彼此对谈的话，略略述了一遍。

无怀叹道："这真难得，若不是他老人家，这么格外成全，你看这两三年，在班子里，如何过度。这真是你福慧双修，方得有此际遇。"珊珊摇头叹道："受恩很容易报恩难，我在他家，虽上下人等都没将我作外人看待，然我心里总时觉不安得很，思量将来没有报答的时候，倒不如在班子里，心里还安逸些，起居饮食，也都随便些。我说这话，你必怪我不懂人情，米家对我如此恩情，我还说这种话，不是太不懂人情世故吗？其实寄人篱下，无端享受人家的供养，心里总是难过的。"

无怀只得极力安慰一番，珊珊又将米成山答应等无怀三年制满了，自己出面，设法成全婚事的话，向无怀说了。无怀自是欢喜，因是佛门清净之地，不便多坐，随即别了出来。珊珊送至正殿，望着无怀出了庙门，才回身进去。

无怀归到家中，方进自己的书房，更换衣服，只见墨耕走到跟前，神色慌张的样子，低声说道："老爷刚才回来，不知在老太太跟前，谈了些什么话，怒气冲冲的。小的找着芍药打听，芍药说是为少爷在外面不规矩，老爷多久就听有风声。今日老爷又亲目看见少爷和人家的小姐，在观音庙，演庵堂相会的故事，因此在老太太跟前，说得气愤不过。此刻老爷还是板着脸，坐在房里，不住地问少爷回了没有。小的看少爷，须赶紧到老太太那里去求情，老爷今日的气，实在不小。"无怀一听这话，一颗心几乎跳到口里来了，遍身都软洋洋的，恨不得有地缝，可以钻下去藏身。

正在如巨雷轰顶的时候，进来一人，无怀回头一看，不由得胆都破了。来的正是他父亲王石田，那一副面孔，沉下来和青铁一般，吓得墨耕低下头，想向后门溜到老太太跟前送信。王石田已看见了，把脚一顿，一声喝道："跑哪儿去?"接着用手指着无怀道："你这畜生，鬼鬼祟祟，连跟前的小子，都是鬼头鬼脑的。哇！我问你，你的书是怎么读的，是些什么书？哪一部书曾教你母死不守制，到外面去勾引人家的女子?"

无怀吓得连忙跪下来，伏地发抖。王石田一迭连声地喝道："说，说，说呀!"无怀哪里敢开口呢？王石田越发怒不可遏，顺手拖了一根支窗户的棍，对准无怀背上，一边打下，一边骂道："打死你这不孝的孽畜，免得留在世上，现我王家的眼。我王家世代书香，如何容得你这种孽障!"一连打了几下，墨耕也跪下来，叩头哀求道："望老爷息怒，少爷身体不好……"话不曾说完，王石田已提起脚，向墨耕一踢，骂道："许你这小鬼头多口吗？还不给我快滚出去。"墨耕巴不得有这一句话，趁着一脚踢来，就势一滚，爬起来，往外就跑。耳里听得王石田喊站住，只作没听见，没命地跑进内院，急急地寻找芍药，偏再也找不着，又不敢直进老太太的房。因王石田治家严肃，内外分得极清，虽丫鬟小子，没有使命差遣，不许擅自出入。

此时墨耕找不着芍药，只急得搔耳扒腮，在院中乱转。偶然一眼看见一个老妈子，提着一壶水，打甬道里走过。便跑上前拖住，匆匆忙忙地说道：“还不快去老太太跟前送信，少爷被老爷打得要死了，此刻还在那里打呢，快去，快去！”

大凡人家的老妈子，十九总是耳不聪、目不明的，耳目一不聪明，性情也就因之疲缓了。墨耕说话，又太急促，老妈子光起两眼，望着墨耕。墨耕急得两眼和铜铃一般，四处张望，这一下被他望见芍药了，正端着一只碗，从厨房里走来。墨耕忙松了老妈子，把刚才的话，对芍药又说了一遍。芍药即将手中端的一碗没挦毛的燕窝，交给老妈子，转身跑向老太太跟前送信去了。不一会儿搀扶着老太太出来，老太太高一脚、低一脚地走到书房门口，见房门关着，听得王石田的声音，还在里面怒骂。

老太太气得发抖，举起拐杖，在门上敲了几下，呼着王石田的名字，用那颤巍巍的声音喊道：“你癫了吗？我孙子有什么不好，要你这样关着门儿打。”口里是这么喊，手里的拐杖，仍不住地在门上乱敲。王石田听得自己的母亲来了，连忙放下手中的棍，开门迎接进来。老太太见无怀跪在地下哭，头脸都打肿了，禁不住心痛，也流下泪来。正要弯腰去扯，王石田向无怀喝道：“还不给我站起来吗?”无怀被打得太重了些，挣了几下，才挣扎起来。

老太太指着王石田恨道：“人家都说虎毒不食儿，你这个没天良的东西，竟忍心把儿子打得这样，我看你比老虎还要毒。莫说我这孙子，没什么不争气的地方，十六七岁，就弄得和你一般的前程，什么事赛不过你，用得着你是这么责罚他?”王石田只得听一句，应一句是。

老太太在无怀头脸上用手抚摩道："我可怜的好孩子，不要委屈，你老子发癫似的，胡乱抓了你这么打，真是可恨！你身上打伤了哪块儿没有呢？"无怀早将眼泪拭干了，陪笑说道："你老人家不用操心，没杀伤哪块。"随拿椅子，给老太太坐，王石田便退了出去。

老太太拉着无怀，在旁边坐下问道："好孩子，你说给我听，你怎么会和米家里的小姐认识，如何约了在观音庙会面的？说给我听了，我替你做主。"无怀知道横竖隐瞒不了，便老着脸将和珊珊如何见面起，至今在观音庙如何会面止，一五一十，说了个详尽。老太太笑道："原来不真是米家的小姐，我听得你老子说，正有些疑心，我家与米家，平日没多往来，他家的小姐，怎么轻易与外面男子见面？并且观音庙是什么地方，一个未出闺门的小姐，就好一个人，坐着轿子，带着丫头仆役，到那里与男子约会的吗？怪道是有这些缘由，这女子也就太可怜了。呵，不错，前年我带你去观音庙求婚姻签，出来招呼我的那个尼姑，必定就是她的母亲了。我当时看了那尼姑的举动，听了她的言语，很像是才出家不久的。既是米老头子，认作孙女，他的父亲，又是个拔贡，也不辱没了我家。不过张家的姑娘，已经定下来了，凡是有个大小，就有个先后，等到张家姑娘过门之后，不愁你老子不肯。你不要放在心里着急，急出毛病来了不好。你只发奋读书，若是点了头名状元（状元有不头名者耶？确是老太太声口），你老子心里一高兴，什么话都好说了。

"自从你母亲去世后，家中的事，不论内外大小，都是你老子操心。我是老了，不能问事，你老子也毕竟是个读书人，没经理过家事，心里也就烦得很。过了你母亲周年之后，我就教你老子，讨个人进来，有了一个帮手，免得柴米油盐的小事，也要自己经心。你老子说你母亲才死了，肉还没有冷，便讨人进来，心里总觉有些不忍；并且讨人也不容易，极难得有相当的。你老子又说你的年纪，已有这么大了，又是差不多已经成名的人，若是讨来一个不相干的女子，要你喊娘，你不敢不喊，要喊不愿，家庭间一不能融合，在我们这种人家，是要给外人笑话的。再过两年，若有相当的人物，纳一个进来做妾，便是花几个钱，倒没要紧。前回你母亲二周的忌日，我因见你老子太劳心得可怜，又把这话向他说，你舅父舅母，也都劝他早一日弄人进来，得早宽闲一日，你老子才答应了。即托你舅父，大家留心，但是仍只肯纳妾，不肯续弦。”

无怀道：“他老人家实在不必如此存心，无论什么女子，只要是他老人家续娶来的，名分所在，我哪有不愿喊娘的道理?”老太太点头道：“我也知道，你不是这么不懂事的孩子，不过你老子既决意要纳妾，就由他纳妾也好。”无怀道：“照理这话不应该我说，我的意思，与其纳妾，仍不如续弦的好。你老人家和舅父舅母，都是因父亲家务操劳，想父亲得个帮手，妾的名位既低，不是才德兼全的，就颇难治家整秩。并且肯跟人做妾的，有身份，有根底的，殊不易得。万一稍有不慎，我是时常受你老人家和父亲教训的人，无论怎么，是不敢使父亲着急的。但怕上下仆役，丫头老妈子之类，不能仰体父亲的心，背地里或有些闲言杂语，不问则纲纪废弛；追究又近于贾怨。家庭若是这样的不能融合，就不但外人笑话可怕，家道也难望兴隆了。”

老太太不住地点头道：“你这话说得很对，我再对你老子说，教他仔细想想吧！”当下无怀搀老太太回房，觉头脑昏痛得很勉强，陪老太太，用了晚膳，即回书房睡倒。肩背痛得不能贴席，伏着睡了一夜。次早更周身痛得厉害，想极力挣扎起来，到老太太房里请安，挣了几下，怎奈头目昏眩得支持不住。

墨耕到床前帮扶，才一坐起，陡觉喉间有些作痒，咯了几声，咯出一口浓痰。到口觉有腥气，吐到地一看，哪里是痰呢？竟是一大口凝血。心里吃了一惊，接连气往上涌，压抑不下，脖子一伸，口一张，一股鲜血，喷水一般地冒出来，射到四五尺以外。一连呛了几口，只吓得墨耕双手扶着无怀的头，浑身抖个不了。无怀呛完了几口血，身不由己地往席上便扑，说话都提气不上，对墨耕用手做了做手势，又向自己口里指指。墨耕会意，知道是要水漱口，即提脚要走。无怀又指指外面，将手摇了两摇，墨耕点头道："小的理会得，不说便了。"

墨耕走出一想，老爷好毒的心，把少爷打成这个样子。少爷也真是好孝顺的儿子，被打到这个样子，还怕老爷、老太太知道了着急，不教我说。但是伤得这么重，不赶急请医生来诊，不怕就是这么送了我少爷的性命吗？老爷到那时候反悔起来，必然要归罪于我，说我不该隐瞒不报。老太太是可怜的人，她老人家听了这个信，必是吓得心里又慌又痛，一到书房，看了少爷这种情形，说不定会急得昏死过去。这信实万不可给她老人家知道的，我只送个信给老爷，看他把自己儿子，打得这样，他见了也心痛不心痛，后悔不后悔？

墨耕想了一个停当，便急急跑到王石田房里来，在门口就听得王石田在里面和两个客说话。墨耕也不顾是谁，伸手撩开门帘进去。

不知墨耕如何报信，且俟下回再写。

第五回

周发廷神医接竹
王石田吕祠相亲

话说墨耕撩开门帘，跨进房去，一看房中坐的两个客。一个是本城吕祖殿，教蒙童馆的先生孙济安；一个是有名帮闲的周青皮。墨耕也不理会，直到王石田跟前说道："少爷吐血，现已昏过去了。"王石田听了，心里也就有些着慌。

孙济安、周青皮都立起身来问道："怎么呢？少爷只怕是用功过度了。"王石田也不回答，一面教孙、周二人坐坐，一面起身到无怀书房里来。一进门便闻得一股血腥气，再看房中地下，鲜血喷满了，连床缘上，都沾了不少。无怀面如黄纸，奄奄一息地蜷伏在床上。墨耕端了一杯温水，送到无怀口边，轻轻唤了两声。无怀睁开眼，就墨耕手里喝了一口水。墨耕拿一个锡痰盒承接，无怀漱了两口。

墨耕弄了王石田来，心里又有些怕无怀见了，着急害怕。故意用身躯，遮了无怀的两眼，使看不见王石田。王石田却已看见无怀的憔悴样子了，心中自不免有些懊悔，但也没什么话可说，出来教人赶快去请医生，自己仍是陪着孙济安、周青皮说话去了。

这孙济安、周青皮是来做什么的呢？原来是替王石田作合来的。他们要作合的这个女子，是苏州人，姓柏，今年二十岁，说她父亲也是个秀才，二年前嫁了本城一个开钱店的少老板，过门不到三个月，少老板就害痨病死了。这女子守了两年节，因无儿无女，家中又不富裕，不能不再嫁。只要是大户人家，填房（俗称继娶为填房）、做妾都愿意，有十二分的人才，性情又随和得很，治家理事，都是惯家。

王石田说：“续弦与纳妾不同，续弦得和平日订婚一样，手续都要完备，男女两边，不到成婚的时候，是没有先行见面的。我于今是纳妾，却要先看看人物，人物对了，再议身价。如果看了不愿意，就毋庸再说。你们两位来说合，可约个日子，用轿子送那女子到这里来，彼此见一面再谈吧！”孙济安、周青皮齐声说：“这么办最好，老爷吩咐什么时候送她来，我们无不遵办。”王石田道：“我出外的日子很少，随便什么时候都行。”孙、周二人连声应是，告辞去了。

再说无怀体质，本来不甚强实，这次吐了这么多血，如何能挣扎得起，只是伏在枕上，心窝里忡悸得一阵一阵地发慌。不一时，接得医生来了，王石田陪着进来诊视，无怀见他父亲跟在后面，仍想坐起来。医生连忙扬手止住道：“不要乱动，若再激荡出一两口血来，便是和缓也不能治了。”

医生就床缘坐下，看了看无怀的脸色及头面的伤痕。医生来时，已听得接他的人，将吐血的原因说了，便不再问。只将无怀里衣撩起，看背上一条一条地肿起来，紫色和猪肝一样，忍不住也吐舌摇头，对王石田道：“少爷的症候，妨碍是无大妨碍，不过要求急效，君臣药是难于见功的。用君臣药医治，至少须三个月，方能恢复原状。”王石田道：“不用君臣药，用什么药呢？”医生道：“这症候以用草药为宜，君臣药性缓，恐怕拖久了，元气过于受伤，难于补养。草药是新鲜的，性质激烈些，容易胜病，然极是难用。无锡只有一个周发廷，已是七十多岁了，离晚生家不远，开了一家生药店，是伤科最有名的。晚生胆敢举荐他。”

王石田道："老兄荐的，必是不差。他那药店叫什么招牌？我立刻派人去迎接。"医生道："那人的性情很孤介，非得晚生亲去接他。他年纪老了，恐怕他推故不来，倒是穷人有病，哪怕三更半夜，大雨、大雪，他是绝不推辞的，有时连药都奉送，分文不取。他常说有钱的人，不愁请不着医生。"王石田道："既是如此，即烦老兄速去速来。"随即叫人预备一乘轿子跟着医生的轿子去。

医生来到周发廷药店门口下轿，见周发廷正坐在柜房里面，医生将王家奉请的话说了道："这是由我举荐的，望你老不要推托，顾我一点儿面子。"周发廷笑道："他们当少爷的人，为什么会打伤，而至于吐血呢？"医生把原因说了一遍。周发廷点头道："他们富贵人家，对于少年科甲的儿子，居然能是这么督责教训，总要算是难得的了，我陪你去一趟使得。"说着，从柜中拿出一口小箱子来，医生连忙接了问道："这是要带去的么？"周发廷点头应是。二人上了轿子，轿夫抬着飞跑，一会儿就到了。

此时余太君已知道了，因不见无怀来用早点，打发芍药来催。见墨耕正在扫除房中血迹，无怀伏在床上，昏迷不醒，口里喃喃地说梦话，也听不清是说些什么。问墨耕少爷怎么了，墨耕举着大拇指，悄悄地说道："就是这个没天良的，昨日打厉害了，请了医生来，说是诊不好，此刻又请外科去了。老太太教你来催少爷，去用早点么？"芍药点点头道："这怎么好呢？老太太若知道伤得这般厉害，只怕也快要急死了，你说用什么话隐瞒才好？"墨耕道："隐瞒不给老太太知道，太好这个人了，我看还是说的好。这个人又没教我们隐瞒，我们隐瞒了，弄到不好，还要担不是。"芍药道："不错，我此刻不说，少爷就好了，便没要紧；若是一时不得好，老太太必然骂我不知轻重，不关痛痒。"墨耕连连摆手道："一时不会好。刚才医生说，至快也得三个月工夫，才能复元。你看，能瞒得了三个月么？你快去说吧，等歇医生来了，老太太又不好对这个人发气了。”

芍药去不一刻，果将余太君搀到书房里来，王石田也跟在后面。余太君一见无怀伤势沉重的样子，心里一酸，两眼的无多老泪，只往下掉。颤颤惊惊地挨着床缘坐下，伸手在无怀头上，轻轻地抚摩哭道：“我昨日问你，你还说不曾受伤，可怜谁知竟打伤到这步田地。”随用拐杖，指着王石田骂道：“你这孽障，好狠毒的心肝。他的行为，便有些不对，却不是犯了什么十恶大罪，训饬他一顿，也就够了；充其量，不过责罚他两下，什么事用得着这么毒打。你明知道我七十多岁，只痛爱这个孙子，你将他打到这样，不是有意给我过不去吗？你打得他要死了，我昨日问他，他还勉强赔笑说，没打伤哪块，为的是怕我着急，怕你受我的埋怨。你看你说他是不孝的子孙，他尚且知道是这么存心，你自以为是很孝的，却故意给我过不去。我不知前世造了什么孽，生出你这种儿子来。”余太君边骂边哭，吓得王石田跪在地下，只是叩头说：“儿子一时鲁莽，求母亲不要生气。此刻接外科医生去了，等歇来了，诊过之后，服了药，大概是不妨事的。”

余太君恨了一声道：“万一这孩子有个长短，我这条老命，也留着没用了。索性遂你这狠毒东西的愿，免得你时时计算如何给苦我吃，如何给我难过。”王石田跪在地下哭道：“母亲是这么说，儿子更罪该万死了。”

余太君见自己儿子如此，心里也自是不忍，恰好外面来报，医生来了，即说道：“还不快去教医生进来，跪在这里，装什么假惺惺！”王石田爬了起来，走出书房。见医生旁边，立着一个头须并白的老者，两眼精光闪烁，立在那里，一种神完气足的样子，料定就是周发廷。不由得肃然起敬，连忙打拱说道：“劳动老丈，甚是不安。”周发廷略谦逊了两句，王石田即引进书房。医生和周发廷，都向余太君见了礼，余太君指着无怀，对周发廷说道：“费心看看我这孙子的伤，没要紧么?”

周发廷走近床前，伸手握了握无怀的脉，笑向余太君道：“请老太太放心，三日之内，我保管孙少爷饮食如常。这种浮在面上的伤，一点儿没要紧。”余太君喜道：“阿弥陀佛，也罢，也罢!”

医生在旁问道：“今早吐了不少的血，怎么谓之浮面的伤呢?”周发廷笑道：“受伤是受伤，吐血是吐血，并不是因伤吐血的，这血多久就要吐了；不过这回，陡然加上十分的着急，就吐了出来，完全不与伤处相干。我带了来的药，给他服了，立刻教他清醒。”医生随将药箱递给周发廷，周发廷打开，取出两个瓷瓶来，倾出一颗丸药、一茶匙末药，要了一杯阴阳水，将丸药灌入无怀口里。调了末药，用鹅毛醮着，在无怀身上、头上，各伤处敷了。又倾了两颗丸药、两匙末药，交给王田石道：“明日、后日照刚才的样，给他敷，给他吃，包管无事。”王石田道谢接了，邀医生和周发廷，到外面客厅款待。

周发廷不肯坐，即告辞要走，王石田哪里肯放，定要留着款待。周发廷无奈，只得到客厅里坐着。王石田陪着谈了会话，不过一刻工夫，墨耕走进客厅，向王石田报道：“少爷已清醒过来了，伤处也不觉痛了，只这腹中有些饥饿，想吃点心。老太太叫小的来问，看要禁口不禁?”周发廷道：“只看少爷想吃什么，便给什么他吃，一概不禁。只是这三日内，不要出外吹了风。”墨耕应着是去了。

王石田恭维周发廷道：“老丈真是华佗在世，像这般神效，实在不曾见过。”周发廷笑道：“这只是擦坏了些皮肤，如何算得是伤。充我这药的力量，就是肚皮劈破了，流出肠来，只要不曾断过了气，十一个时辰，便能医好。咽喉割断了，只要身首不曾离开，在三个时辰以内，我尚能医治。”

医生笑向王石田道：“他老人家的药力，说起来，真骇人听闻。前几年有个排客，闻他老人家的名，特来拜访。那排客的法术很好，砍断了四肢的人，只要一碗清水，画一道符在里面，将四肢接起来，喷些符水在上，顷刻和不曾砍断的一样。他老人家听了，说靠不住，排客问如何靠不住，他老人家说：‘生前接起了，死后仍得断。’排客不信，他老人家笑道：‘这很容易试验，我这院子里，有几根毛竹，可锯断两根，你用法接，我用药接，看是谁的靠得住。’排客答应了，真个锯断两根毛竹，各人接各人的，做了记号。过了几个月，仍是一般地都没有死。排客问如何试验得出他的靠不住，他老人家又将两根竹，齐兜锯倒，叫了一个篾匠，用刀子将竹做几块破开，排客接活的那根，破到相接的地方，截然断了，刀刀如是。而他老人家接活的，和平常的竹子一样，看不出接痕来。排客才五体投地地佩服，定要拜他老人家为师。他老人家不肯，只送了几样好药，给排客去了。”

王石田听了，半信半疑，因他素不相信有什么法术的事，还是见周发廷，不像个荒唐人，又有治好无怀的功绩，才不好意思斥为邪说、斥为异端。

须臾，酒菜上来，王石田陪二人，用了午膳，送了四十两银子的药钱。举荐周发廷的那医生，自然也有酬谢。送两医生去后，回到书房里看无怀，已是坐在床上，和余太君谈话。王石田也就把一颗心放下了。

第二日，孙济安、周青皮来说，柏家那女子，不愿送上门来看。或是约定一个地方会面，或是王石田亲去她家里坐坐，却都使得。王石田心想：不肯送上门来，倒是有些儿身份的话。便对孙、周二人道：“她不来也罢！只是要我到她家去，于我的体面有关，这事办不到。还是约定一个地方会面，倒没有什么不可。你们想出一个妥当的地方来，教她先在那里等着，我去看看使得。”

周青皮望着孙济安道：“妥当地方，教我两人，去哪里寻找呢？若是在人家家里吧，不三不四的人家，王老爷也是不便去；富贵人家，又如何肯借给人会面呢？这却使我两个作合的人为难了。”

孙济安笑道：“这有什么为难？现放着个有一无二的地方在这里，莫说会面，什么事都好办。你自己想不起，只怪没有地方。”周青皮偏着头，想了一会儿笑道：“呵，有了，不就是你那吕祖殿么！”孙济安点点头笑道：“那地方还不好吗？两边都装作进香的，人不知，鬼不觉，就会了面了。”周青皮不住地摇头晃脑道：“这地方，果然是有一无二的好地方。”随即向王石田说，王石田也说很好，于是约定了明日上午，到吕祖殿会面。

次日，王石田用了早点，便衣小帽，也不带跟人，一个人走到吕祖殿。孙济安已立在庙门外盼望，见王石田一个人走来，连忙满脸堆笑，紧走几步，到王石田跟前说道：“老爷真是言行合一，说什么时候来，就什么时候来了。”王石田道：“她已先来了么？”孙济安笑道：“怎敢不先来伺候，老爷进去一看，便知道晚生们作合的不错了。”边说边斜着身子引道。

王石田跟着进了吕祖殿。只见殿上一个淡妆女子，手中拿着一炷香，立在案旁边，就神灯上烧点，面向着神龛，从下面看不出妍丑。孙济安对王石田做了做手势，以表明就是这女子，王石田点头会意。

二人来到殿上，周青皮从里面出来，趋前叫了声王老爷，那女子随即回过头来，望了王石田一眼，和王石田恰好打了一个照面。王石田很吃了一惊，心想这女子有如此丰韵，无怪她不肯送上我家来给我看。再看那女子，点好了香，插入香炉内，回身到香案前面，盈盈下拜，伏在拜垫上，也不知祝告些什么。拜罢起来，又偷眼打量了王石田两下，即带着一个老妈子，坐着二人小轿去了。

王石田从顶至踵，看了个十分饱。孙济安邀王石田到教书的房间坐下，周青皮问道："老爷看了人物怎样，晚生们没有欺骗老爷么?"王石田点头道："我只要是五官无缺的，就能行了。我是因为家政无人操持，要得一个帮手，至于颜色丰度，本在其次。我看这女子，举动也还安详，只是眉眼间，有些带煞；好在她已经死过一个丈夫了，你们两个且去问问她，看她做妾，愿不愿意？若是愿意，你们明日再到我家来谈；不愿意，毋庸说了。"孙、周二人齐声应好。

王石田随即归家，至夜间将看亲的话，向余太君说。余太君也将无怀主张续娶，不主张纳妾的话说了。王石田道："他们小孩子，知道什么？纳妾不好，可随时打发她走。妾的身份既卑，胆量也就小些，凡事不敢放肆，不许她过问的事，她绝不敢过问。并且是来我家做妾，我家可以不认她娘家做亲戚，身份门第，都可不大研究。若是续娶，岂能如此?"

余太君听了，也似乎近理，便点头说道："小孩子的见识，毕竟差点。"余太君接着说道："那个周医生的药，确是灵效，今日的饮食举动，已是和平日一般了。只因医生嘱咐了，不要出外吹风，我才教他在书房里，不许到外面走动。这孩子的体格，本来不大壮实，一则读书用功过度；二则他心里，自从他母亲去世，时常忧郁，这回又一着急，所以得了这吐血的疾候。这样小小的年纪，就吐起血来，实不当要的。"

王石田道："这孩子近年来变坏了，读书也不似前几年用功。他母亲未死以前，他已是时常愁眉不展，好像有什么心事似的。这孩子是这般不长进，将来他的前程也就难说。"余太君道："什么前程不前程，我只望他无灾无难，等他母亲的服制满了，给他娶了媳妇，早早地得个曾孙子，我就心满意足了。他的前程，将来便做到宰相，我也看不见，享他的福不着。”王石田道：“他身体已是这般孱弱，又早早地给他娶媳妇，这孩子只怕就是这么断送了。”余太君不乐道：“寿命长短，都有一定，你这是瞎担心。”

王石田见余太君不高兴，只得连连应是，退出来安歇。

次日梁锡诚夫妇，不知怎么听得人说，知道无怀被父亲打伤了吐血，夫妇两个一早就来探视。无怀还睡着，不曾起床。二人直走到床前，抚摩盘问了许久，无怀并不隐瞒，将珊珊的事完全说了。

梁太太叹道：“这事你怎不早向我说，若早向我说了，如何得受这一顿毒打？”无怀道：“舅母有甚法子，使我不挨打呢？”梁太太道：“我家一个姓何的老妈子，有个媳妇，在米家当奶娘，何妈时常到米家去。我多久就听得何妈说，米老太爷收了一个班子里姑娘做孙女，接在家中住了，和那些孙小姐一般看待，有时还痛爱得厉害些。我当时因是与我家不相关的事，懒得盘问她。要知道有你这么一回事，我就接她到我家来走走，也是办得到的事，如何会在观音庙会面呢？你不在观音庙会面，你父亲就能打你吗？只是这事已经过了，不必再说他了。等你服制已满，要你舅父向你父亲说，若是你父亲不答应，我和你舅父做主，到我家里去成亲，算是我的媳妇。你只安心把病养好了，凡事都有我替你做主。”无怀自是道谢，梁锡诚到王石田房里，和王石田谈话。

无怀今日，更是比昨日又好些了，起来随梁太太到余太君房里，同用早点。余太君看无怀头脸上的伤痕，一些儿也看不出来了。不一会儿，梁锡诚也进来，向余太君请安，坐下来笑道：“外面来了两个客，大概是来作合的，不过这两个人，我看有些靠不住。”余太君问道：“来的是谁，舅爷怎么知道靠不住？”

不知梁锡诚回出什么话来，且俟下回再写。

第六回

置小星垂老入情魔
借父命冶容调公子

话说梁锡诚见余太君问，怎么知道作合的人靠不住，含笑答道：“那个孙济安，虽是吕祖殿教蒙童馆的先生，但是他教的学生很少。平日专靠替打官司的人，做禀帖，走衙门里的小路道。在那些三班六房跟前，递晚生帖子，见面称大伯大叔，全仗是这么弄碗饭吃。至于这个周青皮，越发是个坏胚了。无锡城中所有的上、中、下三等班子，以及私娼、大烟馆，无有不认识他的。他专一替人作牵头，从中得些小利益。他本是一个在班子里当龟奴出身的，你老人家说，是这么的两个人作合，靠得住靠不住呢？”

余太君道：“既是这么的两个坏蛋，不怕他设局骗人吗？”梁锡诚道：“设局骗人的事，他们也不知做过了多少，只是这回，我料他们还没这么大的胆量。”余太君道：“他们既不敢设局骗人，又有什么靠不住呢？”梁锡诚笑道：“他们这种坏蛋，哪有好女子给他作合，我是这么一想，便很觉得他们作合的靠不住。”余太君道：“石田难道不知道，这两个人的履历么？”梁锡诚道：“知道是没有不知道的，他是读书人，常说‘以诚待人，豚鱼可格’，人家绝不忍欺骗他。”余太君道：“舅爷曾将这话，对石田说过吗？”梁锡诚点头道：“我将他叫到外面，说了一会儿，他倒说得好笑。他说纳妾和买字画古董一样，只要自己有眼力，与掮客没有关系。世间哪有正人君子，肯替人效这些奔走的？你老人家听，他是这么回答我，我还有什么话，可以说得进去。”

梁太太望着余太君笑道：“我家姑老爷的脾气，你老人家还不知道吗？他说怎么好，就怎么好，无论是谁，也驳不回的。几十年来，都是如此，事情快要成功了，一句话可以说得转来的吗？”梁锡诚道：“我也不过揣度之词，作合的女子是谁，我尚不知道，也无怪他不听。但愿我这靠不住的话，说得不灵，是大家的好处。”

于今且将这边议论放下，再说王石田陪着孙济安、周青皮，在书房里谈话的情形。

却说王石田正陪着梁锡诚，在书房里谈纳妾的话，梁锡诚听得是孙、周二人作合，便想拦阻。话还不曾说出，恰好孙、周二人来了，梁锡诚不好当着面说，只好将王石田叫到外面，说孙、周二人，如何没有品行，如何靠不住。王石田怎么肯听呢？随口拿着买古董字画，全凭眼力，不关掮客的话，回得梁锡诚哑口无言，梁锡诚怄气跑到余太君房里去了。

王石田回书房，孙济安立起身来笑道：“晚生平生曾数次与人作合，从来没有像此番替老爷作合，这般顺手、这般如意的。这完全是老爷的福气，晚生们伴福沾恩。”王石田微笑让座问道：“这话怎么说呢？”孙济安道：“晚生大胆在老爷跟前直说，老爷不是寻常人，明见万里，是一字也不能欺假的。昨日在吕祖殿会面之后，晚生和周兄同至柏家，柏小姐当面不曾说什么，由她的堂兄出来，向晚生们说道：‘舍妹见过王老爷之后，说王老爷的年纪，虽然比她自己，大过一倍。但毕竟是有福泽的人，颐养得好，实在看不出五十多岁的人来。照两眼的神光，并举步的沉重看起来，将来的寿数，必然很高，恐怕她自己将来还赶不上呢？’她既说这话，心里已十分愿意是不待说了。她自己的赔奁、衣服首饰以及房中的器具，都有些儿，十年以内，王老爷便不给她添置，她也够用的了。身价一文钱不要，只有她的一个奶妈，现在已有四十多岁了，她小时候，是这个奶妈养大的，于今这奶妈的丈夫也死了，儿子也死了，只剩了一个孤人。她受了这奶妈抚养之恩，不能随意撇掉，也不能给她些钱，由她自去生活，是要带在身边走的。这奶妈却不会白吃人的饭，针凿是一等，就是做家，料理一切，也很是精明，很有计算。王老爷若能依她带着奶妈来，什么事都可遵王老爷的命；若是不行，就看王老爷，有什么好方法，可以将这奶妈安插。柏家的话，就是如此，晚生一句没添，一句没减，只看老爷如何吩咐。"

王石田点头笑道："如此正足见这女子的天性很厚，知道受了奶妈的抚养，不肯随意撇掉。莫说这奶妈，还能操作；便是坐着不动，我家也不多了她这一个人。在她自不能不先事申明，而在我听了，实在不算一回事。"

孙济安望着周青皮笑道："何如呢？我说王老爷，是何等圣贤心肠，这事哪有不容许的。"周青皮也点头赞叹道："像王老爷这样盛德君子，实在少有，既是老爷答应了，事情是再顺手没有的了。就请老爷定一个日子，使她也好料理一切。"

王石田顺手拿了一本历书，翻开看了一看，道："就是后日三月初三最好，我这里房间现成的，只须打扫打扫。她有什么衣服木器，明日可着人送来，后日我派轿子去接她便了。我亲友都不通知，就是这么接到家来，一桌酒席都不办。便是你们两位，也是每位折一桌酒席钱，随两位自己什么时候高兴吃，便什么时候吃。我家里没人照料，延客很觉麻烦。"

孙济安笑道："晚生早料到老爷是个图爽利的人，必不会张扬宴客，老爷赏晚生们的酒席好极了。不瞒老爷说，老爷花钱办一桌酒席，晚生们不过一时的口腹受用，吃一顿，只能算一顿。老爷赏几个钱，又省事，而晚生所受是实，至少也够一家人半月的食用。老爷这般善体贴人情，可惜晚生无福，不能时常伺候老爷。”王石田被孙济安一阵恭维，心里异常舒服，慨然许了二人，每人六十两银子的媒费，十两银子的酒席费。

次日，柏家送衣箱木器来，共有二十多抬，八口极大的衣箱，一房螺钿紫檀木器。王家虽是世家，却没有这般精美的木器。王石田共花不了二百两银子，得了一个如花似玉的美人，还饶了这么多陪衬，心中如何能不得意。

初三日上午，王石田派了一乘大轿、一乘小轿，将新姨太太接到家来，拜见了余太君。家中丫鬟仆役，自然依体参见新姨太。无怀此时的病体，已完全恢复了，免不得也要出来见见，叫声“姨娘”，拜了下去。新姨太也连忙跪倒回拜，无怀是图他父亲欢喜，所以先拜下去。新姨太回礼之后，从新娇滴滴地唤了一声“少爷”，从新展拜下去。无怀回拜时，一眼看见新姨太的面目，不觉吃了一惊，退到书房，暗自寻思道：“她这面孔，实在像在哪里见过，只苦于一时想不起来。”因近来吐血过多，脑力还不曾完全养足，想了一会儿，便觉头目有些发昏，就搁下不想了。

王石田讨了这个姨太太，爱惜得无微不至，连自己的行为较平日都完全改变了。平日在家，那一种严重态度，凛然若不可侵犯；丫鬟仆役说笑的声音，略微高大了些儿，被他听见了，不是打，就是骂。并且终日坐在书房里看书写字，非到夜深，不进太太的房。夫妻见面，说话都客客气气的，真可算得相敬如宾。

自从新姨太太进门，起初几日，还勉强在书房里，随便坐坐。十天半月之后，不是要进书房取什么物件，一脚也不踏进书房门。早晚照例到余太君跟前请两次安，明守到夜，夜守到明，总是守在姨太太房里。姨太太有时高声纵笑起来，连外面客厅里都听见，他不特不禁止，反陪着放声大笑。平日他起得最早，近来一日晏似一日，不到午餐时候，不能起床了。平日他最恨人吃鸦片烟，姨太太进门才两个月，居然在家开灯，自吃起来了。

这年夏天，一连有两个多月没下雨，四乡大旱。王家有几处山庄，因和邻田争水，庄家与庄家闹了几次，报到王石田跟前来，王石田推脱不了，只得亲自下乡去料理。王石田动身后，新姨太的奶妈，来到无怀的书房说道："老爷走的时候吩咐了，说里面房多人少，姨太太年轻人胆小，当差的不便教他们住在里面，少爷搬到老爷书房里住几夜。等老爷回家，仍搬到这房里来。"

无怀踌躇道："老爷怎不当面吩咐我？"奶妈笑道："老爷走得急，就是这么对姨太太说了。姨太太教我来对少爷说的，难道姨太太还说谎吗？如果老爷回家，说没有这句话，姨太太还能赖得了吗？老爷是这么吩咐姨太太，姨太太是这么吩咐我，我是这么对少爷说，少爷听不听，只由得少爷，这话我说到了的。老爷回家责备我，我是不受的。"

无怀道："既老爷是这么吩咐，我怎敢不听？你去回明姨太太，我遵老爷的吩咐，搬到里面书房来住几夜便了。"奶妈应着是去了。无怀随叫墨耕将铺盖搬进里面书房，自己来到余太君房里，把王石田吩咐的话说了，余太君也信以为实。

无怀晚餐过后，便拿了两本书，带着墨耕，到里面书房读书。奶妈见无怀进来，即托了一盘点心、一杯茶，送到无怀面前，笑说道："这点心是姨太太亲手制的，请少爷试尝一点看。"无怀忙立起来道谢。

墨耕先在后房一张藤榻上睡了。无怀正就灯下看书，忽闻得一股香气触鼻，偶抬头，只见姨太太立在书案旁边，浓妆艳抹，笑盈盈的，两眼如醉，也不知是从何时来的。吓得无怀连忙放下书，立起身来，心头兀自跳个不了。

姨太太笑道："这点心，少爷怎的不吃？我特意做了，给少爷吃的。"无怀半晌才答道："多谢姨娘，我才用了晚饭不久，留待想吃的时候再吃。"姨太太笑道："少爷随时想吃，我随时给少爷做。"无怀只低着头应是，姨太太就书案旁一张椅子坐下，无怀只侧起身子坐着。姨太太说道："我记得少爷的年纪，比我还要小两岁，真是少年才子，令人又爱又敬。"无怀道："姨娘夸奖得好，哪有什么才呢！"姨太太笑道："少爷的才名，我三年前，就羡慕得了不得，只恨没有福气、没有缘分，遇不着少爷。"

无怀听了这话，不敢回答，姨太太也停了一停，忽然说道："陈珊珊的福气缘分，确是不小，我如何能及得她？"无怀听了，心里更是一跳，忍不住问道："姨娘如何知道陈珊珊，她有什么福气，什么缘分？"姨太太笑道："少爷倒来问我吗？我若有她那么好的福气，她那么好的缘分，岂待今年，才能和少爷说话吗？现在米老太爷认她做孙女，出入婢仆成群，俨然是一个小姐了，将来的福分，还不可限量呢！我与少爷见面，并不在她之后，以我的遭际，和她比起来，就天地悬隔了。"

无怀心里才恍然记起来，这个姨太太，就是吃寿酒的那日，向自己眉目传情的白玉兰，怪道她有这种举动。无怀一触动当时情景，又见了白玉兰那般妖冶的神情，心里迷迷糊糊的，好像有些把持不定。连忙暗地在自己腿上用力捻了一下，觉着一痛，心里明白了，自己以口问心道："这是人禽的关头，我王无怀十年读书，生长诗礼之家，至此还操持不定，何以为人？"

白玉兰见无怀半晌不言，脸上露出惊慌害怕的颜色，便将座位移近了些，笑了一下，正待说话，只见墨耕从后房出来，挺胸竖脊地立在房中，向无怀说道：“老太太吩咐少爷，大病才好，得早些安歇的话，少爷就忘了吗？少爷再不安歇，小的就去回老太太。”无怀连连说就安歇。

白玉兰一听墨耕的话，又见他虽是个未成年的小孩子，说话却气冲冲的，斩钉截铁，倒被他惊出了一身冷汗。一时想拿出副主母的架子来，发作几句，又怕他这小孩子，再激出什么不中听的话来；或者竟去回老太太，反把事情弄决裂了，更绝了希望。只得勉强按纳住性子，又羞又恨地起身说道：“我倒忘了少爷是大病之后，亏得这小子提起，请少爷安歇吧！”说着，自回内室去了。

墨耕“啪”的一声，将书房门关了，无怀也不说什么，立起身解衣就寝。墨耕伏侍无怀睡了之后，悄悄地从后房将藤榻搬到前房，紧靠着无怀的床缘睡了。

次日早点后，无怀去梁锡诚家坐了一会儿回来，墨耕说姨太太回娘家去看她哥子去了，无怀道：“老太太知道不曾？”墨耕点头道：“老太太许可了才去的。”无怀便不再问了。只一刻工夫，姨太太就回来了。

无怀陪着余太君，用了晚饭，叫墨耕打水洗澡。叫了几声，不见人答应，过了一会儿，才见墨耕弯着腰，苦着脸，一步一跛地走来。无怀吃惊问道：“怎么成了这个模样，发了痧症吗？”墨耕摇头道：“不是痧症，不知怎的，一刻工夫，泻痢似的，泻了十来次。泻得两腿发酸，一些儿气力没有，还不住地想登坑呢！”无怀道：“我屡次教你口渴了，不要喝凉水，你只当作耳边风，当面应是，背后又捧着凉水，尽命地喝。这般不听话，怕不泻痢吗？你既病了，不要做事吧，快去睡下来。我叫刘升去请医生来，弄药给你服。”墨耕应着是，回到他原住的地方去睡了。

无怀叫刘升去请医生，刘升是王石田跟前伺候的人，三十多岁年纪，很是聪明能干，相貌也生得白净不过，王石田平日是最喜欢他。本来要带着他下乡，同到田庄上去的，因刘升忽然病了，走不得远路，所以留在家中。无怀教他去请了一个医生来，给墨耕诊了脉，也辨不出是什么病症来。旁的病症都没有，就只泻得没有休歇，无论什么食物进口，落到肚里，随即泻了出来，到夜间连动也不能动了。医生只开了几味止泻的药，煎着给墨耕服，无怀这夜，只得一个人，进里面书房去睡。

此时姨太太已妆饰得如秋日芙蓉、春风杨柳，在房里等着。听得无怀一进书房，即打发奶妈捧了一玻璃盘的水果，送到书案上，无怀只得道谢收下，坐着就灯光看书。奶妈退出去，随手将书房门带关。

无怀心里也有些怕姨太太再进来，提说前事，即起身将房门闩上了闩儿，仍坐下看书。看的是《史记·列传》中的《游侠列传》，看得高兴，不觉高声朗诵起来。正在得意，猛听得屋上的瓦，“咯喳”响了一下，随着一片瓦，掉在丹墀里。惊得无怀忙住了声，从窗眼里，朝屋上一望；但见一轮明月照得如白昼一般，并不见屋上有什么东西。

无怀年轻的人，虽则有些学问，毕竟胆量很小，禁不住有些害怕。但是墨耕又病了，以外的仆役，不便叫进内室来做伴。只得勉强镇静，用两手将自己的两耳掩住，两眼望看书上，一切不听，一切不看，以为便可以不害怕了。

才看了两三行书，忽觉有人摇他的臂膊，连忙放下手，回头一看。只见姨太太，穿着一件水红芙蓉纱的上衣，雪一般白的肌肤，都从纱眼里透出来，看得分明。胸前系着一条绣花抹胸，一对软温润滑的鸡头肉，隐隐地隆起在抹胸里面，紧贴着无怀立住，露出十分娇怯的样子说道：“吓煞我了，你听得丹墀里瓦片响么？”无怀陡然见她这种神情举动，一时不知要如何才好，只得立起身来，退开了一步，指着对面的椅子说道："姨娘请坐。"

姨太太一手护住酥胸，一手拉了无怀的手道："你摸摸看，我这颗心，吓得要从口里跳出来了。"无怀如何敢摸呢？不由得红了脸，低着头说道："不用害怕，不是猫儿，便是耗子，在屋檐边走过，踊落了一片瓦。姨娘坐着定一定神，请去安歇吧！"

姨太太含笑就无怀坐的椅子，坐下来说道："哪有那么大的猫儿、耗子，我分明看见一只和人一般的东西，从我那边房上，向你这边屋上一滚。我一声不曾喊出，就听得打得瓦响，吓得我就跑到后房喊奶妈。可恶那婆子，一上床，就睡得和死人一样，再也喊不醒。我又不敢走前面，只得从后房，转到这里来。我今夜是不敢一个人回房去睡，看你说怎样就怎样。"说着，急得哭起来。

无怀退到对面椅上坐下道："姨娘果是害怕得很，我去回明老太太，教芍药到姨娘房里来，陪伴几夜。父亲归家，大概也不过几日了。"姨太太只管摇头道："快不要提芍药吧，我看那小丫头，不是个好东西。背着人就和墨耕那小子嘻嘻哈哈、扭扭捏捏，我简直厌恶她极了。"无怀诧异道："这还了得吗？只怪我该死，平日待那小子，太宽假了一点，想不到他，竟敢这般无状起来。"姨太太道："你不提芍药，这话我也不肯说，不过我此刻说了，你不要就我这话，去责骂墨耕。这种事情，没拿着实在凭据，是不好瞎说的。那小子心眼儿极多，一张嘴又来得厉害，就是芍药也不马虎，你听在心里就是了。今晚那小子怎的没在这后房里睡？我刚才从后房来，好像不曾见他。"

无怀道："他喝多了凉水，闹肚子，闹了一日了。"姨太太放出笑容说道："他不住后房睡，你一个人睡在这里，难道便不害怕吗？"无怀道："本来没什么可怕。"姨太太笑道："毕竟是男子，胆量大些。今晚若不是有你在这里，我真要吓死了。你想这一大边房屋，就只我和奶妈两个人。奶妈这个人，又是和泥做的一样，一合上眼，便雷也打她不醒，哪怕我们在她身上睡觉，她也不会知道。”说时，拿那一双俊眼，迷迷糊糊地瞟着无怀笑。

无怀见了，惊得心里乱跳，赶紧将头低下，想主意要如何才得脱身。姨太太从玻璃盘内，拈了一片藕笑道：“人家说读书人的心孔窍多，像这藕一样。我从前有幅中堂，是青藤老人画的藕，有一个读书人，替我写了一副对子，挂在那中堂两旁。我记得那两句话是：一枝西子臂，七窍比干心。他写了并解说给我听。但是我看你这个读书人的心，好像没有什么孔窍。来你吃了我手里这片藕，你心里的孔窍就自然开了。”

无怀生长到二十岁，几曾受女人这般调笑过呢？从前和陈珊珊，虽然厮混得那么亲密，只是两人都是极纯洁的心肠，极温存的态度，全不曾有过轻佻的言语，浮浪的举动。此时忽然听了姨太太这类双关挑逗的话，心里如何能不害怕，口里如何能回得出话来呢？唯有将头更低下去，着急得不知要怎么才好。

姨太太笑嘻嘻地立起身来，擎着那片藕，轻移莲步到无怀面前，一面伸手去扶无怀的肩头，一面说道：“你二十岁的汉子了，怎么还这么不懂风情呢?”

无怀一时又羞又愤，拔地立起身来，一手推开姨太太，一手抽去门闩，拉开门往外就走。里面几重门，都关上了，幸喜不曾上锁，一路开了出来，直回到自己书房里，坐下来，还兀自惊慌不止。心想父亲五十多岁的人，讨一个这么年轻的女子，又是个开班子出身的，将来家庭间一定要弄出不好的事来。我家世代诗礼家声，只怕就要在她一人身上毁坏了。无怀一人坐在书房里越想越怕，却又想不出个防范的法子来，也不便将这事和人商量。

第二日姨太太便推病不起来，也不到余太君跟前请安。余太君还只道是真病，教刘升请医生来诊。无怀除了陪余太君吃两顿饭外，只一个人在书房里，埋头读书。姨太太是什么病，吃了药怎样皆不过问。墨耕大泻之后，精疲力竭，三五日不能起床，内外的事，都是刘升一人奔走，刘升却不辞劳苦，越做越显精神。

过了七八日，王石田从田庄上回来了，刘升做事的精神登时减退了八九成。王石田回来，过了一夜。次日早起，连梳洗都来不及，跑到正厅上坐着，一迭连声叫人去书房里，把那孽畜抓来。当差的知道少爷又是犯了什么事，连忙到无怀书房里，见无怀正起来披衣，便说老爷现在正厅上，要少爷快去。

无怀不知有什么事，急急地将衣穿好，来到正厅上。一看他父亲那种青铁一般的面孔，两眼睁得几乎暴了出来的样子，吓得心里十分害怕，只是摸不着头脑，不知什么事，这么生气。只好紧走几步，叫一声“爹”。不想这“爹”字才出口，王石田已放开如霹雳一般声音，喝道：“谁是你的爹？你这种孽畜，认得我是你的爹吗?”接着鼻孔里哼了两声道：“我和你这畜生没多的话说，你立刻给我滚出去！我没你这个儿子，我王家不容有你这种畜生，我的话都说在这里了。快滚，快滚!”

无怀猛听得这些话，正如晴天霹雳，惊得目瞪口呆。不由得双膝往地下一跪，两眼扑簌簌掉下泪来，正待开口，王石田已跑过来，一把抓住无怀的头发，厉声喝道：“你这孽畜还想赖在这里，不想出去吗?”无怀哭道：“儿子有过犯，求父亲责罚，养育深恩，丝毫未报……”王石田不待无怀说下去，没头没脑，就是几巴掌打下骂道：“你怕气我不死，还有屁放。还不给我快滚!”王石田一边骂，一边招当差的过来说道：“你们赶快给把我这畜生撵出去，一刻不许停留。”当差的望着，有些迟不敢的样子。

王石田急得跺脚骂道：“难道你们这些忘八蛋，都是与这畜生一伙的么？再不动手，都给我滚!”当差的见这情形，也不知道为的什么，只得拢来牵无怀。无怀泪流满面地立起身来，打算到他祖母房里，求他祖母做主，王石田哪里肯呢？亲自在后面押着，连书房都不许进去，一直押出大门之外，回身将大门关了。

无怀立在门外，心里真如油烹刀割一般，思量这事，必是姨太太反转来，说了什么谗间的话，父亲才有这般恼恨。这事若不弄个水落石出，父亲的心，必回不转来。只是这事又如何能有水落石出的这一日呢？莫说父亲现在正迷着姨太太，姨太太先入之言，是牢不可破的；就是我又怎好将那夜的事，向人说出来，使父亲丢人呢？并且就说出来，父亲也未必相信，总之只能怪我自己不好，没有操守，和陈珊珊有那些事故，使父亲疑我是个轻浮好色之徒，姨太太的谗言，才能说得进去。我此时也别无他路可走，唯有暂时去舅母家住看，静待父亲回心转意。

无怀思量停当，即走到梁锡诚家里来。此时梁锡诚夫妇，正在用早点，见无怀衣冠不整，满面泪痕地进来，吃了一惊问道：“怎的来这么早，家里又有什么事吗?”无怀见问，禁不住伤心，泪如泉涌的说道：“家中没旁的事，祖母、父亲都好。”说到这里，声音就哽咽住了，说不出来。梁太太连忙起身，纳无怀坐下，拿手帕替无怀揩眼泪说道：“好孩子不要委屈，有什么事，说出来，我替你做主。”

无怀越哭越伤心，竟放起声来了。梁锡诚也很觉诧异，不住地安慰道：“无论什么事，哪有办不了的，值得这么伤心痛哭吗？快不要哭了，什么事，说给我听吧!”无怀才缓缓地止住了哭，说道：“我父亲不要我了，将我赶了出来。我想父亲教养我一场，我些微都没有报答，倒害得他老人家恼恨，将我驱逐出来。可怜他老人家，已是五十多岁的人了，我又没有兄弟，将来靠谁侍养，教我如何能不伤感?”

梁太太笑道:“我只道是什么大不了的事,原来是这么一个笑话。你父亲的脾气,无锡通县的人,都知他是个固执不通的,像你这样的儿子,都要驱逐出来,世间就怕没有不要驱逐的儿子了。我问你,他因什么事驱逐你?”无怀摇头道:“他老人家气愤得没说出来,我也不敢问。大约又是在外面,听得有人说我什么坏话。”

梁锡诚道:“岂有此理,外面不相干的人,胡说乱道的话,也是听信得的吗?二十岁已经成了名的儿子,好容易就是这么驱逐出来的吗?莫说你从来不曾在外面,胡行一步;便是有些游荡的事,少年人本也是难免的。圣人说得好:父子之间不责善,责善则离,离则不详莫大焉。责善尚且是不详的事,何况无缘无故的,把自己的儿子,驱逐出来呢?你放心,且在这里同用了早点,我倒要去问问那书呆子,看他有什么话说!”

梁太太也道:“放心,放心!这不算事,这简直是笑话。来,就现成的点心,吃些儿,你舅父去说,包管没事,午后我再送你回去。不然,就在这里,多住一会儿,等你父亲气醒过来,也就没有事了。哈哈,这么好的孩子,我求神拜佛都得不着,偏你父亲这般孤相,舍得骂,舍得打,越弄越不成话,竟舍得驱逐起来了。”

无怀心里如油煎一般,哪里还吃得下点心呢?被他舅父舅母逼不过,只得胡乱吃一点。明知道舅父去说,是不中用的,但是不好阻拦。梁锡诚用过早点,问了问驱逐时的情形,教无怀安心坐着等候,即动身到王家去了。

不知梁锡诚见王石田如何说法,且俟下回再写。

第七回

恶奶妈激怒长厚人
刁姨太再蛊淫昏叟

话说梁锡诚来到王家，先到余太君房里。余太君正坐在一张凉榻上流泪，见梁锡诚进来，即教芍药搬座位，给梁锡诚坐了。叹道："舅老爷来得好，我家又出了稀奇古怪的事，舅老爷知道么?"梁锡诚道："姑老爷的脾气，是这么执拗的，无怀已在我家，你老人家放心，我去劝姑老爷，没什么要紧的事。"

余太君摇摇头，接着又叹了口气道："只看舅老爷去劝他怎样。我刚才叫了他来问，他简直拿死来挟制我。我问他，无怀毕竟有什么过犯，用得着驱逐？他就跪下来痛哭，求我不要问，总之这种畜生，非驱逐不可。若是教他不驱逐，除非拿刀来，把他杀了；或是他自己去寻死，让那畜生回来。他一日活在世上，决一日不许那畜生姓王。他是这么说的决绝，我还有什么话说。也不知他们父子，前世结下了什么冤孽，无怀生下来才几岁的时候，他见面便和仇人一般。人家拘管儿子严厉的，我也见过，却不曾见过他拘管得这般严厉的。"

梁锡诚点头道："我也时常是这么和他舅母说，像无怀这种如人意的小孩子，实在少有。也不知姑老爷是个什么心肠，总像不如意似的，这道理真不可解。记得姑娘在日，曾对我说过，说当无怀生下来的那日，姑老爷曾做了一个梦，看见一个披袈裟的大和尚，向姑老爷行了一礼，连说了两句‘托庇’，径往内室飞跑。姑老爷一气醒来，就生了无怀。姑老爷素来痛恨和尚道士的，因此见了无怀心里便不快活。”余太君道：“做梦如何做得凭准，是生成这种孤独的相，容不得人罢了。”

梁锡诚见芍药立在余太君身后，便向芍药问道：“你可知道，老爷不曾出门吧？”芍药点头道：“此时正是热得厉害的时候，怎么会出门呢？刚才我见刘升，挑了一担西瓜进来。我问他，老爷现在哪里，他说在后院吸鸦片烟呢。”梁锡诚道：“我见他去。”

余太君回头对芍药道：“你引舅老爷去老爷书房里坐着，你自己去后院说一声，舅老爷不便进去。”芍药应声是，即随着梁锡诚到王石田的书房里。恰好奶妈走书房门首经过，芍药便对奶妈说道：“舅老爷来了，请你去回老爷，老太太跟前没人，我就不进去了。”奶妈故意问道：“是柏家的新舅老爷来了吗，还是梁家的旧舅老爷来了呢？”芍药见奶妈问得稀奇，还不曾回答，梁锡诚已在书房听得明白。他为人虽是长厚，听了这话，却忍气不住，跳起来，跑到房门口，指着奶妈骂道：“你这混账龟婆，你在哪里见什么柏家的新舅老爷，你瞎了眼吗，分明见我坐在这里，却故意当着我问这话。柏家是什么东西，敢在这里称舅老爷吗？”

奶妈见梁锡诚发怒，却全不在意似的，冷冷地笑了一声道：“啊哟哟！原来是梁舅老爷在这里，我实在该死，瞎了眼，不认得，梁舅老爷不要动气。”说着，也不回头，径走进里面去了。

梁锡诚这一气，更是怒不可遏了。也不待通报，也不要芍药引道，这里面的房间，梁锡诚是走熟了的，知道后院在一个小花园的后头，四面围了千数百竿竹子，这院落非常幽静。梁锡诚直穿过花园，来至后院，见院门开着，寂静静不闻人声，即走进去。才上台阶，便听得有女人的笑声，台阶上的格门关着，正要伸手去推，里面浪笑的声音，又透了出来。这种笑声一到耳内，那伸出去推门的手，不由得就缩转回来了。

原来听那声音，好像是男女两个扭作一团似的。梁锡诚缩回手，就格门缝内，往里面张望时，只见王石田和姨太太两个在一张四尺多宽的藤榻上，却脱得一身精光的，互相呵手。在那里你咯吱我，我咯吱你，榻上还摆着烟具。梁锡诚见了这种丑态，只气得浑身发抖，心想：石田已经五十多岁的人，平日规行矩步，言不乱发，大家都恭维他是个道学先生，怎么会变得这般无耻？我于今若推开门进去，他必然恼羞成怒，什么话都说不进去了。二十岁的亲生儿子，无缘无故地将他驱逐了，不但没一些儿忧念的样子，并且还是这么荒淫无度，这也可谓是毫无心肝的了。我此时见着他，也不中用，不如且回去，明日再来吧！想毕，恰待转身，一回头只见奶妈立在后面，高声喊道："啊哟哟！梁舅老爷，多时到这里来了，怎么还只管站在门外，不推门进去呢？门又不曾锁。"

梁锡诚被这一喊，倒喊得不得主意了，咬牙切齿地望着奶妈。即听得里面姨太太的声音说道："你还不快出去，什么舅老爷，跑到这里来了。该死该死，不知在门外看了多久呢！"梁锡诚觉得自己也鲁莽了些儿，举步向台阶下便走，急急地出了院门，还听得奶妈在院内，边笑边喊道："怎么舅老爷，是这么偷看一会儿子就走了呢？"梁锡诚也不答白，径出了王家，回自己家里去。

却说王石田正和姨太太调谑得有趣，忽听得说舅老爷来了，急忙把衣披上，打算开门出来。姨太太啐了一声道："你癫了么？怎么就是这样出去，教我躲到哪里去呢？才见你家，这么不分个内外，什么野男子都可以通行无阻的，直跑到人家内院里来。你看我们刚才的情形，给人家偷看了半天，还不知道，羞不羞死人。"

王石田回身又坐在榻上，奶妈已推门进来，姨太太气冲冲地说道：“你也老糊涂了吗？怎么在外面见有人进来，也不拦阻拦阻，听凭人家跑到这里面来，什么东西都给人家看见了。”奶妈也气愤不堪地抢着说道：“姑娘还是放我出去吧，我拦阻人家，人家只少打我了，教我有什么法子？我生也到五十岁，不曾受人骂过龟婆，舅老爷因我不该拦他，指着我的脸骂我老龟婆。我也不知道舅老爷，什么事望着我那么生气，圆睁一对眼睛，好像吃得我下的样子，我还敢拦阻他吗？他一手推开我，一直向里面飞跑。我这双劳什子脚，又不争气，终年害鸡眼，走快一点，就痛得攒心攒筋。等我扶篱摸壁地走来，只见舅老爷还立在门外，朝格子里张望。我一时急了，只得放高声音说话，好使你们听得。哎呀，罢，罢！你这家里主子太多了，我犯不着在这里受气，姑娘放我走吧。”

姨太太哭道：“要走大家走，我也不知是哪里来的什么舅老爷，人家夫妻在内院，要他那么鬼鬼祟祟好来听壁角，不是笑话吗？我倒要问问这位舅老爷看，我的奶妈，曾在哪里当过龟婆，他有证据便罢；若还不出我一个证据来，恐怕我的奶妈，没有这么容易受人糟蹋。”随回头对奶妈说道：“你不用气，快拿衣服来，给我穿上，一面招呼外面的人，不要放什么舅老爷走了。”奶妈答应一声，即转身拿衣服去了。王石田也有些气愤不过的样子，倒在榻上，一面烧烟，一面听姨太太发作。

奶妈去后，即开声说道：“梁锡诚平日很是个长厚的人，我是知道的……”姨太太不待王石田说下去，忙抢着骂道：“什么东西，叫作长厚，我不曾见有长厚的人，会偷偷摸摸地跑到别人内院，偷看人家夫妇行房。你是个男子汉，脸皮厚，没什么要紧。我生长到二十二岁，不曾给人家是这么轻薄过。我也才见过你，青天白日，要是这么鬼吵鬼吵的，这下子，什么东西都给人家看够了。这一喧传出去，把你这副老脸丢尽了，倒是小事，看教我如何见人。”

王石田一听这话，越想越气，登时把烟枪一丢，立起身来，走到院门口，放开破锣一般的嗓子，一连叫了几声刘升。不见有人答应，刚好奶妈捧着几件衣服来了，王石田伸手接过来说道：“你去叫刘升那杂种来，看他死到哪里去了，为什么有客来了，也不来通报一声？”

姨太太听得，从榻上跳下来说道：“糊涂蛋，多少用人不怪，怎么独怪刘升，你的记心给狗吃了么？”王石田回过脸来，望着姨太太道：“怎么我的记心给狗吃了呢？刘升不是专教他在花园门口坐着，听候呼唤的吗？他若坐在花园门口，梁锡诚进来，又不瞎了，怎的不拦阻，由他直跑到这里来。”姨太太鼻孔里哼了声道：“我也没精神和你这糊涂人说，看你去叫刘升来骂。”说时，从王石田手里，将衣夺了过来，向奶妈道：“快去招呼外面一声，只说我和舅老爷有话说，教他不要就走。”

奶妈去了，没一会儿就转来说道：“刘升来说，他刚才送西瓜钱回来，在路上看见舅老爷。他即上前向舅老爷请安，不知舅老爷，因什么事生那么大的气，不但不睬他，反向他吐了一口唾沫，喷了他一满脸。他想进来禀明老爷，又怕老爷生气，见我出去，便拉住我诉说。”

姨太太不听犹可，一听这话，更气得真是柳眉倒竖、杏眼圆睁，对着王石田发话道：“你怎么不将刘升那杂种叫来骂呢？好大威风的舅老爷。常言说得好，打狗尚且欺主，我家当差的，对他舅老爷，有什么失礼的地方，要他在街上唾骂。莫说刘升还是上前向他请安，就是刘升装作没看见，他也不能代我家管教下人。好一个不受人抬举，不受人敬重的东西。”说时遂望着奶妈道：“快去将刘升叫来，我有话问他。”王石田道：“这事有些奇怪，梁锡诚平日最和平，最识礼节的，怎的今日忽然变了这个样子？”

姨太太对准王石田的脸，下死劲啐了一口道：“有什么奇怪，难道刘升说的是假话不成？我奶妈说的，也是假话不成？啊呀呀！你王老爷的舅老爷，还了得，有不和平的吗，有不识礼的吗？”

正说时，奶妈带着刘升来了，垂手立在格门旁边。姨太太道：“刘升站过这边来，我有话问你。”刘升连忙应是，急走几步，立在姨太太前面。姨太太道：“你且把在街上遇见舅老爷的情形，说一遍我听。”刘升道：“小的送了西瓜钱回来，在这大门口不远，见舅老爷迎面走来。小的看他老人家脸上的气色，很透着不高兴的样子。小的伺候老爷多年了，平常无论在什么地方，遇着老爷的亲戚朋友，都是要上前请安的。舅老爷既是迎面走来，小的即赶上两步，离舅老爷不过三尺远，喊了一声‘舅老爷’，随即打千下去。没想到舅老爷，也不知因甚事，那么大的气，望了小的一眼，鼻孔里‘哼’了一声道：‘你是王家的刘升么？’小的应是，舅老爷即朝小的脸上吐了一口唾沫道：‘晦气，晦气！刚从王家见了倒霉的事，偏又遇着王家的人。’接着遇鬼似的，乱呸了几声，头也不回地去了。小的摸不着头脑，只得对奶妈说说，看老爷知道舅老爷因甚事生气么？”

姨太太咬牙切齿地恨道：“你这东西，也实在可恶。你又不是吃了梁家的饭，干什么要去向姓梁的请安，他是这种不受人抬举的，不受人敬重的东西，你有什么事巴结他？在路上遇着，也要去向他请安，没得把我气死了。”随又掉过脸来，望着王石田道：“亏你还怪刘升，没坐在花园门口拦阻，在路上向他请安，还要受他的唾骂；若果在花园门口拦阻了他，怕不拿刀杀人吗？我的奶妈只拦他一句，他就骂人是龟婆，动手将奶妈推开，这事看你怎样说。刘升是你的人，奶妈是我的人，姓梁的若有丝毫顾全你我面子的心，也就不肯是这么了。”

王石田道："你也不用是这么气，锡诚既是这样，我自然有话问他。料他今日到这里来，必是为无怀那畜生的事，那畜生一定在他家里，他免不了还是要来的。"姨太太道："胡说！你这里还许梁锡诚上门吗？你既料定你的大少爷在梁家，梁锡诚来，不待说是来劝你把大少爷收回。我就老实说给你听吧，我年纪轻，你大少爷品貌又好，倘若一时我被他再而三，三而四地纠缠不过，失了把握，那须怪我不得。我说明在先，梁锡诚去也好，梁铁诚来也好，我都不问。"王石田道："那畜生虽是驱逐出去了，然梁家几十年的亲戚，不能因此就断绝来往。"

姨太太又生气道："谁教你断绝几十年亲戚的来往，你这不是笑话吗？我平生不曾受人轻薄过，姓梁的既这么轻薄我，连我的奶妈都被他骂了，我幸好不曾卖给你家，你家几十年的亲戚，自然不能断绝；我到你家，不过几月，要断绝很容易。你走你的阳关路，我过我的独木桥，不要有我在这里，害的你家几十年的亲戚，断绝来往。我想与其日后，万一我没把握，上了人家的当，在你家存身不住，不如趁今日脱开，还落得个干净。"

王石田听了着慌道："你不要气得是这么胡想，我总有办法，使你安心。此时都不用说了，你等歇把房中衣柜里的那口小皮箱，教刘升拿到这里来，我要取一件东西。"姨太太半晌说道："你自己不好去拿吗?"王石田呼呼地吸了一口鸦片烟道："我懒得走动，一动就热得难过。好乖乖，你就去吧。"姨太太向奶妈道："你去叫刘升，在我房门外等着。"奶妈去后，姨太太也就起身，回自己房里去了。

好大一会儿，刘升春风满面地捧着一口小朱漆皮箱，送到王石田跟前，王石田道："姨太太呢?"刘升道："小的不曾见着姨太太，只见奶妈交了这口箱子给小的，教小的送到老爷这里来，没说旁的话。"王石田点了点头，刘升才退出去。

姨太太带着奶妈来了，笑向王石田道："你要拿什么东西，害得我出了一身大汗。这园里的太阳，简直和火一般，刚才在这里换的衣服，一会儿就汗湿了。怕你嫌我有汗气，只得用凉水洗了回脸，又换了一套衣服，你看我的头发都汗透了。"王石田看姨太太的那副芙蓉娇面，红得如朝霞一般，两个眼眶儿，也红得水央央的，蓬松松的一脑青丝，两鬓和额际，都湿透了，贴在肉上。即抬身拉了姨太太的手，坐在榻上道："歇息歇息吧，你的体子也差得很，略略劳动了一下子，就汗得这样。抽一口大烟，汗就自然收了。"

姨太太笑着躺下，王石田装了一口烟，给姨太太抽了，将烟签递给姨太太，要姨太太烧。自己坐起来，从腰间解下一串钥匙来，开了小皮箱，拿出一封绿面子印金花的书，放在烟盘内，仍将小皮箱锁了，收了钥匙。姨太太道："这是一本什么东西？"

王石田拿起来，对姨太太面前一照道："你看是什么东西？"姨太太见封面上写着"文定厥祥"四字，知道是一本庚书，却故意摇头道："我又不认识字，知道是一本什么书。"王石田道："儿子既经驱逐了，媳妇也不能不退给人家，免得耽搁人家的光阴，这就是张家女儿的庚书。"姨太太道："你打算如何退去呢？"王石田道："是锡诚的媒人，照理应该由锡诚经手退去，不过锡诚未必肯退，我且去和他谈一回试试看。他道不肯退，也没要紧，我自有方法退去；若全不和锡诚说一声，似乎不妥。"姨太太道："你有什么方法退去呢？"王石田道："且到那时再说。"

姨太太道："什么这时那时，我看梁锡诚绝不肯去退，你有什么方法，照着去办便了。这东西早退一日，张家好早一日另择高门。人家女儿的年纪，也不算小了，你家若不是因三年服制未满，耽搁下来，不早已过了门，快生儿子了吗？"王石田道："我等下午天气稍阴凉了，到梁家去谈一回，不问他肯不肯，只将庚书丢在他家里，不由他不去退。我儿子已经逐了，难道还用得着媳妇不成？”

姨太太道：“这法子却不错，但是这么大热的天气，坐在家里这么幽凉的地方，还只管喊热。下午地上的街石，都晒得火一般烫人，在街上走，就和在火炉里走一样，你的身体，如何能受得了？热出病来，才真犯不着哩。你不信，只在花园里立一会儿试试看。”随用手指着屋檐下面道：“你看那几只麻雀都热昏了，躲在屋檐底下，披着两个翅膀开张口出气呢。这些花草的叶子，不待说，连茶花、桂花那么厚的叶子，都晒得焦了，你这样身体，能受得了么？亲自去是万万使不得的。”

王石田道：“坐在凉轿里面，大约没要紧。”姨太太摇手道：“快不要说凉轿了吧，坐凉轿倒不如走路，还觉得凉爽些呢，这何必要你亲自去咧！教奶妈去书房拿信纸笔墨来，你写一封信，盖一颗图章在上面，连信带庚书，随便派谁去送到梁家，取他一张收条回来，不就完了事吗？一来免得你亲自受热；二来免去了多少唇舌。”

王石田踌躇说道：“倘若锡诚不肯收，不是很无味吗？”姨太太笑道：“送信的人，又不是个哑巴，不会说的吗？安有不肯收的道理。他若真不肯收，那就看你有什么退的方法，依着你的方法行事便了。”王石田点头道：“这也使得。”

王石田当时写了封信，念给姨太太听了说道：“教谁送去呢？我看还只刘升能说话些，教他送去吧！”姨太太连忙摇头道：“去不得，去不得，换别人去吧。”王石田道：“刘升怎么去不得？”姨太太只管抽烟不答。王石田道：“那么就教阿金去。”姨太太呼了烟，放下枪道：“刘升刚受了你家舅老爷的骂，这时候教他去，不又是去讨没趣吗？阿金只知道扫地灌花，也去不得。现放着一个最妥当的人，你却想不到他身上去。”王石田道：“谁呢？快说出来，就教他去吧。”

姨太太招手呼奶妈近前道：“你到园门口，教刘升去将墨耕那小子叫来。”王石田道：“那小子不是病了，还不曾完全好吗?”姨太太冷笑道：“什么稀奇病，这么多日子，还不曾完全好。你信他呢，小东西偷懒，装出这些病样子也罢。真好笑，医生看了，都说不出是什么病来，你说是什么病？我年纪虽轻，这些东西要在我跟前捣鬼，还早呢！你给他一顿藤条，看他还病不病。”王石田道：“我看那小子的脸色，青减得很，是像个有病的。并且那小子，平日也不是个刁狡孩子。”

姨太太连忙伸手来掩王石田的嘴道：“罢了，罢了！你又是什么平日来了，你这种书呆子，知道什么？梁锡诚平日是长厚的人，是最和平的，是最知礼节的，今日怎么样呢？墨耕那小子不刁狡么，你可知道他的刁狡本领，还在他昨日的小主人之上么？老实对你讲吧，你可知道他那脸色，是怎生青减得到这个样子的呢?”王石田道：“他们当下人的事，我如何能知道呢?”姨太太鼻孔里，只管哼哼地笑道：“我也料你不知道，亏你时常对我夸你治家，如何整齐，如何严肃，我劝你从此收起这些话，不要再夸张了吧!”

不知王石田说出什么话来，且俟下回再写。

第八回

白玉兰买药毒书童
王傅绂解纷来梁府

话说王石田听得姨太太话里有因，不由得追问道："你这话从哪里说起，难道墨耕那小杂种也不安分吗?"姨太太笑道："岂敢，你治家这么严肃，有谁敢不安分吗?"王石田急得脸上变了色道："你不要吞吞吐吐的，快些说出来吧。我脑后不曾长着眼睛，他们这些杂种，背着我，不听我的教训，教我也没有法子。快说出来，是怎么一回事，我自有处置这些杂种的办法。"

姨太太道："这不是急在一时的事，且过了这几日再说不迟。"王石田睁得两眼如铜铃一般地说道："痛快些说出来，不要使我再怄气了吧!"姨太太笑道："可笑你这人，外人都恭维你是个道学先生，却这般没一些儿涵养。我这时若能说给你听，如何会见你这般着急，还不说出来呢?自然有不能就说的道理在内。不要提了，外面脚步响，必是墨耕来了。"话才说完，只见奶妈进来说道："墨耕已出去好一会儿了，刘升、阿金都说不知他到哪儿去了。"

王石田道："这小子真是毫无忌惮，任意出入，连说也不说一声，胆子可真不小。"姨太太只是冷笑不作声，王石田道："你为什么只是这么冷笑?"姨太太道："我不笑旁的，笑你刚才还说那小子病了。可是真病了，动弹不得么?读书人治家，每每是这么受底下人骗了，还不知道。像你这样掩耳盗铃的治家法，我看必要越治越糟。我到你家，并没有多少日子，他们男佣女仆的鬼鬼祟祟行为，无论他如何刁狡，总瞒不过我就是了。我若一样一样地说出来，你必然要气得暴跳如雷，弄得一家上下的人，都咬牙切齿地恨我，我也犯不着是这么讨人厌。不过这些仆役鬼祟，还鬼祟得有个样子，就只墨耕那小子，简直坏得不成个话儿了。至于怎生的一个坏法，你也不必问我，我若说出来了，须关联着一个人的面子，还是不说的省事。只要你心里明白，据我想墨耕那小子，肩不能挑，手不能提，又不能写，又不能算，白养在家里来没用处，不如遣发他往别处谋生的好。”

王石田道：“有什么遣发不遣发，他原是我家看管庄子王大汉的儿子。王大汉在我家衣之食之，二十多年，没些儿过犯，我很欢喜他为人诚实，才将他儿子带在跟前。既是他不安分，教王大汉领回去便了。”

姨太太道：“既是这么，就要赶快教王大汉来领去，免得在这里闹出笑话来，后悔不了。这小子一张嘴，最喜胡说乱道。就是驱逐你家大少爷的事，他小孩子不知轻重，若拿着在外面胡说，于你的面子，也不好看。”

王石田点了点头，向奶妈说道：“去叫阿金来，这封信教他送去。”奶妈去一会儿带了阿金上来，王石田将信交给他，吩咐道：“快将这封信，送到梁舅老爷府上，请舅老爷给你一张收条。舅老爷若说什么，你记了回来，说给我听。”阿金听一句，应一句是，见王石田没有话说了，即揣着信，到梁家来。

这时梁锡诚早已回来了，墨耕也找了来，悄悄地对无怀说道：“少爷知道我怎么害病的么？”无怀道：“你怎生害病，我如何知道？”墨耕道：“姨太太给我害的，若不是有人说给我听，说不定还要把性命送在姨太太手上呢！”无怀道：“胡说，你这小东西说话，真不知天高地厚，以后我若再听得你是这么乱说，看我可肯饶你！”

墨耕道：“少爷还要骂我，那日少爷到梁家来了，姨太太坐了轿子，带着奶妈出外，说是去看他的什么哥哥。回来没多一会儿，奶妈看见我，就对我说道：‘天气这么热，有凉好了的绿豆粥，喝一碗好么?’我问：‘哪里有凉好了的绿豆粥，没人喝，要给我喝。’奶妈笑道：‘我既对你说，自然是有在这里，若没有，我也不说了。’我说：‘既有绿豆粥，又是凉好了的，怎么不喝呢？莫是骗我的吧。’奶妈道：‘一些儿不骗你，原是熬了给姨太太喝的，姨太太嫌没熬好，虫伤了的豆子，不曾拣得干净，味道儿不很正，不要喝。留着在这里，天气热，一会儿就走了味，也是白糟蹋了，不如给你喝了的好。’我说：‘你怎么不喝呢?’奶妈说：‘我已喝了一碗，恐怕喝多了不好。’是我不该贪嘴，当下就在奶妈那里喝了一大碗。虽也觉得味儿有些不对，只是砂糖搁得很多，没留神辨不出来。谁知喝下去，不到一刻工夫，就闹起肚子来了。等到少爷回来，已泻了不少的次数，幸得有人告诉我说，粥里下了巴豆粉，所以泻个不了。”

无怀道：“这话又是谁告诉你的呢?”墨耕道：“告诉我的人，绝不会说假话。”无怀道：“我不问真假，只问告诉你的人，他如何会知道呢?”墨耕道：“就是芍药告诉我的，芍药在奶妈房里窗台上，看见一包带黄色的粉末，上面写了‘巴豆’两个字，旁边还有一包砂糖。”无怀道：“这又是胡说了，奶妈拿巴豆害人，还怕人不知道，纸包上会明写出巴豆两个字来?”墨耕急道：“少爷怎么知道，少爷若不相信，随便什么时候，少爷亲叫那日抬姨太太轿子的罗菊成来问，就知道了。罗菊成说那日抬着姨太太的轿子，走同德堂药店门口经过。姨太太教将轿子停了，奶妈跑进药店，一会儿出来，到轿门口对姨太太说道：‘那东西只有整的，要研成粉时，须得等一会儿来拿。’姨太太在轿子里答应：‘那么就将钱给他，等歇回头来拿就是了。’奶妈说：‘钱已给过了。’后来轿子回头，又在那药店门口，停了一停。奶妈进去，拿了一包东西出来，交给姨太太。姨太太道：‘你揣着就是，交给我干吗？怎么包儿上写着字呢？’奶妈笑道：‘他不写着字，不怕弄错给了别人吗？’姨太太就没说什么了。凭少爷说，我这病，不是姨太太给我病的吗？”

无怀只是摇头道：“这些话都靠不住，总之病也病过了，这话快不要再提起说，这不是当要的事，你知道么？”墨耕道：“老爷今日是这么对少爷，不是姨太太害的吗？那夜在老爷书房里的事，我亲眼看见的，少爷怎不对舅老爷说，求舅老爷去向老爷说明呢？”无怀生气道：“你这小东西，知道什么，敢是这么瞎说。你亲眼看见什么，你这种不知轻重的东西，真了不得。你再敢是这么乱说，就不许你跟我了。”

墨耕见无怀生气，吓得堵着嘴，不敢作声了。无怀催着墨耕回去，墨耕道：“少爷尚且被赶出来了，我回去决容不了，一定也是要开发出来的。索性是开发我出来，倒没要紧，我好仍到少爷这里来，只怕老爷将我父亲叫来，把我领到乡下去，我就伺候不着少爷了。”说时两个眼眶儿一红，掉下眼泪来。

无怀也是凄然，过了一会儿说道：“就是叫你父亲来领你下乡，也没要紧，过些日子，等老爷的气醒了，我仍得归家去，那时再叫你来也不迟。此时我住在人家，也用不着你，你就回去吧。老爷若有差使，叫不着你，又要生气了。”

墨耕无法，只得揩干眼泪，别了无怀，刚走到外面，见阿金送信来了。梁锡诚正拿着信，蹙着眉，在那里看。梁锡诚看后，气愤愤地回到里面，对梁太太说道：“我看石田只怕是被鬼迷了，张家的亲，都要认真退了，这不是笑话么。你想这事，应该如何处置才妥?”梁太太道：“他来信怎么写的呢?”梁锡诚道：“信中并没说旁的话，只说无怀不率教，屡次梗逆他的命令，万不得已，才将这不肖子，驱逐出外。从此以后，无怀在外，无论有什么行动，一概不与他王家相干。末后说张家亲事，是我的媒人，儿子既经驱逐，媳妇自应退婚，因此将庚书退还，要我婉谢张家。信就是这么的意思，阿金说请我写张收条给他，你说应怎么办?”

正说时，无怀也进来了，梁锡诚随手将信递给无怀看。无怀双手接着，看了一遍，禁不住两眼又流下泪来。梁锡诚道：“你老子一时糊涂了，过一会儿子明白过来，就要后悔鲁莽的。好孩子，在这里就和在家里一样，快不要又想起，心里难过。”

无怀一面拭干泪，一面将信递给梁锡诚。梁锡诚道：“依我的主意，回他一封信，仍将庚书封在里面，退回给他，你以为怎样?”梁太太道：“信打算怎生写呢?”锡诚道：“信上只说无怀不但不是无聊没出息的儿子，且是少年科甲，已经成了名的人。亲戚故旧，都很属望于他，就是有些不率教的地方，尽管责罚责罚。一旦竟将他驱逐出外，未免过于不情。并且张家也不是等闲门户，是诗书礼义之家，他家女儿，既许了王家几年，岂是容易可以退掉的吗?是这么写行不行呢?”

梁太太摇头道：“这么写不行。他的脾气，你还摸不透吗?这封信若去，他必然更加生气，一定把庚书直向张家退去，越发弄得对不起张家了。”梁锡诚点头道：“然则怎么办呢?”梁太太道：“你且写张收条，给阿金去了再说。这事不是一日两日弄得好的。”梁锡诚道：“好，这信和庚书，你给我收好，我就去写收条。”说着将信和庚书递给梁太太收了，随到外面，写了收条给阿金，阿金同着墨耕去了。

梁锡诚回房和梁太太商量道：“我和石田的性格，素来不大相合，我的气性又大，三言两语不对，就忍耐不住。我去说他，是说不好的，张亲家和他还说得来。我打算明日到鱼塘去会着张亲家，把事情说给他听，看他有什么办法。”梁太太连连点头道：“最好，最好，就是张亲家太太也很能干，她或者能想出一个方法也说不定。不过天气太热，来回六七十里路的轿子，也就要人受呢。”

梁锡诚道：“这事说不得辛苦，只求于事有益，便再热些，也没要紧。”无怀在旁说道：“为我的事，害得舅父舅母操心劳力，我心里实是过不去。舅父打算明日什么时分动身呢？”梁锡诚道：“照平常用过早点动身，不过午刻就到了。”无怀道：“早晚凉爽些。”梁太太接着道：“不错，等东方发白，一开城就走，在路上不耽搁，到鱼塘不过早点时分。早点以前，便热也受得了，下午等到太阳已偏西了，动身回来，掌灯后还来得及进城，多带一班轿夫就是了。”当下三人计议已妥，雇好了轿夫。

次日黎明，梁锡诚胡乱用了些点心，即坐着轿子往鱼塘进发。在路上两班轿夫，替换着休息，到鱼塘时，张家正在用早点。张凤笙听得梁锡诚来，只道是因无怀的服制已经满了，来商议成亲日期的，连忙出来迎接，和梁锡诚握着手，同到里面客厅坐下。

彼此寒暄已毕，梁锡诚开口说道：“我今天特为一桩又稀奇，又笑话的事来，和亲家商量，请教亲家应如何办法。”随将王石田昨日驱逐无怀，并退庚书的话，说了一遍。张凤笙听了吃惊道：“有这种事吗？无怀在外面的声望很好，我每次进城，也常留心打听。虽有人说他曾认识一个当姑娘的，叫陈珊珊，只是这两年来，绝不曾听人说过他在外面胡来，这不率教的话，从哪儿说起呢？”

梁锡诚道：“我不也是这么说吗？无怀现住在我家里，我也曾仔细问他，毕竟为的什么事，他也说不知道为的什么。后来被我问急了，也就哭起来说道：‘为人子的，平日立身行己之道，不能使严父当意，以致父亲忍痛驱逐，还有什么话说？’”张凤笙点头道：“无怀自然应是这么说，亲家曾到王府去过没有呢？”梁锡诚道：“若提起我去王家的事，我的气又来了。我不料五十多岁的人，平日人家都恭维他是道学先生的，一旦会变得比浮浪轻薄子弟还不如。”张凤笙道：“这话怎么讲呢？”梁锡诚又将昨日到王家的情形，述了一遍。

张凤笙蹙着双眉说道：“这真是想不到的事，申生之出，由于骊姬，无怀的境遇，或者与申生相类。这固是王府的不幸，也是寒门的不幸。”梁锡诚道：“我与敝内，也都疑心是那个新讨的小老婆刁唆坏的。那小老婆一定是谋夺王家的产业，见石田的年纪已老了，她自己就有生育，然等不到成人，石田或是就死了。石田一死，产业必落到无怀手里，无怀的年纪，和那小老婆差不多，那时治家的权柄，操之无怀，她如何能愿意呢？不如趁这时候，用种种的法子，将石田迷昏了，把无怀驱逐出来，以后王家的一草一木，都归到那小老婆手里了。但不知她用什么话刁唆石田的，这事无从探听。”

张凤笙点头道：“大概总不能出亲家所料，王家亲家若不是被她迷昏了，无论什么话，也刁唆不动。父子天性，岂是寻常。并且王亲家又没有三男四女，就只无怀一人，而无怀又不比寻常的儿子，是这么随意加他一个不率教训的罪名，将他驱逐出来。不是昏迷到了极处的人，如何忍心做得呢？”

梁锡诚道：“我想石田心里很敬重亲家，亲家的话，他还肯听。说不得须劳动亲家，去王家一趟，看能否将他的迷梦唤醒。”张凤笙连连称是道：“亲家太客气，怎么说到劳动的话上去，终不成就由他家逐了，全不设法挽救吗？莫说无怀还是我的女婿，便论我和王亲家的交情，他是这么不近人情的举动，我也应该尽力去纠正他才是。亲家今夜在寒舍住下，明日一早，我陪亲家进城，同去下苦口劝他，料想王亲家不至再执迷不悟。”

梁锡诚道："我本应该陪亲家同去，不过我的脾气，素来不大与石田说得来。加之昨日我去他家，不凑巧，遇着他那种不能见人的行动，我预料他心里，必有些恼羞成怒，对我必更不如从前了。我若陪亲家同去，不但于事无益，甚至他疑我将他那种行动，告知了亲家。他一见亲家的面，就存着又羞又气的念头，什么话也就说不进去了，还是亲家个人去的好。"

张凤笙笑道："他知道又羞又气倒好了，但怕他迷昏了的人，以为那是人生应有的行动，就更无药可医了呢。亲家虽不同我去，然我不能说没见着亲家，他知道亲家今日到了寒舍，不仍是要疑心我知道了他的事么?"

梁锡诚道："他实在要疑心，也就没法，我不在跟前，他心里总要安逸一点儿。"当下二人又商议了一会儿，梁锡诚在张家吃了午饭，直到红日衔山，才动身回家，将和张凤笙谈话的情形，告知了梁太太。梁太太道："明日下午，派人到王家门口等着，张亲家一出来，赶快来家送信，你亲去将他接到家来，看说得怎样了。若是不行，看再商量个什么法子。"梁锡诚道："我已约了他，回头到我家歇宿，用不着派人去等候了。"

当晚已过，次日梁锡诚夫妇，正和无怀同用早点，当差的胡成擎着一张名片进来，送到梁锡诚面前说道："来了四乘轿子，都是要见老爷的。"梁锡诚看那名片上，印着"王傅绂"三个字，心想这名字，不曾听人说过，因甚事却来会我。随问胡成道："四乘轿子，怎的只一张名片呢?"胡成道："这名片是一个年老的胡子给我的，我问那三个，他们说有这一张就行了，你老爷自然知道的。"

梁太太指着那名片道："不是姓王的嘛，无怀可认识么?"无怀听了，回头望了望名片道："啊，是了，这王傅绂是我家家庙里的总管，又是族长，但不知他怎生找到这里来的？他年纪已七十三岁了，曾在四川做过几任知县。”梁锡诚连忙放下筷子，对胡成说道：“快去请进花厅里坐，拿烟袋泡茶，说我立刻就出来奉陪。”胡成答应着去了。

梁锡诚笑向无怀道：“一定也是为你这事来的，这又多几个帮手了。只不知他们，怎生这么快就得了消息，并且知道到我这里来。”梁太太也觉欢喜，即起身进房，拿了衣褂出来。梁锡诚穿了，来到花厅里，只见一个须发全白的老者和三个都是四五十岁的读书人，一个个衣冠济楚。

梁锡诚看那王傅绂生得身材高大、满面红光，须发虽白得如银丝一般，却精神奕奕，两目还灼灼有光芒，挺胸竖脊的，绝不露一些儿老态。见梁锡诚出来，迎面拱了拱手，带笑说道：“冒昧奉访，恕罪恕罪。”梁锡诚听他那声音，竟如洪钟一般，也连忙拱手回答道：“承赐步，失迎得很。”随向三人拱手问姓名。

这三人也都姓王，都是无怀同族中，负有声望的。彼此分宾主坐定，王傅绂开口说道：“昨日下午石田家看庄子的王大汉，带着他儿子墨耕到舍下说，石田忽然把无怀驱逐了，并将鱼塘张家的婚事也退了，现在无怀尚住在府上。我听了这话，未免过于稀奇，当下问墨耕，是因什么事，将无怀驱逐的。墨耕说：‘谁也不知道是为的什么事，只知道老爷头一日从庄子上回来，第二日清早起来，走到客厅上，高声叫刘升和几个当差的，到书房里将少爷请去。老爷见面，为此事就骂少爷孽畜，也不由少爷分辩半个字，便叫少爷滚出去，说不认少爷做儿子了。少爷还跪着哭说，育养之恩，丝毫未报。老爷更气大了，哪许少爷再往下说呢，一把抓着少爷的头发，拳打脚踢了一顿，就教那几个当差的动手，将少爷撵出来。连少爷想进老太太房里说句话，都不许。老爷亲自押着到大门外，噼啪将大门关了。到下午就将张小姐的庚书，派阿金送到梁舅老爷府上。’我听得墨耕是这么说，竟是实有其事，我又问墨耕怎生回来的，王大汉说：‘今早阿金来叫我说，老爷有要紧的话吩咐，要我立刻同去。我同阿金跑到老爷那里，老爷也没说旁的，只说少爷不听教训，已将他驱逐了。你儿子原是伺候少爷的，今少爷既已驱逐了，你儿子留在这里无用，你带回去吧。老爷是这么吩咐，我只得带他回家。’”

王傅绂说至此，用手指着那三人道：“他三人都是与我邻居不远的，我得了这稀奇的消息，遂着人将他们找到舍间商议，他们都说无怀是我族间后辈中，最有出息的。今以些小的事，竟将他驱逐，未免太可惜。因此我约了他们三人，今日一天明，就动身到府上来，一则打听这事的实在情形，一则商量一个挽回的办法。”

不知梁锡诚如何回答，且俟下回再写。

第九回

张凤笙求情受恶气
王石田迷色发狂言

话说梁锡诚听了王傅绂的话，随即答道："我也正为这事，愁烦得了不得，难得老先生和三位先生驾临，这事一定好办了。至事情的实在情形，我所知道的，还不及老先生刚才说的那么详细。因无怀住在寒舍，他却什么话也不说，再也问不出究竟是因何被逐的原因来。前日石田着人将张家的庚书，送到寒舍，我昨日就去与张亲家商量，约了张亲家，今日来王家劝石田，此时不知已经到了没有。老先生为王家族长，又是年高有德的长者，以大义去责石田，料想他不能再执拗。"

王傅绂道："我们族人，只能尽我们族人的力量。敝族就在今年九月，续修第七次的族谱，族人正集议，要委无怀督修。一则因他是少年新进，二来他的派序最小。敝族旧例，修谱的事，是委年轻派小的人经手的，因年轻人精神完足些，心思细密些，对于祖宗的生卒年月及房头葬地，错误少些。而派序小的人，于前辈的传赞行状，不敢轻易舞弄文墨，以逞他个人的爱憎，并且可借此鼓励后进。敝族凡是曾经督修过谱的人，其学问道德，必是合族人都推许，毫无间言的。以后合族对于这人，无论大小的事，无不竭全力帮助的。这人就算是敝族中，第一个合族属望的人了。二十年前，石田督修过一次，合族很望他出仕，奈他三十岁，就在家养亲，不肯晋京应试。合族因他的学问道德都好，大家情愿从家庙里，提些公产，再捐集些儿，给他捐一个知县，请他去做，好替祖宗增增光。无奈他也不肯，只索罢了。却好，他儿子无怀很争气，发达得比他父亲还早。我们时常议论，怎么山川灵秀之气，独钟在他五房一家，我们长、二、三、四房，近六十年来，连一个在二十岁以前入学的人都没有。像无怀这么好的子弟，我们远房族人，尚且要竭力维护他。石田和他是父子，竟轻易将他驱逐，我们族人，自免不了要来，问他一个所以驱逐的道理。无怀既在府上，可否要他出来见见呢?”

梁锡诚点头道：“且请诸位坐坐，我去教他出来。”梁锡诚遂起身到里面，无怀正和梁太太坐在房里闲谈。梁锡诚对无怀述了王傅绂等四人的来意，说道：“他们想你出去谈谈，你就随我出去会他们一面，顺便道谢一声吧。”

无怀踌躇道：“他们为我的事，从乡下跑进城来，论人情我本应去向他们道谢一声。不过我此刻去见他们，好像含着有请托他们，去向父亲论理的意思在内，这一层已似乎不大妥当。并且我见了他们，也不好说话；便是他们，也用不着定要见我，你老人家以为何如呢?”

梁锡诚道：“这话却也不错，只是我已在他们跟前，答应叫你出去，于今将怎生回复他们呢?”梁太太道：“有什么不好回复，只说无怀身体不大舒服，刚服过药睡了。”无怀道：“我看不必定这么回复，他们都是年老的长辈，像这么炎热的天气，多远地到这里来，我一个年轻轻的人，便是真病了，也应得挣扎起来相陪才是。好在他们都是极懂大义的人，舅舅不妨将我的意思直说，他们必不会见怪。”梁锡诚点头道：“很好，若推说有病，这话我也觉得说不过去。”

梁锡诚遂回到花厅来，向王傅绂将无怀的意思说了，并向三人道歉。王傅绂道："无怀能如此存心，而竟以不率教训的罪名被逐，于其父人伦之变，真是不可以常情推测了。好，我们就去吧！但看那位石田先生，怎生发付我们。"说着起身，向梁锡诚拱手道扰。梁锡诚也不挽留，径送到大厅，望着他们上了轿，才回身转来，和梁太太正在谈论王傅绂的话。

不到一刻工夫，只见胡成进来报道："鱼塘张老爷来了，已到大厅下轿。"梁锡诚诧异道："怎么来得这般快？必是先到这里，再去王家。"遂急忙来到外面迎接。只见张凤笙蓝纱袍、青纱褂，拱立在花厅门口，梁锡诚紧走几步，躬身让到客厅里坐下。

梁锡诚看张凤笙的脸色，很带着几分愁烦的样子，勉强寒暄了几句，即说道："我刚从王府来，这事很有些棘手，我看王亲家，简直变了一个人，哪里是三年前的王石田呢？"说时摇头叹息不已。

梁锡诚请张凤笙宽了衣服，自己也将马褂脱了说道："亲家到王家，是如何的情形呢？怎么午饭都没在王家用，就出来了哩。"张凤笙叹道："多坐一会儿，我都觉得难过，如何能在他家吃午饭？我今天在寒舍动身，走了十多里路，天光才亮，因此到王家，他家的下人们才起来，王亲家不待说尚在睡乡。可笑他家的下人，由我一个人在客厅里坐着，他主人睡着，竟不敢进去通报。我等了好一会儿，不见动静，只得叫他家的下人来问。有个名叫刘升的，向我说道：'敝上吩咐了，他睡着的时候，无论何人来了，不许通报，因此只得请你老人家多坐一坐。我已嘱咐了奶妈，只等敝上醒来，即行通报。'我当时听了刘升的话，不由得心里有些冒火，暗想石田并不曾做过官，从哪里染来的这种官僚恶习。"

梁锡诚也愤然说道："便是做过大官，这种恶习也只能择人而施呢。岂有对于几十年的老朋友，又是新结的亲戚，也摆出这种恶俗架子来的吗？”

张凤笙点点头道：“我平生不曾干谒过人，衙参禀安禀见的事，不但不曾行过，并不曾见过。刘升是这么一说，依我的性子，恨不得立刻上轿就走。因退步一想，我又不曾和王亲家约会，他怎知我今日到他家来呢？这只怪他家当下人的不知轻重，将我也作平常当清客们的看待。王亲家睡了，做梦也想不到，有我坐在客厅里等候，我若便负气走了，倒显得我气度太小。并且无怀的事，非得我和他面谈，更没挽回的希望，这一负气不更坏了事吗？心里有这么一转念，气便平了许多，只好叫刘升再进去看看。又不知等过了多久，好容易才等得他起来了，刘升即出来报给我听。我以为只要起来了，听得我在客厅里，等了这么久，必然来不及梳洗的，出来陪我。

“谁知刘升报过之后，又足足等了半个时辰，才听得缓缓地靸着鞋子走来的声音，旋走旋高声咳嗽、吐痰。进了客厅，我一见他那容颜，不觉吓了一跳，若是在道路中遇着，断不认识他便是王石田。下身穿了一条拷绸裤子，脚上连袜子都没穿，靸着一双没后跟的鞋子。上身披了一件雪青纺绸的短衫，衣领上、衣襟上的两个纽子，都散着不曾纽好，衣襟便翻转过来，掉在胸前；两个袖头上，也不知糊了多少黄不黄、黑不黑的渍印。最怕人的，就是他那张脸，从前他虽不算漂亮，却也是一个很有仪表的学者。此刻的脸色，不知怎么会变得灰不灰、黑不黑的晦气样子，连一双眼睛，也成了暗淡无光的死色。一嘴很好看的胡子，不知从何时剃得一根没有了；一脑半白的头发，大约至少也有一个月，不曾梳洗，那不到一个大拇指粗的辫子，结乱地拖在背上，弯弯曲曲的，和一条大蜈蚣一般。”

梁锡诚忍不住笑道：“亲家真善于写生，这不是活画出一个鸦片烟鬼的图形来了么？”张凤笙也笑道：“我这说的，不过就他表面上的情形而言，至于他那种颓唐的神气，就有苏张之舌，也形容不出。

他见了我，举手打一拱，都像有些立不住的样子，向旁边偏了两步，靠着格门，才将身躯立住。即就近门一张椅子坐下说道：‘老哥真是早，若在平日，我这时候还不曾睡足一半呢！昨日来城的呢，还是来了几日呢？’我听他那声音，就像敲得破砂罐响，喑哑得几乎听不清晰，随口答道：‘今早从舍间动身来的，已拱候两个时辰了。扰了亲家的清梦，甚是不安。’他连忙摇手说道：‘太客气，太客气！亲家二字，尤不敢当。逆子不率教训，屡在外面胡作非为，全不顾母服未除，有干名教。我几番饬责，他过后辄忘，不到几日，故态复作，以致外面名声狼藉，不堪闻问。我想他既如此胆大妄为，梗逆父命，此时在家，已是不孝，将来为国，更何能忠？与其日后误国，贻君上之忧，为苍生之害，污留青史，辱及门楣，不如趁这时，他名未成、业未就的时候，忍须臾之痛，将他驱逐。免得日后噬脐无及，故已将逆子驱逐三日了。逆子既经驱逐，令爱的婚姻，迫于事势，不得不改悔，因此即于驱逐逆子的那一日，将庚书送到舍亲梁锡诚兄处。因是他的媒人，据理应由他经手奉还尊府，好由尊府另择高门。不过已耽误了令爱三年青春，我于心实报不安，只这一点，须求老哥原谅。’

“我听他说得这般郑重，俨然无怀在外面干了什么无法无天的事一般，便问道：‘无怀毕竟在外面，有什么胡作非为的事，简直不能赦宥呢？至于外面的声名，在我所闻实不曾有不堪闻问的，便是实在有些疵议无怀的，也难免不是挟嫌或心存嫉妒的人所捏造。在父兄期望的心思过切，听了那些飞短流长的话，自不免一时气愤。只是无怀非不可作育之材，我今日之来，特为无怀求宥，你我世交，即丢开亲戚不说，也是几十年知心密友，这一次望看我的薄面，宽宥他已往的过失。以后如再有不正当的行为，即听凭处置，我也不敢更来求情了。’他听了随即沉下脸，摇头说道：‘他所犯的过失，不是可宽宥的。知子莫若父，老哥哪知我心里的痛苦。这么炎热的天气，这么遥远的道路，老哥来也不容易。我二人又隔别二三年，不曾会面了，谈谈什么开心的话吧。提起那孽畜，我心里就如烈火煎烧，还望老哥宽宥我，不再提这话吧！'

"我当时就说道：'要我不再提也可以，不过无怀究竟有什么不可宽宥的过犯，须请说给我听，我便永不开口提这事了。不然，我总觉是挟嫌或嫉妒他的人，有意陷害他的。'他听了愤然作色道：'父子之间，岂是旁人可以有意陷害的吗？我平常对于丫鬟仆役，尚不轻信谗间之言，生平只此一个儿子，难道就是几句不相干的话，能使我决然将他驱逐么？便是极无情的人，也不会如此，老哥说我是这种人吗？至于那孽畜的过犯，我不忍说，也无须乎说。总之外人爱我的儿子，绝不如我自己爱我的儿子之甚。父子天性，而忍至于驱逐，其过犯之万不能宽宥，不言可知。'

"我见他说话，越说越护短，越说越执迷，只得一语叫破他说道：'申生之被出，何尝不是父子天性，何尝不以为万不能宽宥……'我话不曾说完，他即盛气相向地截住我的话头说道：'罢了，罢了！我驱逐逆子，是寒舍私家之事，尽可不烦老哥操心。寒舍家门不幸，遭逢这种人伦之变，我几日来，心中正如刀割。承老哥赐临，不闻以一言相慰藉，乃欲为逆子下说词，实非我意料所及，我不信如此便是故人相爱之意。'

"梁亲家你说，我听了这话，如何还能坐得住呢？实在有些忍受不下，只得即时起身告辞。他虽然假意挽留，我却不曾回答，遂走到大厅上轿，好像他还跟着送到轿子跟前。我只知道催着轿夫快走，他如何送我的情形，我都没看在眼里。直到走出大门之后，因劈面来了几顶轿子，我的轿子，让在一边，把我的身子歪了一下，我才觉得已出了王家的门。从轿帘子里看那几顶轿子，却也是去王家的，心里就很悔不曾留心看那轿子里，坐的是几个什么人。只是心里虽是这般后悔，却不能趁上去打听个明白。”

梁锡诚道：“那几顶轿子，也是为这事去王家，刚从此处去的，都是王家的族人。但是据亲家所说石田的情形看起来，他们去也是不中用。平日石田的性格，虽是很固执，但也不至固执到这一步。昨日我在尊府，便和亲家都疑心到那小老婆身上，所以今日亲家，一对石田提太子申生的话，他便立刻截住话头，恐怕亲家再往下说出什么来。若不是抵着他的痛处，他何至便急得翻脸呢？所以古来的昏君，只要是宠幸了一个妃子，什么贤臣的话都不听了，并时时想将那些贤臣赶走，免得时常在跟前，唠叨得讨人厌。此时的王石田，就恰恰成了这么一个昏君的模样了，旁人的话，怎能说得进去呢？”

张凤笙听了，只是点头，也不回答，愁眉不展地坐了一会儿。梁太太知道张凤笙从王家来，不曾用过午饭，即遣人到华丰园，叫了一席酒菜，开到客厅上来。张凤笙道：“如此炎热的天气，何必这么费事？并且我此时腹中还饱闷得很，无论什么东西也吃他不下，无怀在府中，我倒想见见他，可不可以叫他出来同吃呢？”

梁锡诚笑道：“我有何不可？论理亲家来了，他早应出来请安。不过刚才他族人王傅绂等四人在这里，也是要会他，我进去对他说，他如此这般地说了一遍，我就照样回复了那王老头儿，王老头儿听了叹道：‘无怀能这么存心，而毕竟以不率教训四字，被逐于其父，人伦之变，真是不可以常理推测了。’”

张凤笙点头道：“两人的话都不错，不过我不比他们族人，并且已是从他家出来，一点儿没要紧。若是非礼的举动，我们当长辈的人，如何能教他晚辈做呢？我要看他，也没旁的话说，因恐归到寒舍，敝内问起无怀来，我若说不曾看见，她们女人家心肠仄，必更要着急几分。”梁锡诚连连应是，随即起身道：“我去叫他出来。”

一会儿梁锡诚果带着无怀出来了，向张凤笙行了礼，仍是称呼世伯，除问安之外，坐在旁边一言不发。酒席摆好，陪着张凤笙随意用了些饭菜，张凤笙也不好拿什么话，和无怀说，反因无怀在旁，连梁锡诚都不便再议论王石田的长短了。张凤笙这次进城，算是全没得着一些儿要领，午饭后，仍坐着轿子回鱼塘去了。

再说王石田送张凤笙走后，回身向内室走，进房只见刘升立在房中，姨太太靠床缘站着，奶妈立在后房门口。刘升见王石田进房，连忙垂手立在一边，姨太太笑道：“刘升出去吧，用不着你去打听了。”刘升应着是，几步退出房外去了。

王石田道：“教他去哪里，打听什么呢？”姨太太且不回答，叫奶妈将烟灯开起，自己躺下来烧烟，问道：“你怎么不在外面陪客，难道就发了烟瘾么？”王石田也就上床躺下说道：“哪有这么发得快的烟瘾，客已去了，教我还在外面陪谁呢？只得仍跑进来陪你。陪你却还有点实在趣味，外面那些恶俗男子，我真不愿意接见他们，宁肯一生不和他们往来。我也没事要求助他们，他们也不要来扰我。稍为知道自爱的人，听了我当差的说我所吩咐的话，自然知道回避；不知自爱的，定要来缠扰不休，我就老实不客气，简直回他一个不见，看他们又有什么法子奈何我，充其量不过恨我，不和我往来，我是巴不得他们有此存心。即再进一步，他们不过因恨我，在外面骂我摆架子，我又不想做官，不去候补，难道还怕坏了声名，巴结不着差事吗？”

姨太太上好了一口烟，递给王石田吸，一面笑说道：“‘人到无求品自高’，是一句确切不移的话，你于今真可算是万物皆备于我，有什么事要求助人家？就是皇帝老子亲来跟你请安，你要回他一个不见，也只由得你呢！”

王石田呼出口中的鸦片烟，如云雾一般地弥漫满床，对面不见人，听了姨太太的话，不觉高兴笑道："古人说'啸傲烟霞'，不过是一句比譬的话，形容这人清高，我于今却实在是不愧此'啸傲烟霞'四字了。"

姨太太哇了一声说道："我问你，那姓张的，这么早跑来做什么，如何连饭都不吃，又跑去了呢?"王石田道："不要提了吧，说起来，又教我心里不快活。他仗着几十年的交情，居然要来预与我家里的事，岂不是大笑话。我七十多岁的母亲，尚且不能问我的事，他也不想想，跑来自讨没趣。他平时到我家来，我很和他说得来，甚至夜里谈到鸡开口，我还不舍得回房安歇，就和他做一床睡下。今天我待他冷淡，他却不能怨我。"

姨太太笑道："你什么事怕他怨呢?他的女儿，已是不能再给你做媳妇了，怕他怎的。我因为心里惦记你，怕你和姓张的生气，所以打算教刘升出来打听。如果那姓张的说话不逊，就教刘升托故喊你进来，由那姓张的一个人，在客厅里冷坐，倒看他又有什么办法。"姨太太才说到这里，只见刘升立在房门外，轻轻揭开帘子，向房里张望。王石田一眼看见了问道："刘升，张望什么?"刘升随即撩帘跨进房说道："外面又有客来了，要见老爷。"

不知来的是谁，且俟下回再写。

第十回

论族谊愤声仗义言
运机谋巧鼓如簧舌

话说王石田听得刘升报又有客来了，还没回答，姨太太已爬起来坐着，指刘升骂道："你这东西，眼睛不是看事的，心思不是想事的么？我和老爷已屡次嘱咐你，不相干的人来了，都回老爷不在家，你只当作耳边风么？刚才老爷因见客，受了气进来，你不是不知道，又跑进来报什么客来了。还不给我快出去，回说老爷病了，有事过几天，等老爷病好了再来。"

刘升一迭连应着是，正要退出去，王石田道："且住，哪来的客，怎的连名片都没一张？"刘升停住脚回道："就是王老太爷呢，还同着三个，也都是老爷的本家，一共四顶轿子。"姨太太向空啐了一口骂道："活见鬼，我家又不遭人命，这么炎天，一群一群的轿子，扛到人家来。莫说人家主人生厌，便是当差老妈子们，也不愿意伺候。不管他们有什么事，照我刚才的话去回复他们吧，我家没事要巴结他们户族。"

王石田摆手道："那个老头子来了，不能是这么回他，我去看看，他们有什么事。"说着起身出来，王傅绂等坐在客厅里，见王石田出来，都立起身举手。王傅绂望了王石田几眼，露出惊讶的样子说道："你病了么，容颜怎的这般憔悴？"王石田一面让座，一面答道："日前从庄子上回来，已受了些暑气，加之心境不佳，得于中者，形于外，容颜怎得不憔悴？"

王傅绂点头道："我等今日到府上来，却有一件使你开心的事相告，我族的谱，从甲戌年由你经手续修以来，已是二十年了。今年甲午，正当第七届续修的年。前日由我邀集各值年计议，公推督修的人，都说除了无怀，是少年科第，品学兼优，件件合格外，通族找不出第二个这般的人物来。因此当下就定议，举我等四人来敦请。这是祖宗的事，用祖宗的面子来，大概贤乔梓不好意思推诿。"说罢哈哈大笑。

王石田苦着脸，摇头说道："舍间没有这种福命，小侄平日对于孽子，教道无素，以致数日前，弄出人伦大变，深负祖宗的恩泽及老叔等的栽培。小侄本打算日内到祠堂里来，将事情禀明祖宗及老叔等。只因这几日，贱体有些不快，害得老叔等，这般炎热的天，巴巴地为这事进城来。"

王傅绂故作吃惊的样子问道："怎么呢，无怀有什么不到之处么？"王石田叹道："家门不幸，出了这种逆子。小侄辱没祖宗之罪，万死难辞，只好忍痛，将逆子驱逐出外，免得以后拖累宗亲，更重小侄的罪。"

王傅绂回顾同来三人道："你们看，论人何等为难，以我们通族属望的王无怀，竟至被驱逐于其父，他的过犯，不待说是很大的了。不然石田就只这一个儿子，自己五十多岁了，岂肯决然将自己亲生，又已成了名的儿子驱逐之理。"三人同时点头道："这事真出人意外。"

王傅绂偏着头，做出寻思什么的样子，忽然抬头问王石田道："已经驱逐几日了？"王石田道："今日是七月二十四，二十二日早晨驱逐的，至今日已是三日了。"王傅绂道："你不是二十一日，才从庄子上回来么?”王石田点头道:“是。”王傅绂道:“然则无怀的绝大过犯,是二十一日,你归家的这一夜工夫做出来的么?”王石田被王傅绂这一问,问得一时回答不出,停了一停才说道:“这逆子平日的行为,事事可恶。年来小侄在我,屡听得人家议论他不安分的事,也不知训饬了多少次。数月前,小侄又亲眼见他勾引人家女子,当即将他痛责了一顿。他母亲死了,服制未满,就在外面有这种行为,还有丝毫人心么?小侄其所以将他驱逐,并非因他一朝一夕的过犯,实在是忍无可忍,容无可容,万不得已,才忍痛出此。”说时嗓子一哽,两眼流下泪来。

王傅绂点头道:“无怀这种行为是该打,但是这事出在数月前,你已将他痛责过了,怎么二十一日从庄子上回来,又忽将他驱逐呢?”王石田道:“驱逐另有事端,不过若不是他平日毫无人心,小侄也不至这般决绝。总之这种孽畜,若不将他驱逐,将来不但舍间被他祸害,即小之族人,大之国家,都要受他的荼毒。小侄提到这孽畜,心里就痛恨不过,望老叔不必再提他吧。至于修谱的事,族中可推的人尚多,寒舍既无此福命,也不必说了。”

王傅绂道:“我们虽是同族,但你们父子之间的事,本没我族人出言干涉之理。不过无怀非比别人,外面族人从他四五岁起,直到现在二十岁,就只听人说他如何温存,如何颖悟,如何向学,如何孝顺,如何一步不敢胡行。十七岁上,就中了举,是我们通族几百年来,没有的盛事,通族男女老少上万的人,无一个不眼巴巴的,希望他青云直上。因为他母亲去世,耽搁他三年,不能进京应试,通族人都为他可惜,就是公推他修谱,也无非借此勖勉他的意思,想不到竟有这种事。只是据你刚才所说,并没说出毕竟因什么事,将无怀驱逐的原因来。勾引人家女子,乃是数月前的事,并且当时已经责罚过了。数月来他有些什么无聊的举动,何以你二十一日从庄子上回来，次日清早便将他驱逐？照着情形推测，他这次的过犯，必不是你亲眼看见的了，他究竟犯的什么罪，你因何知道？既已将他驱逐了，似不宜不将详细缘由，向族人说出来，免得外人议论你刻薄寡恩。”同来三人齐声和道：“这是不错，不把缘由说出来，莫说外人，就是我们族人，也觉诧异得很。”

王石田一听这话，气得几乎要骂出来。只因王傅绂是长辈，这三人又都是同族中最正派的，平日心里存着几分敬意，一时翻不过脸来。极力将愤气按捺下去，冷笑了一声道：“我驱逐我亲生的儿子，人家能原谅我不得已之苦衷，自没得话说；万一不能原谅，要说什么，他们只管说便了。是不是我刻薄寡恩，苍天在上，实鉴我心，我怎犯着和人计较。我迟日到祠堂里来，在祖宗神案前默祝，我只要上可以对天地鬼神，下可以问得自己的良心，以外我都不暇计及。”

王傅绂听王石田这般说，也气起来了，指着王石田说道：“我等来这里，没有恶意，就是追问缘由，也是为你家好，不是为我等自己。难道我七八十岁的人，还指望无怀发迹之后提拔我么？你五十多岁的人，只这一个儿子，无端听信谗言，将他驱逐，你可明白进谗言的人有什么用意？进谗言的所说无怀的罪犯，是不是确有其事？徒凭一面之词，将赖以承续宗祀的亲生儿子不要，自己还极力代进谗的隐瞒，使进谗的奸谋，永远不致败露。我看你未免太糊涂得不知轻重了，你自己知道你还能活得多久呢？你这种悍然不顾的行为，就是将来你这个讨的人，生了儿子，恐怕也有些不好做人。为人在世，无论有多大的能为，多大的家产，总不能连家族都一概抹煞不顾。我知道你，于今一则仗着自己有很多的产业，只有人求你，你无须求人；一则仗着新讨了个小老婆，不怕没有生育。为小老婆计，若不将无怀驱逐，恐怕你自己死后，无怀不容你这小老婆。你这是昏聩到了极点的行为，我等族人倒要看你这犯不着和人计较的本领。”说完，遂回顾同来三人道：“外面走吧，这种不祥之地，安可多坐？”三人立刻立起身来，一个个都怒形于色地向外面走。

王石田被这一段严厉的教训，骂得满头是汗，见四人拂袖径走，也起身来，从后面喊道：“老叔不用生气，请转来再说。”

王傅绂等也气极了，也没听得，王石田正待赶上去将王傅绂拉回，忽听得后面刘升喊道：“姨太太请老爷进去，有要紧的话说。”王石田立住脚说道：“什么话，这么来不及说？你进去说，我就进来。”刘升即转身向里面跑去了。

王石田赶到轿厅上，四人已上轿走了，王石田立着如痴如呆的，不知要如何才好。正在出神之际，猛觉得肩上有人拍了一下，接着听得“呸”一声道：“你癫了么？站在这火一般的太阳里面晒。”王石田抬头见是姨太太，映着阳光，那种千娇百媚的样子，眼里见着，心里又不由得有些迷迷糊糊了，握着姨太太的手问道：“你怎么跑到这里来了呢？”姨太太笑道：“进房去再说，你在这太阳里面晒久了，一会儿头就要发昏。”

二人手牵手到了内室，奶妈打水给王石田洗脸，姨太太就拿着雕翎扇，在旁边轻轻地扇。王石田道：“你教我进来，有什么要紧的话说呢？”姨太太道：“哪有什么话说，我见天气太热，你的烟没抽足，怕你在外面坐久了，发了烟瘾，汗一出个不止，身体就受不住。什么不知世务的客人，到人家尽坐着不走。快去吸烟吧，我已上好了，只等你来吸。你自己摸摸头上看，刚洗了，又是一满头的汗。你可知道，汗是人身上的精液，出多了，最是伤身体，你这样不知道保重，真要把我急死了。我常说什么人参燕窝补养，都是骗人的，还得全靠自己保重得好，自己不保重，就整日地拿人参当饭吃，也不中用。”

王石田往床上一躺，姨太太将雕翎扇递给奶妈道：“你站在床当头，轻轻地向老爷扇，扇重了一来怕伤风，二来扰动了灯火，不好抽烟。”奶妈接了扇子说知道，即立在王石田背后，一下一下缓缓地扇。姨太太即躺在王石田对面，替王石田照火。王石田一连抽了五六口烟，果然汗已收了，心里又觉得舒服不过。

到了夜间，王石田又躺在床上抽烟，姨太太望着王石田笑道：“你说女人守节与男人守义，是哪一方难些？”王石田笑道：“这自然是男人守义难些。”姨太太放下脸道：“你何以见得男人难些呢？”王石田道：“这有几个原因，等我一个一个地解说给你听。”姨太太道：“你就说吧，我真不相信哩。”

王石田道：“第一，千古以来的礼教，对于男人守义这一层，没人注重，这人便能守义，于声誉上，没多大的增加。并且你尽管守义，他人却未必相信，甚至人家还要加以矫揉造作的罪名。有此一层，于是大家都觉得这‘义’可不必守。第二，男子在外面的日子多，老子说‘不见可欲，其心不乱’，男子既常在外面，眼睛里自免不了，时常见着可爱的女人。人欲这东西，无论是谁也不能免的，既有人欲，又见了可欲的女子，只要一时把持不定，这‘义’字就失守了。第三，凡是稍有出息的男人，不论自己是什么身份，十九免不了朋友的应酬。近几十年来，应酬酒席，多有请在班子里的。班子里的女子，虽不见得个个生得十分美貌，然中人以上的姿首，有几分动人之处的，居其大半。这些女子，都是引人入胜，使人不容易保守这个‘义’字的，所以鲁男子、柳下惠，千载以下，都称道不置，可见男人守义，确是不容易的事。女子坐在家中，人欲虽难免不有发动的时候，但发动时，将名节关头一想，欲火就自然退下去了。纵然一时收伏不下，而女子深居简出，不得有称心的男子，这‘节’仍是不曾失，怎么不比男子容易些呢？”

姨太太笑道："你的话说完了没有，就是这么个原因吗？"王石田道："这点原因还少了吗？"姨太太道："少是不少，不过你只知其一，不知其二。据我看来，女子守节，比你们男子守义，要难十倍。你是个男子，如何能知道？我也说几个原因给你听，看你相信不相信。第一，我们女子的学问，不如男子，人人没有学问，就制这一颗心不住。我说人心里想的事，十件就有九件是从快乐这一方面着想的，不论聪明愚蠢都是一样。人心里既是时时想快乐，淫欲也自然是快乐中的一件紧要的事。这淫乐的念头一起，像你们有学问的男子，就可以立时拿出许多学问来，审问这个念头，是不是应该有的。审问完了，觉得这念头，关碍着一生名节，务必极力打消，久而久之，这种不好的念头，就自然不再起了。我们女子，虽未必不知道这种念头不好，但没有学问，毕竟看不十分透彻，要打消就不容易。

"第二，你们男子除了游手好闲的无赖以外，都是士、农、工、商，各居一业，人有一职业，心思就有所寄托，淫欲发动的时候，比我们女子，要少几倍。我们女子，若在穷苦工作的人家，生育了儿女，每日操作，又要抚养儿女，还好一点。若是像我们在这富有之家，饱食暖衣，终日无所事事，连陪伴谈话的人，除了丫头老妈子之外，没一个人，可以谈谈，扯散些心事，淫欲一动便没有收煞的时候。

"第三，男子引诱女子的时候多，女子去勾搭男子的时候少。这女子不必容颜如何美丽，只要年轻，五官也还端正，即有男子去引诱她。她自己的春心，已经是发动了，又有男子去引诱，只要这男子，不是年龄身份，相差太远，要说把持，就很不容易了。若是这女子，在春心发动的时候，肯不顾羞耻，去勾搭男子，男子而竟不肯相从的，能有几人？即算是有，也绝不能像男子引诱女子，女子愤然拒绝的那么多。还有一层，是你们男子绝想不到的，我们女子，从十四五岁起至五十岁止，这几十年中间，每月有几日，是春心自然发动的时候，除了生病，谁也免不了，不过有浓淡的分别罢了。”

王石田望着姨太太说道：“这话我真没听人说过，每月哪几日，是你们女子春心发动的时候呢？”姨太太也笑道：“我说你只知其一，不知其二，何如呢？我们女子经期过后，一七之内，春兴比较平日浓厚，所以苟合的男女，每易受胎，就是这个道理。因为这女子既有了外遇，平日尚不见得十分想和那男子会面，唯有经期过后那几日中，绝没有不与那男子会合的。你们男子，没有这种期限，这也是比我们女子容易些的地方。再有一层，也是你不知道的，你们男子的淫欲，最盛在三十岁以前，三十以后，就渐渐地淡了；我们女子，却在三十岁以后。所以失节的女子，总是三十至五十之间。照我所说的这几层，你看是不是我们女子难些？不是我自己称赞自己，像你去庄子上那几夜，若不是我有把握，换个旁的年轻女子，怕你家不出灭伦的事，怕你不戴上一顶透水绿的帽子吗？这种事，只要有了一次，便是接二连三地不可开交了，我当时也曾起过一种不好的念头。”

王石田听了，连忙翻着两眼，望了姨太太问道：“你当时起过什么不好的念头？”姨太太笑道：“除了想给绿帽子你戴的念头，你说还有什么好的念头。”王石田道：“你这念头怎生起的呢？”

姨太太道：“你要问怎生起的吗？就从姨太太三个字上面起的。我素来不欢喜说欺人的话，当时既看了那种挑逗我的样子，听了那些引诱动情的言语，说完全心里没一些儿摇动，是欺你的话。我心里不但有些摇动，并立时转了几个念头。第一个念头，就因他年纪轻，相貌儿生得可人意，举动更温存得可爱，言语又清脆得好听；接连就转到你身上，你的年纪已老，相貌、举动、言语不待说都相差很远。这两个念头一转，又转到我自己身上，横竖是个再醮妇，名节是已经没我的份儿了。又是个姨太太身份，便谨守着这名节，也旌表不到我身上来，何不及时行乐，倒落过个眼前舒服。”

王石田听到这里，脸上已变了颜色，眼睁睁地望着姨太太，真是目不转睛。姨太太不慌不忙地笑着，接续说道：“我那时虽有了三个不好的念头，只是终不敌最后的那个念头，转得厉害。假若没有那最后的一转念，簇新新的绿帽子，早已套在你头上，快刀都刨削不下了。”

王石田略转了些笑脸问道：“最后一念，是如何转的呢？”姨太太晃了一晃脑袋，用手指着后房说道：“这功劳，却亏了奶妈一句话。奶妈是无意说了一句，不知老爷此时在庄子上，已经安睡了没有的话。我心里忽然感触，暗想奶妈尚且知道关心到老爷身上，不知老爷此时睡了没有。我是他的女人，他数月来待我，总算是无微不至，我岂可背了他，做这种伤天害理的事。因为有此一转念，以前的几个念头便立时冰消了。那几个念头一退，计较利害的心思，就随之而起了。心想：我虽是姨太太，总是老爷的姨太太，不是外人的姨太太，名分不能不顾。并且这种苟且的事，只要犯了，没有始终能隐瞒得住的，自必有败露的一日。若是和外人有苟且，将来败露了，人家知道，不过作笑话谈谈。姨太太偷人，在外人看了，本不算什么稀奇事，就于你的面子，也没什么了不得的过不去。唯有偷到你亲生的儿子身上去了，就未免有些骇人听闻。”

姨太太才说到这里，猛听得房上的瓦“吱喳”一响，接着“哗啦啦”落了几片瓦到丹墀里，吓得姨太太往王石田身上爬，将头埋在王石田怀里，只管抖个不了。王石田虽则也有些害怕，毕竟是个男子，胆量大些，硬着嗓子将奶妈叫醒。奶妈听说也吓得三十六个牙齿捉对儿厮打起来。

不知后事如何，且俟下回再写。

第十一回

惊奇道怪爱妾撒娇
净宅驱邪尼妖捣鬼

话说王石田听得丹墀里，打得瓦响，心里也有些虚怯怯的，硬着嗓子，将奶妈叫醒起来。见奶妈也吓得敲得牙齿乱响，即轻轻向姨太太耳边说道："起来坐着不要怕，等我到外面去看看，不是猫和耗子，便是偷儿来了。"

姨太太哪里肯动呢？两手紧紧地扭着王石田的两个臂膊，将头贴在怀中，连气都不敢出。王石田望着可怜，索性将她搂在怀中，向奶妈说道："你怎么也怕得这样，快点儿高声喊刘升来吧。"奶妈耳里听得明白，口里只是喊不出，王石田的嗓音本来极低，只得仍催着奶妈喊。奶妈伸着脖子，刘呀刘呀的，刘了好几句，才将刘升两个字叫出来，接连不断地叫了几声，哪里有刘升答应呢？

姨太太猛然抬起头来，朝着王石田的脸，下死劲啐了一口道："好像有什么宝贝，怕刘升偷了去似的，教他睡在那无人烟的地方，和这里离得远远的。这里面便杀死了人，他们外面也不会知道，这不是活活地坑我一个胆小的人吗？"

王石田连忙认错道："只怪我疏忽，奶妈陪你坐在这里，我开门到丹墀里看看。这屋子我住了几十年，平日曾没一些响动，连偷儿都没进来过，一些儿不要害怕。"姨太太才坐了起来，要奶妈坐在旁边，紧握着奶妈的手。

王石田下床靸着鞋子，左手擎着鸦片烟灯，右手拈了一条支窗户的竹棍。才要跨出房门，身上忽然打了一个寒噤，遍身毛发都竖起来，仿佛门外立着什么怪物，在那里等他似的，哪里还有出外察看的勇气呢？用竹棍从门帘缝里，伸了出去，上下左右地绕了几转，觉着没什么东西阻碍，胆子稍大了一点。

姨太太在床上喊道：“你不要去看吧，你手中端着烟灯，若真是偷儿来了，他能见你，你不能见他。你的身体，何等贵重，犯不着出去。”

王石田正不敢向外走，听了这话，随即翻身转来，仍要奶妈大声叫刘升，自己也帮着叫。可怜两人的声音都叫嘶了，刘升没叫醒，却把管理花园的阿金叫醒来，“啪”“啪”“啪”地打后门，并高声问有什么事。王石田对奶妈道：“我给姨太太做伴，你去开后门，放阿金进来。”

奶妈握着姨太太的手道：“我们两个，同去开门好么？”姨太太没答应，王石田已说道：“你的胆子，也太小了，倒要她同你去做伴。好，我们三个一同去吧。我不在房里，你们两个，仍是免不了要怕的。”于是三人靠得紧紧的，奶妈居左，王石田居右，将姨太太夹在当中，从后房转到内院把后门打开了。阿金问有什么事，王石田见阿金进来，胆子就大了许多，将房上的瓦响，丹墀里落了几片瓦下来的话说了。

阿金一面往前面丹墀里走，一面说道：“不知是谁家养的一只万里封，时常跑到这里来，我在花园里见过几次，这瓦必又是它踹落下来的。”王石田等三人，跟在背后，道丹墀里一看，几片瓦已跌得粉碎。

七月间的月光，虽在二十四五，光亮却是不小，照得满院都是透明的。朝房上一望，除了溶溶的月色，布满了沉沉的夜气中，什么东西也没看见。阿金道："一定就是那只万里封，若是偷儿，怎么会爬到屋上去呢？"王石田心想不错，教阿金仍去安睡，自己带着姨太太、奶妈回房，把房门关了。

姨太太道："我看这房子，只怕不干净。你去庄子上的第二夜，也是房上一响，打了几片瓦下来；我并且看见一个黑影子，从这边房上，往那边房上一晃，当时吓得我，几乎没了命。要不是奶妈在旁边，我真要吓死了。今晚又是这样，我想猴子的身体很轻便，平日在房上走，听不出什么声息，如何会弄得瓦上这么大的响声呢？并且这屋子的房檐，都安着如意瓦，嵌得牢牢的，便是用手去揭，也不容易揭下，猴子有多大的力量，能踏得下来呢？更有一层，可以断定不是被猴子踏下来的。"

王石田道："何以见得？"姨太太道："你刚才没看见丹墀里跌碎的瓦吗，哪有如意瓦在内？若是猴子踏落的，必然是踏在房檐边的如意瓦上，方能落下来，岂有中间的瓦，被踏落到丹墀里的道理？"王石田道："你这照情理推测得很对，是不是猴子，难道真是偷儿不成？若是偷儿，却为什么要从房上揭起瓦片，向丹墀里打下呢？况且不是一次，家中又没有失窃什么东西。"

姨太太道："是吗？我因为觉得奇怪，才说这屋子不干净。"奶妈道："求你两个老人家，今晚不要再说了吧。我一个人睡在后房里，我素来胆小，若再说，我真不敢去睡了。"姨太太道："你怕就去把席子枕头搬到这房里来，睡在这地板上，大家都有个伴儿，岂不是好。"奶妈欢喜笑道："这还有什么不好，我就去搬来。"说着，匆匆忙忙地到后房搬了席子枕头过来，就睡在榻板下面。

姨太太道："时常是这么闹起来，也不成个话说，应如何设个法子才好。"王石田道："我在这屋子里生长的，这是我家百多年的祖屋，从来没一些儿不干净的事，有什么法子可设呢？”姨太太道：“一时不同一时，越是百多年的老屋，越多不干净的。你只看这一所院子，有多重的阴气。哪怕这么炎热的天气，吹来的风，都是阴惨惨的，外面还很早，这院里就黑暗得不看见人了。这院里几棵芭蕉，据阿金说已有百多年了，我常听人谈过，年深的芭蕉，最是欢喜藏不干净的东西，就因为它阴气重的缘故。百多年的房子，这花园中的花妖木怪，怎能说完全没有。”说时凑近王石田的耳根，低声说道：“就是你去世的那个太太，也难免不来使神通，吓吓我这胆小的人。你若不设法子将这房子弄干净，我不敢再住在这里了，你放我出去，饶了我这条小命儿吧！”

王石田蹙着眉头道：“你要我想什么法子呢？这些事，我素来不信，所以孔夫子，不语怪力乱神。我们读书明理的人，岂肯做这攻乎异端的事？”姨太太一手揪了王石田的耳朵，生气说道：“你之乎者也的，向我当小老婆的掉什么文呢？你素来不信，我偏要你信。”

王石田被揪得忍痛不住，双手捧住姨太太的手说道：“我信，我信，你松手吧！”姨太太却不就松手，逼近王石田面前问道：“你设法不呢？”王石田连连道：“设法，设法。”姨太太才将手松了。王石田不住地用手揉耳朵，姨太太见已揪得通红，也用手去摸抚。

王石田道：“胡子被你揪得我赌气剃了，于今又揪起耳朵来。”姨太太笑道：“你何不赌气连耳朵也剃了呢？你不设法，还有得揪你哩。”王石田道：“你只要我设法，我知道这法应该怎生设呢？看你说有什么法子，我总依着你的话办。若我办得不对，你再揪我便了。”姨太太道：“依我吗？要去把玄妙观的胡老道请来，他最会净宅压邪。”王石田摇头道：“那却使不得，我家从来不曾有和尚道士进过门，这是祖宗的家法，不能破例。你再有好的法子，说出来我照办就是了。”

姨太太又生气道："你说这话又是想我揪你了么？和尚道士，不也是人做的吗？你这种毁僧灭道的人，怪道你养出那想忝庶母的逆子来。和尚道士有什么事，对你家不住，要做出这深恶痛绝的样子来？我才不相信这种狗屁家法呢，我没有再好的法子，我不过是这么说了，听不听由你。我又不是卖在你家里，好便好，不好不怕没有路走，白把条命送在这里才不合算呢。"旋说旋流泪哭起来。

奶妈睡在地下听了，伸起头说道："姨太太怎的这么呆呢？既是祖宗的家法，和尚道士不能进门，老爷于今就依了你，这破坏祖宗家法的声名，你也担当不起。并且那玄妙观的胡老道，也没什么神通，去年在周家豆腐店里治疯子，被那周疯子打得他头破血流，从那回起，人家都知道他没多大的法力。我有一个最好的主意，那白衣庵的老尼姑静持师父，专会净宅驱邪。她画得一碗好水，无论什么妖魔鬼怪，有她那碗水一喷，都立时化成了灰。"

姨太太点头揩干了眼泪说道："你祖宗的家法，和尚道士不许进门，难道尼姑也不许进门么？"王石田叹气说道："认真说起来，尼姑的罪恶，还在和尚道士之上，也罢，由你去请尼姑便了。只是教她不要从大门进来，引她从后门到花园里，看她要捣些什么鬼，都教她在花园里捣吧。"

姨太太冷笑道："你糟蹋人也不是这么糟蹋的。她做尼姑的，也是佛门弟子，皇宫里面都能去得，你这里是什么人家，就只能走后门到得花园里？你这话分明是有意给我过不去，罢，罢！这屋子也不是我住的，我没这大的福分。你们住了百多年，不曾有一些儿响动，我来不到小半年，就这么大闹特闹的，显了两次神通。若再住下去，我这条命吓也要吓死了。你去摆你的架子，莫说和尚、道士、尼姑不许进门，便是一切人，都不许进门，也只由得你。房子是你家祖传下来的，分得旁人有什么话说，我明早就走，一则免坏了你家的家规；二则我还想留着这条命，多活几年。”

王石田笑道：“你真是个小孩子脾气，说说就认真，我明早教刘升去，把那尼姑叫来便了。你亲去和那尼姑商量，看应该怎么摆布，你做了就是，不必来问我。我实在是对这些事，丝毫不懂得。”

姨太太才高兴了些儿，说道：“谁说要来问你的，小孩子脾气，我怎么不是小孩子脾气？你的儿子，和我一般大，自然是小孩子呢！”奶妈道：“白衣庵的那位静持师父，并不大出外行教。她那庵里，很有几十亩香火地，手边的余蓄还不少。她年纪又已六十多岁了，徒子徒孙邀拢来一大堆，如何肯轻易出来，替人净宅呢？”王石田笑道：“原是你荐的，我又不知道有什么静持！”

奶妈坐起来说道：“老爷没听我将话说完，她虽然不肯轻易出来，我和她很有些交情，我亲去请她，她知道是我们姑娘的事，料想她不好意思推托。若教刘升去，是断断乎请不来的。我有事烦她，她并一文钱也不会要。”

姨太太喜道：“那么明早你就坐着轿子去，务必邀她同来。她虽不要钱，我却不能不送钱给她。岂有我们这种人家，白使唤人的？”奶妈连连摇手道：“你快不要说送钱给她的话，无论你送多少给她，她绝不肯受的。我和她二三十年的交情，难道还不知道她那古怪的脾气吗？你送钱给她，她不但不受，必然还要怪我瞧她不起，将她作那些骗人布施的尼姑，一律看待，这万万使不得。”

王石田道：“这种尼姑倒难得，她既不受钱，教厨房里办一桌上好的素席，陪款陪款她便了。”奶妈点头道：“那却使得，今晚天气已不早了，我明日须早些起来，此刻不能不睡了。”说话时已听得鸡叫起来。王石田和姨太太，便也收拾安歇了。

次日一早，奶妈即坐着轿子，去白衣庵请静持去了。好一会儿回来，姨太太已起床，奶妈进房说道：“静持师父已答应了，要下午才得来。上午她自己有功课，她吩咐我，要我回来吩咐家中上下的人，她来的时候，无论是谁，不要找她说话。先预备一碗清水，放在神龛当中；神龛下面，安放一把靠椅，她进门直到神龛底下，端了那碗清水，在椅上略坐一会儿；由她先开口问话，我们家里人，才能开口。她再三吩咐，要紧，要紧！若不听她的吩咐，她就立时回庵里去，再也休想她进门了。”

姨太太忙道：“怎么不听她的吩咐？等歇你去将通屋上下的人，都叫到院子里来，我当面去吩咐他们。谁敢不听的，立刻教他滚出去。老太太房里的人，也是一般地要叫来。老太太是不出房门的，没要紧。”

奶妈答应知道，姨太太遂将王石田推醒道：“今日有事，早点儿起来吧！”王石田睡眼蒙眬地问道：“什么事？我还不曾睡足呢。”姨太太道：“今夜早些睡便了。起来，起来，静持师父就快来了。”

王石田没法，只得爬起来说道：“她来她的，要我起来干什么呢？”姨太太把奶妈的话述了一遍道：“奶妈现在叫他们去了，他们到齐了的时候，你亲自去吩咐他们一遍。我到你家，只有这么久，我说的话，料想他们虽不敢不听，但是总不及你亲自吩咐的，靠得住些。便是老太太房里的人，我也不便随意指使，你说对不对？”

姨太太说这话，其实是明知道王石田心里，不大愿意尼姑上门。却偏要借这事降服王石田，好使一家上下的人，都知道她自己得宠得很，无论什么话，王石田都不敢不听，并且还得实心实意地奉命唯谨。但是就是这么教王石田去吩咐众人，又恐怕王石田推托，仍教他自己去吩咐；所以拿出老太太房里的人，不便随意指使的话来，又显得自己识大体，王石田又不能推托。

王石田听了，果然点头，称赞她识得礼节，绝不推辞的，下床来梳洗。奶妈已将所有的仆役、丫头、老妈子都叫到院子里了。王石田即出来，向众人说道：“我请了白衣庵的静持，下午来家净宅。她再三叮嘱，她进门的时候，无论谁人，不许开口说话。须等她先开口，你们才能作声。因此叫你们来，我当面吩咐，你们大家留心。若有谁不听吩咐，我就办谁，你们听明白了没有？”大家都答应听明白了。

王石田回房问奶妈道：“她说过净宅要应用些什么东西没有呢？”奶妈道：“我曾问她，她说且等进门看过阴阳，才能定夺。若是家里干净，没什么邪祟，就只镇一镇孤魂，用不着净宅。”王石田笑道：“我倒看她这阴阳，将怎生个看法。”姨太太道：“你不相信就不相信，不要瞎说八道。她又不骗你的钱，若不会看阴阳，她真没讨得倒霉了。这么三伏炎天，巴巴地要跑到你家来请安，你是这么，不要和她见面最好。你对我乱说没要紧，若对她乱说，你家里便有个屋栋大的鬼，她也不给你治了。”

王石田笑道：“我巴不得不和她见面。不要说闲话吧，我烟瘾发足了，快开灯烧烟给我抽。”奶妈将烟灯点着，姨太太烧了几口烟，给王石田抽了，过足瘾才用早点。忽见奶妈急匆匆地进来，向姨太太招手，姨太太知道必是静持来了，随即跟着奶妈，到前面神堂里。只见一个老态龙钟的尼姑，端坐在神龛底下，双手捧着一碗清水，两眼紧闭，口里像念着什么似的，上下嘴唇，只管微微地掀动。如此坐了好一会儿工夫，才缓缓地将两眼睁开，立起身来，举起那碗清水，仍放上神龛，转身向姨太太合掌说道：“贵宅是有些不干净，但是还不要紧，那邪祟的道行，还浅得很，我给你治治就好了。”

姨太太连忙答礼说道：“全仗师父的法力，久闻师父的名，平日不曾亲近。今日有事奉请，还要求师父恕罪。”遂将静持让进内院书房里坐下。静持道：“贵宅的邪祟，幸喜是个女身，并且日子浅得很，不过两三年的道行，算不了什么。不过因为她原是这家里的人，门神不能禁止她，所以她能出入无阻。我刚才打发天兵天将把她拘了来，她向我叩了无数的头，求我饶她，说永远不再来作祟了。我不相信她，她就对天发誓。我道：‘你若不是这家里的人，我却能相信；因为你是这家里的，你的灵位，还不曾毁掉，你总免不了，时常要进来受祭，不相信你就能不再兴妖作怪，恐吓主人。’她听了我的法旨，还想恳求，我便懒得理她，将她交给天兵天将，暂时看管，等我发落。”

姨太太听了，不觉毛骨悚然，连忙趴在地下，叩头说道：“好师父，务必救弟子一命。这邪祟便是弟子的对头，万万放不得！”静持不慌不忙地伸手拉姨太太起来道：“容易，容易！我要放她，也不交给天兵天将看管了。”姨太太道：“天兵天将能看管得牢么？”静持笑道：“是他们去将她拘来的，哪里有看管不牢的道理？无论什么邪祟，一到了天兵天将手里，便再也不敢逃跑。”

姨太太道：“什么道理呢？”静持道：“你要她逃跑到哪里去呢？随便逃到什么所在，天兵天将都能立刻又将她拘来。这第二次拘回来，就有得苦头给她吃了。”姨太太喜问道：“给些什么苦头她吃呢？”静持道：“第一次拘她，就只用铁链，把她锁好，吊在柱头上；若她逃跑了，第二次拘回来，便要穿上她的琵琶骨了。”

姨太太道：“琵琶骨是什么东西？”静持指着自己的肩窝道：“这一条横骨，就叫琵琶骨，拿小刀从这里戳一个大窟窿，用酒杯粗细的铁链，从窟窿里穿过来锁上，你看有多痛。就有天大的胆量，也不敢逃跑了。”姨太太道：“师父知道弟子的苦处，这邪祟若不求师父将她制住，弟子的性命就保不了。师父救了弟子，弟子感恩不尽。任凭师父要弟子怎样，弟子无不从命便了。”

不知静持怎生回答，且俟下回再写。

第十二回

吃死醋丧尽天良
宠妖姬委以家政

话说静持听了姨太太的话，欣然答道："我不打算救你的命，这么炎热的天气，我就不到这里来了。不过救你的法子，有两样在这里，听凭你选择。"姨太太喜道："是哪两样，请师父说给弟子听。"静持道："一样是救你的，一样是救她的。"

姨太太道："怎么倒要救她呢？"静持道："不要性急，等我慢慢解说给你听。救你是专保你一个人，我画符给你带在身上，再张一个天罗地网，无论什么邪魔鬼怪，都不能近你的身。"姨太太点头问道："救她又是怎么的呢？"

静持道："救你的话，我还不曾说完，就问起怎么救她来了。救你只画符、张天罗地网，还是不行。因为我画的符，张的天罗地网，都有天兵天将把守，我们借用天兵天将，须有个限期，至多三年五载，就得打发他们回去。他们一走，符也不灵了，天罗地网也撤了，要是过了期还不打发他们回去，他们就要生气了。他们一生气，便不等我的法旨，赌气跑到玉皇大帝那里去，说我的坏话；我以后有事，要请天兵天将，就一个也请不来了。所以专画符、张天罗地网是不能保得久远的。你的对头，只有这一个，必须制住她，使她永远不得翻身，你就可以安然无事了。"

姨太太连忙将座位移近，握了静持的手道：“师父你救人救到底，一定求师父制住她，使她永远不得翻身。”静特点头道：“做得到，做得到，但是我看冤仇宜解不宜结，我还有个救她的法子，由你斟酌便了。她此刻在黄泉之下，恨你是因为你赶出去了她亲生的儿子，她所以向我叩头，求我原谅她。她生前喜欢敬观音大士，房里挂了一幅观音大士的像，有一次她手上不干净，污秽了大士的像，只因这点罪恶，不得超生，才有工夫来吓你。再吓你几次，就要来收你的命了。她若得立时超生富贵人家，又如何还有工夫到这里来呢？我说救她的法子，就是替她念七七四十九天《观音经》，求观音大士赦了她，投生到富贵人家，转一个男身，你们的冤仇就从此解了，岂不是两全其美的事吗？”

姨太太摇头道：“这法子不行，她已经吓了我两次，我为什么还要是这么救她呢？莫说她已死了，她若在生，我还要弄死她呢！她的儿子，与我有甚相干，是我赶他出去的吗？她做鬼尚且这么糊涂，可见她在生时，必更是糊涂极了，怪道她污秽观音大士呢！师父不要三心两意，俗话说得好：‘救生不救死’，我现在活生生地求师父，师父倒怎的要去救那已死了的糊涂鬼呢？”边说边流下泪来，又跪下去叩头不止。

静持道：“不要多礼，我依你的，将她制住便了。”姨太太立起来，一面拿扇子给静持打扇，一面问道：“师父用什么法子，将她制住呢？”静持道：“要三斗铁砂，三斗黑豆，和作一块儿，用醋炒热；再要一块犁田的犁头铁，我画一道符在上面。铁砂、黑豆上，也喷了符水，运到她坟上，埋入土中，有这三样东西镇压了，便永远不得翻身了。不过我们出家人，做这种事，有点坏心术，我因此不大愿意。”

姨太太道：“这有什么坏心术，谁教她吓我，要来收我的命呢？

师父这回救了我，我送钱给师父，知道师父是不要的，我捐钱替师父修几间很精雅的房子，给师父住；再做几套衣服，孝敬师父，聊表我感激师父的心思。”静持道：“阿弥陀佛，怎好这么生受你的，我可怜你这一片哀求我的心，说不得，便是坏心术的事，也只得给你做。你去教人在神堂内，把香案设起，预备银朱、白芨、一支新笔、一张黄表纸，我好请神画符。”

姨太太问道：“铁砂、黑豆不就要吗?”静持道：“那东西不是一时炼得好的，须等我回到庵里，将那两样东西，先供在佛案上头。我每日早晚咒炼一遍，喷一遍法水。是这么炼过一七，剖开那黑豆子看，里面有了血了，才用阴阳火了炒。等夜间没人的时候，我悄悄地搬到坟上，连那犁头铁埋起来。这事什么人都不能给他知道，你不要问，我给你做好就是。”姨太太听了，又要跪下去叩头，被静持一把托住了。

姨太太教奶妈去预备了香案。静持来到神堂里，请了一会儿神，画了三道神符，端了神龛上面的那碗清水，在内院各处乱喷了一会儿，将三道符交给姨太太道：“这一道贴在你睡房的门上；这道贴在你睡房的窗上；这道折叠起来，做一个小袋儿装着，佩带在你自己身上。当心，当心，不要污秽了它!”

姨太太双手接了，听一句，应一句。听到后来当心当心，不要污秽了它的话，心里不忍有些着慌起来。停了一停问道：“这符带在身上，一时一刻也不能离身吗?”静持知道她问这话的用意，便答道：“你夜间睡觉，将它挂在帐钩上，就不会污秽它了。”姨太太才放心收了符。

厨房里已整备了一桌上等素席，陪着静持吃了。姨太太拿出二十两银子，用红纸包了，送到静持面前说道：“那三样东西，都要烦师父的心，买来给我咒炼，送钱给师父，师父是不会要的，这是买东西的钱，难道也教师父贴不成?”静持接在手中，掂了一掂，哈哈笑道：“哪用得这么多，一半都要不了。且等我去买来看是多少钱，再向你讨多少，此时我也不知道应要几何。”姨太太哪肯依呢？强将银包塞在静持手中道：“师父是这样，是不肯给弟子做事了，并且是不把弟子当人了。”

静持推辞不脱，只得将银包收了，揣入怀中说道：“我还忘记问一句要紧的话，她那坟墓在哪里，我尚不知道呢!”姨太太踌躇道：“这如何是好？我也不知道，又不好去问我家老爷。”姨太太心里一着急，忽然急出一条门道来。随即叫奶妈，奶妈走来问什么事，姨太太道：“快去悄悄地将刘升叫来，我有要紧的话问他。”

奶妈去不一会儿，带了刘升进来，姨太太立在后房门口，招刘升到后房里，低声问道：“无怀的母亲葬在什么地方，你知道么?”刘升点头道：“我怎么不知道，我还曾在那坟上，住了差不多两个月呢！因为陪少爷在那里监工筑坟。”姨太太劈面向刘升脸上，啐了一口唾沫道：“还在这里什么少爷哩，见你娘的活鬼。”

刘升伸手在姨太太肋下，扯出一条小白丝巾，一边揩着脸上唾沫，一边笑道：“可惜，可惜，又不吐在我口里，偏要吐在我脸上。”姨太太一手将丝巾夺回，向前房努嘴说道：“敢再这么油腔滑调，又要我揪你的臭肉了。哇！我和你说，你知道坟墓在哪儿?”刘升道：“啊呀呀！远得很呢，在乡下，从这里去大约有二十多里路。”姨太太道：“什么地名你知道么?”刘升道：“那块儿的大地名，叫‘螺蛳坝’，小地名却忘记了。”

姨太太指着刘升的脸骂道：“你这死东西，哪有你这么笨的人，在那里住了将近两个月，怎么连个地名都会忘记呢？是不是就叫‘螺蛳坝’哩，怎么地名还有大小?”刘升摇头道：“螺蛳坝这地名大得很，那一条路，弯弯曲曲几十里，都叫螺蛳坝，路旁边就是一条小河，那地方的人，叫变了音，又叫‘鹭鹚坝’。”

姨太太举手去揪刘升的臂膊道：“偏这不相干的东西，你就知道这么清楚。”刘升连忙往旁边闪开说道：“小地名没有不要紧，那坟上我知道去，有什么事，我去就是了。”姨太太道：“能教你去，我还问你吗，阿金他们知道么？”刘升道：“他们更不会知道，只有墨耕是知道的。”姨太太恨得咬牙骂道：“他们不知道就不知道，你这可恶的杂种，却偏要说那小鬼头知道，怕我不晓得他知道吗？”

刘升也着急道：“我的娘娘，你要问了做什么呢？”姨太太道：“你管我问了做什么，没用处我又问吗！”刘升偏着头想了一想，忽然笑道：“有了，有了，小地名不要也罢了。离那坟不到一百步远，有一个极大的寺，名叫‘千寿寺’，到螺蛳坝去问千寿寺，无人不知道。那坟就在千寿寺的后面山坡里，坟上竖了一块七八尺高的白石碑，最容易寻找。”

姨太太道：“既是这么，你这杂种，为何不早说。定要我问来问去，闹了大半天，才把这话说出来。那山坡里，还有第二个坟，有白石碑的没有？”刘升笑道：“怪得我吗？你要问我的地名，忘了自然先想地名，若能想起来，岂不是好。”姨太太恨了一声，跺脚骂道：“你这东西，前世十有九是个哑巴，所以今世这么好说话。我问你那山坡里，有第二个有白石碑的没有，你的耳朵进了陆稿荐吗？”

刘升连连说道：“没有！没有！”姨太太也忍不住笑起来说道：“没有呢？我看你两只耳朵若没有进陆稿荐，怎的会这么不管事！”刘升笑道：“我是说那山坡里，没有第二个有白石碑的坟。”

姨太太也不回答，转身到前面房里来，向静持将刘升的话说了，静持点头道：“千寿寺我知道，是一个大丛林，既是在那山后，不愁找不着，不过那时须得你同我去才好。这不是一桩儿戏的事，我一个去不行，旁人又不能代替，你想想看有什么法子，能瞒着一干人，悄悄地同我去一趟。”

姨太太登时觉得有些为难起来，静持道：“你难道简直不能出去的吗？”姨太太道：“出是可以出去，但是去这么远，又在夜间，当晚不能进城回来，这事只怕有些为难。”奶妈在旁边说道：“要去还有几日，怕什么呢？先几日对老爷说，或是说你父母的忌日，要去坟上烧纸祭奠；或是说你哥子生日，要去吃面，老爷不见得真扣留你，认真不教你去。你是个聪明人，怎的这些枪花都不会掉？”

姨太太点头道：“是这么也使得，请师父定个日子吧。”静持倒着手指，数了一会儿道：“八月初二吧，我一切都预备好了，你到我那里来同去就是。我那里有轿子、轿夫，不可用你家里的轿夫，他们知道了不妥当。”姨太太道：“教师父这么替我劳神费力，我真感激得不知应如何报答了。”

静持起身道：“不用这么客气，我也不过尽我救人的一片心罢了！”说着作辞。姨太太挽留不住，送至大厅，扶着她上了轿，见已抬起走了，才回转内室。静持的话，一句也不向王石田提起，只将符贴的贴，装袋的装袋佩带，王石田也不过问。

过了两日，姨太太正打算向王石田掉枪花，八月初二好去白衣庵。这日刚陪着王石田用早点，刘升忽立在院中唤奶妈。奶妈出来问什么事，刘升将一封信交给奶妈道：“鱼塘张老爷打发人送了这封信来，现在外面等回信呢。”奶妈接在手中，自言自语道：“什么张老爷，亲自来缠过了不算，还要写什么信来缠。”说完堵着嘴，将信拿进房递给王石田。

姨太太在旁边问是从哪里来的，王石田望着信面说道：“凤笙写来的信。”边说边拆开来看了一遍，往旁边一放笑道：“他二十八日五十岁，请我到他家去玩玩。这么热的天气，谁耐烦坐这么远的轿子。”姨太太听了，心里一动，即含笑问道：“信中没写旁的话吗？”

王石田摇头道："没旁的话，只说前日在这里会面的时候，只怪他自己气度太小，归家后甚悔孟浪，彼此数十年的交谊，岂可因儿女的事，伤了和气。此刻婚姻虽有变更，交情仍然如旧。末后言鱼塘村僻之处，终年难得遇见一个可以谈话的人，每于风晨月夕，那思念故人的心思，不由得如饿了想吃饭，渴了想喝水的一般。本月二十八日，为他五十初度的日子，想借这日，约齐少时同学的一班人，痛饮一场，互证别后各人的学业。尘缘俗事，都不许提及半字，犯了的公议重罚。哈哈！他倒有这种逸兴，我哪里有此闲情呢？等歇写封回信给他，二十七日，打发人送一份寿礼去便了。"

姨太太笑道："他的信是这么写，你倒不好意思不去，你难道就真为儿女的事，断绝数十年交情的朋友吗？他原是怕你心里存了芥蒂不肯去，所以写出来，若是涉及尘缘俗事半字的，公议重罚。并且他约的，都是少年时的同学，你不去，他们就有得讥笑你了。天气虽热，路上哪里便没人敢走，况且早去晚归，也不见得便热到怎样！"

王石田说不去，原是想迎合姨太太的心理，以为姨太太必是不主张去的；想不到她竟说出这一段出乎意外的话来。即笑问道："你也说是应该去吗？"姨太太道："我们女人家，知道什么？不过依情理看起来，似乎不去有些对不住。张凤笙若不是五十整寿，或是寻常没要紧的宴会，不推故不去，却没相干，你说我这话是不是呢？"

王石田不住地点头道："很是，很是！你说你们女人家，知道什么，我看你这个女人家，倒很知道点人情世故呢！平常的女子，如何及得你？无怀的母亲在日，就比你相差多了。鱼塘我去也有些想去，就只因路途太远，当日绝不能回来，在他家住一夜，实在觉得有些不方便。"

姨太太道："你把烟灯、枪带在轿子里去，有鸦片烟吸，他那里自然有人伺候，还有什么不方便哩！"王石田望着姨太太笑道："烟灯、枪能带去，你也能给我带在轿子里去吗？只要有鸦片烟吸，就没什么不方便，那么你也不足重了。"姨太太笑道："不见得你一夜都少不了我。"王石田哈哈笑道："你一夜又少得了我么？"

姨太太啐了一口，将脸掉过一边说道："谁稀罕你？你自己稀罕你自己罢了。这么热天，我巴不得一个人睡。由我在床上，翻过来、滚过去，这边簟子睡热了，又滚过那边睡。"王石田道："我和你睡，不也是由你在我身上，翻过来、滚过去的吗？"

姨太太把脚一顿，随即立起来说道："我看你的耳朵，只怕又有些作痒了，要我来揪么？"王石田双手捧住两耳，起身往烟坑上躺下笑道："我以为你只夜里凶，谁知你日里，也有这么凶。我这一对耳朵，夜也揪，日也揪，但怕真要学胡子的样，有些在脸上存留不住了。"姨太太赶到烟坑上，拨开王石田的手，去揪耳朵道："你真要惹起我来收拾你，那就怪不得我厉害，你才知道我凶吗，还有凶的日子在后头呢？"

王石田一边笑着喘气，一边用手来推道："我又没说骂你的话，你夜里凶，难道是假的么？"姨太太更娇嗔不服道："你这个该死的，敢再是这么说，真要我来揪你，害我累出一身汗吗？"王石田连连摇手道："不敢再这么说了，累出你一身汗，害得你又要换衣。"

姨太太赌气把手一摔，折身坐下来说道："不知从哪里学来的，这张油嘴，也不管外面当差的和老妈子们，听了不像话。我的脾气，最不喜欢青天白日的，是这么轻薄。将来外面不知道的人，传说起来，还要说我是个妖精，把你迷昏了呢！其实我很不愿意你白天里，也只管是这么胡闹。内外上下这么多人，也有这么多的产业，你一切都不顾，就只日夜守着我。不但外人说起不像样，就是自己家里人，完全不去管理他们，也要懒惰得不像话了，哪里还有些儿大家的规矩呢？”

王石田听了，连忙坐起来，正容说道：“不是你说，我真是荒淫无度，不知其不可也了。我说你不比平常女子，果然是有些不同。不过我近来很觉得人生在世，快乐的时候少，忧愁的时候多。我年纪已有五十多岁了，及时行乐，也为日无多，若再以家庭琐务烦心，未免更不值得。你刚才所说的话，也是不错，好在你到我家的日子也不少了，家中男女仆婢的性格，你知道的比我还详细些，就只几个庄子上，你不曾去过，那去不去，却没要紧。从此以后，家里的事，就由你经理吧！稍微重大些儿的事，和我商量商量再办；寻常小事，随便你做主就是，免得事事要我操心。我生性是最懒经管家务的，这几年实在把我烦得不像个样子了。既有你在这里，我又何必再自寻烦恼，落得的清闲日月不会过呢？”

姨太太听了，心里不待说十分痛快，口里却故意说道：“啊呀哩！我到你家才几日，就要拿一面这么重的铁叶护身枷，给我枷了。你要知道，不是我故意推辞，我若是就这么当起家来，必定戴碓臼跳加官，费力不讨彩。”

王石田道：“这是什么缘故呢？”姨太太道：“你要问什么缘故吗？我说给你听吧，一来我的年纪太轻；二来我的资格还浅；三来我的地位太低。年纪、资格都还在次，就是地位最要紧。你虽爱我比爱大太太更甚，但是只我身受你好处的人，知道比旁的女人，在人家做大太太的，只有好，没有差。不过从来一般人的心目中，对‘小老婆’三个字，总有些不大拿她当个人似的。我知道你并没拿我作小老婆看待，便是我自己，也从没以小老婆自居。无如名分已定，他们叫我，都是好好的‘太太’两个字上面，定要加一个‘姨’字的头衔。一有这个‘姨’字，就自然显得不严重了。我说这话，你不要疑心我有想扶正的心思，我自问没一项资格，够得上扶正的。只因你要我当家，我不得不将这缘故说出来。”

不知王石田如何回答，且俟下回再写。

第十三回

走消息娇小姐生病
惊变卦老义士设谋

话说王石田听了姨太太的话，点头答道："话虽如此说，只是我既要你当家，就是和我亲自当家一样，他们当仆婢的，谁敢不尊重你呢？治家御使仆婢，全仗恩威并用，赏罚分明。你是个极聪明有才干的人，年纪虽轻，人情世故却很透彻。仆婢有多大的能为，只要当家的精明，择好的赏几回，捡恶的罚几回；勤奋的奖励他几句，懒惰的戒勉他几番，他们敢再欺你年轻吗？至于资格浅，更没相干，我家并没有从前辈手下留下来的老年仆婢，内外都是我手里用的人。莫说你是我痛爱的人，他们绝不敢略存轻视的念头；便是我忽然从外面拖一个乞丐进来，只要我说一句，这乞丐从今不做乞丐了，我用他在我家当管家，内外仆婢，无论大小的事，都得听他的指挥。他有责罚你们、开除你们的权，你们见他，就和见我一样，有敢不听他调度的，立时一打二革。当仆婢见我是这么吩咐，也绝没人敢来尝试的。何况你是与我同寝食的人，你说的话，我尚且百依百随；他们当仆婢的，哪有这么大的狗胆，竟敢欺你年纪轻、资格浅哩？

"若讲到名分一层，我存心已不止一日了，不过有两个不能急于扶正的原因，却不是你刚才所说的，什么没有够得上扶正的资格的话。这扶正有什么资格不资格，我做丈夫的说可以扶正，立刻扶正就是，我又没三兄四弟和第二个儿女，难道还怕有人说半个不字吗？我说的两个原因，却也是为你，但不是为你现在，是为你将来。我于今五十三岁了，还能活得几年，不能预料。无怀那逆畜既经驱逐了，承继的人，还须望你生育。若再过三年五载，你没有生育，就只得捡亲房承继了。你今日受孕，明日即可扶正，那时任凭谁人，也不能说句无礼的话。我就死后，也没人敢为难你。不然，就须在承继之前，将你扶正。那时名正言顺，旁人也没有话说。这时才把那逆畜逐出去，便是这么办，此时虽没甚要紧，只怕将来我去世之后，你不好做人。”姨太太听了，略笑了一笑，也不说什么，从此王家内外的事，都归姨太太一手掌管。

却说奶妈见姨太太主张王石田到鱼塘，心里很觉得诧异，到夜间悄悄地向姨太太说道：“张家写信来，借名做寿请老爷去，我看必仍是为那小子的事，你为什么却也怂恿他去呢？”姨太太摇头道：“管他为什么，都没相干，他的性情，我极有把握，此时谁也刁唆他不动，你尽管放心。”奶妈道：“你虽是有把握，但何苦放他去。好便好，不好岂不是自寻烦恼吗？”

姨太太道：“我有我的用意。他素来不大出外，他在家中，我无论如何捏故，他是绝不肯放我出去的。并且他知道我娘家已没有关紧要的人，他怎肯由我去外面歇宿呢？这里去鱼塘，有三十多里路，当日必不能回来。你明早去白衣庵，和师父商量，问她铁砂、豆子，二十八日以前，能不能赶快炼好，我只这夜能抽身出外。师父的法力大，必能要快就快。”

奶妈点头道：“我明早去问她，看她怎么说？若师父说少了日子炼不好，据我的意思，还是以不放他去张家的妥当。他在家中，你虽不能出去，我出去是容易的，我便陪师父去坟上行那事，大概也没使不得的道理。”姨太太道：“师父既说定要我去，必是旁人不能代替，你明早去要师父快炼便了。”

次日，奶妈去白衣庵回来，欣然对姨太太道：“师父说了，若是旁人求她炼，定须一七工夫；因是我们家里的事，不能与旁人一例看承，她已承诺日夜加工的咒炼，三天就可抵得一七，二十八日准能成功。她今早的功课，本已做好了，见我去说二十八日要用，只得又点起香，画符念咒。我回来的时候，她还跪在佛菩萨跟前，边叩头边念咒呢！”

姨太太喜道：“真难得她这么肯替我帮忙。她对你说过，教我什么时候去吗？”奶妈点头道：“她说了二十八日下午，她预备凉轿在庵里等着，随便你什么时候去。”姨太太高兴非常，回房问王石田道：“张家既是五十整寿，你打算送些什么人情？我看总得像个样子，才送得出手。”

王石田笑了笑道：“有我亲自去，还不算是大人情么，再要送什么东西呢？”姨太太啊呀一声道：“你王大老爷亲自去拜寿还了得，这样说来，他倒得送人情给你才对。从来官府到百姓家去庆寿，都是花钱买得来的，我倒把你的身份忘了。”说得王石田也笑起来道：“不是这个说法，张凤笙那人，也有些古怪脾气，素来不受人家礼物的，送东西给他，反弄得他不高兴，不如不送的好。”姨太太道：“哪有这道理，平常去他家，自然用不着送什么。他既是做寿，岂有完全不送些儿人情的？”

王石田道：“你说送什么东西好呢？”姨太太道：“他既有古怪脾气，送他平常的寿礼，他必然不欢喜。看他平日心爱的什么，送他一两样，也不必作是寿礼，倒很别致，他也不好推却。”王石田想了一想笑道：“有了，他最爱的是汉玉，我家祖传下来的汉玉最多，捡两件送给他，却也使得。”

当下便捡了一个玉镯、一条玉带，到二十八日一早，即坐着轿子到鱼塘来。到了张家，张凤笙迎接进里面书房坐下，开口赔笑说道："我的学养，实在很欠功夫，几乎为儿女的事，坏了几十年的交情。归家后细想，很有些过意不去，因此写信请老哥到舍下来，敬谢日前鲁莽之罪。"说着就地一躬。

王石田连忙答礼说道："你我既属至交，怎用得这般客气。我素来健忘，不是有信来，我已将老弟的寿辰忘了，怎的他们都还没来呢？"张凤笙道："他们只怕都得明日来。"说时一个十五六岁的小丫鬟，双手扦着一盘鸦片烟器具，安放在一张红木炕上。张凤笙即邀王石田上炕。

王石田一面脱了外挂，一面上炕烧着烟说道："你生日不就是今天吗，怎的他们倒要明日来呢？"张凤笙笑道："贱辰本来是明日，因想和你多谈一谈，所以写信请你今日来。这烟具都是特为你向人家借来的。"王石田道："烟具我却带了来，知道你是不吸烟的，只是我的烟也没有瘾，不过左右闲着无事，借此消遣，没有也不要紧。"

张凤笙点头道："我虽不吸这东西，但是三二好友，深夜清谈，这东西却能助人的兴致不少，我因此也很欢喜它。我原知道你没有瘾，才借器具来呢；若以为你有瘾，便想到你自己会带了。"王石田道："我也是为清谈少不了它，才将它带来了。"于是二人对躺着谈话，一日不曾提到无怀的事。

到夜间，张凤笙才渐渐引起说道："我今年五十岁，从十岁上读书，到于今已是四十年。'学问'两个字虽不能讲，只是对于立身行己之道，兢兢业业从不敢乱发一言，乱行一事。自信平生，没有造什么大罪孽，不知上天降罚，怎生对我这般严酷！"王石田道："你的家境甚好，你又是个读书知命的人，这话从哪儿说起呢？"

张凤笙忽然红了眼流泪说道："我的家境，还能说是甚好吗？古人说‘有子万事足’，又说‘不孝以无后为大’，我五十岁没有儿子，怎么还说是好家境呢？但是我命里注定了没有儿子，却有一个差强人意的女儿，我与贱内垂老的心肠，倒也赖她慰藉不少。满拟她出嫁后，我能得无怀这样品行的半子，倒强似不成材的儿子多了；谁知天不从人愿，便有这种意外的变故出来。我日前从尊府归来，与贱内计议，尊府的家事，无论驱逐无怀，是什么缘故，总没有我这未过门的亲戚干涉的分儿。因此我与贱内，虽一百二十分地着急，唯有自恨家运不好，不能再向尊府说什么话。以为小女年龄还不算大，拼着多陪些妆奁，大概不愁嫁不着相安的人物。

“哪晓得小女跟前的一个名素鹃的丫头，不知轻重，我与贱内计议这事的时候，素鹃就在窗下偷听，竟将这些话，一五一十地都向小女说了。小女的身体，本来就很不结实，三年前已经失血两次，亏得有人荐了周发廷老先生诊治，三年来不曾再发。当日周先生已经说过，务必静心调养，心里万不可有着急的时候；一着急便难保不再发，诊治就很费事了。小女一听素鹃的话，当时也没说什么，不一会儿，就大口地呛出鲜血来。

“素鹃吓得连忙报给我知道，等我与贱内到小女房内看时，小女已倒在床上昏过去了。贱内便放声大哭起来，幸亏我自己略懂得些医道，灌救了好一会儿，才醒转过来，仍是一口一口的血，吐个不了。贱内责问素鹃，素鹃方说出原因来。这几日小女终日昏昏，睡倒在床，从得病起，饮食全废。若再是这么过几日，眼见得就不病死，也要饿死了。贱内百方解劝，总是枉然。她除了偶然哭泣，及用极凄惨的话，劝慰贱内外，绝不开口说什么事。可怜我与贱内，都是半百之年，只得这一个女儿，今一旦弄到这步地田，教我的心中，如何不痛？如何不能不于无可设法挽救之中，设法挽救？因此与贱内商量，将老哥请来，要救小女的命，除了求老哥收回驱逐无怀的成命，别无他途。”

张凤笙才说到这里，炕后脚步声响，回头一看，只见张夫人牵着静宜小姐的手，素鹃在旁边搀扶着出来，王石田连忙立起来。张夫人先向王石田行了礼，回头教静宜拜见。静宜低头展拜下去，即伏在地下不起来。

王石田慌了手脚，不知要怎样才好。静宜伏在地下，忍不住哽咽的饮泣。张凤笙拉王石田坐下，张夫人开口说道："小女的病，已在垂危，生死唯凭你老人家一句话，因此命小女当面跪求，无怀有什么过失，除驱逐以外，任凭你老人家责罚，我等绝不敢替他求情。千万求你老人家，可怜我夫妇，一生只得这一点骨血，她若有些三长两短，我夫妇决无生理。你老人家不驱逐无怀，即救了小女，便是救了我夫妇。”张夫人边说边哽了嗓子。

王石田此时听了这种悲惨情形，也要软了，随即立起来挥手道："小姐请起来吧，我遵命便了。”张凤笙也立起说道："亲家平时不说谎语，这话没有更改么?”王石田道："老弟既知我平生不说慌语，又何必问更改不更改呢?”

张夫人连忙拭干眼泪，起身向静宜说道："儿呀！还不快拜谢爹爹。”静宜即叩头，忍了几忍才说道："谢爹爹恩典。”张夫人帮着素鹃，把静宜搀扶起来。张凤笙道："回房去好生安歇，这下子不用再着急了。”静宜低头应是，张夫人又谢了王石田，带着静宜回房去了。

王石田躺在炕上烧烟，闷闷地不发一言。张凤笙细细地劝了多少话，王石田面色才舒展了，答应归家即将无怀收回。当夜二人复闲谈了一会儿，彼此安歇了。

次日早起，王石田告辞，张凤笙挽留不住，心里也愿意他早些回去，好早些收无怀归家。即备早点给王石田用了。张夫人又带着静宜出来，送王石田上轿。王石田归到家中，姨太太也刚回不久，王石田却不知道，姨太太见王石田脸色，很透着不高兴的样子。又见玉镯、玉带，仍带了回来，即笑问道：“怎么去人家拜寿，把寿礼又带回了呢？张家的酒席不好，用不着送这么的礼么?”

王石田“嗄”了一声，接着叹道：“我上了你的当，你不怂恿我，我怎得受这一夜的气。可笑，公然设成圈套，捉弄起我来了。”姨太太不觉怔了一怔问道：“他们如何捉弄你呢，难道不是做寿吗?”王石田道：“做什么鸟寿!”随即将昨夜的情形，述了一遍。

姨太太鼻孔里“哼”了一声道：“你既是素来不撒谎的，不待说是真要遵命办理了呢?”王石田道：“这回算我平生第一次撒谎，也没有什么不可!”姨太太指着空处骂道：“好不要脸的丫头，亏她还是诗礼人家的小姐，居然老着脸，跪在未过门的公公跟前，替未成亲的丈夫求情，全没一些儿羞耻。我生长到二十多岁，才初次听你说过，既吐血昏过去了，又几日水米不沾牙，怎么倒能跑出来，跪在地下求情呢？哎哟！不要脸，不要脸。偏生说得出口，‘谢爹爹的恩典’这句话，现在的时世，真是不相同了。哇！我问你打算怎么样哩?”王石田道：“有什么怎样，明早打发人送封信去，勾销我昨夜的话便了。难道他姓张的，能行强干预我姓王的家事吗?”姨太太才不说什么了。

当夜王石田将信写好，次早即着人送到鱼塘。张凤笙这日正派人进城打听，看王石田是否真将无怀收回，派的人才动身不久，王石田的信已到了。张凤笙接着，哪里再敢张扬，害得自己女儿着急呢？只急得一个人在书房里，踱来踱去，不得计较。一会儿当差的来报，说昨夜进城接周发廷先生，此时已接来了，在外面客厅等候老爷。”张凤笙听了，连忙到客厅见周发廷。

周发廷一见张凤笙的面，即现出惊讶的样子问道：“张老爷受了暑么，怎的脸上的气色这么难看呢？”张凤笙勉强笑道：“我从来不大出外，终日在这很阴凉的房屋里面，怎的会受暑哩！”周发廷点头道：“我也是这般揣想，但是就老爷的脸色看起来，若不是受暑，便是心里有甚不了的事，顿时觉得烦闷得了不得。不然，绝不会显出这种颜色来。老爷此刻心中，万不可再思索什么事，身体原来不甚强壮，又上了几岁年纪，脸上已显出了这种苍黑的颜色；若再烦心，恐怕神智错乱。”

张凤笙对周发廷一揖到地说道：“老先生的医道，真神妙极了，我心里实在是一时因一件不遂心的事，烦闷到极处。”周发廷点头道：“老爷的事，我已完全知道，用不着烦闷，我已有极好的方法，替老爷分忧。且看了小姐的病再说，小姐服了我的药，这两日怎样呢？”

张凤笙偏着头出神道：“老先生怎知道我心里烦闷的事，并已有极好的方法，替我分忧呢？这不是奇了吗，不是哄我的话吗？”周发廷见张凤笙的脸色眼光，益发失了常态，连忙大声说道：“我如何不知道，你不是因王石田一封信烦心吗？这事包管在我一人身上，我七十多岁的人，说话绝不至荒唐。我说有方法，必是不错！”

张凤笙被周发廷大声一喊，心里顿然开朗，两眼的泪，种豆子一般洒下来，向周发廷又是一揖道：“老先生真有方法，救我一家性命，死且感德。小女服了老先生的药，有三日不曾吐血。只是昨日上下，又吐了两口，却没添别的症候。因此下午又打发人进城接老先生。”周发廷道：“前日不是王石田在府上住了一夜吗？”张凤笙道：“我特为写信将他接来，前夜当着贱内和小女，却已答应将无怀收回。”说时移近座位，凑近周发廷耳边说道：“不知怎的，他昨日一回去，刚才又打发人送一封翻悔的信来了。这事老先生教我如何不急？若是小女知道，不又要添些症候吗？”

周发廷笑道："没要紧，尽管他翻悔，只是小姐是不宜使她知道，且去给小姐看了病，再出来商议。"张凤笙心里虽有些半信半疑，但知道周发廷，是个有点奇气的老者，事情并不曾向他说过，他居然知道这般详细。至于王石田的信，除了自己而外，家中没第二人知道，他竟能一语道破，和目睹的一般，不由得不惊讶，便不由得不相信。又见他说得绝不要紧的神气，料定必有几成把握，心里也就安定了许多。当下命人进去通报夫人，随引着周发廷直到静宜书房里。

因周发廷已是七十多岁的人，用不着避忌，张夫人带着静宜出来。周发廷诊视已毕，张凤笙问脉象如何，周发廷道："大体无妨，只以静养为好。"即开了一张药方，张凤笙仍陪着到外面客厅里，凑近身问道："老先生有何方法，望即赐教，好使我放心。"周发廷一边摸着胡须，一边从容不迫地，说出一个方法来。照着这方法一办，却生出无穷的大风波，事事出人意外。

但是不肖生写到这里，却要休息休息，再写第二集。

第十四回

周发廷鱼塘献计
陈忏因梁府化缘

话说周发廷见张凤笙问他的方法，即摸着胡须从容笑道："老爷忘记了月下老人吗?"张凤笙道："月下老人怎样?"周发廷大笑道："老爷真是聪明一世，糊涂一时。梁锡诚没有儿子，久有意要挑继无怀少爷作儿子，只因王家不肯，不能如愿。今王家既将无怀驱逐，而无怀又住在梁家，此时若认无怀作儿子，王家能说出不肯的话来吗？无怀在梁家，由梁家做主和小姐成亲，有谁能说不妥呢？我并且能担保梁家绝无异议。这是对于尊府小姐，病急治标的法子，除了这个，没有第二条门道。若是能等待三五个月，大约王家也有翻然悔悟的时候，到那时便用不着是这么办了。"

张凤笙喜笑道："这法子果然很好，我一定照着老先生说的去办。但是老先生刚才说，三五个月之后，王家有翻然悔悟的时候，这话何以见得呢?"周发廷听了张凤笙问这话，登时显出很自悔失言的样子，连连摇手说道："这不过是我猜度的话，并没什么凭据。我以为父子之间，虽则一时气愤，忍不住把儿子驱逐。三五个月之后，也许有气醒了，翻悔自己不情的时候。"

张凤笙听了点头，也不再问，遂向周发廷道："老先生的主见，确实不差，但是要梁家做主成亲的话，我似乎不好对面去向梁家说。

可否即烦老先生，帮帮忙，替我家做个媒人呢？”周发廷本是一个热心快肠的老者，绝不推辞地一口答应了。张凤笙的心里，这才舒展了许多，约了周发廷次日来回话。

周发廷这日回城，即便到梁锡诚家，周发廷和梁锡诚，彼此多年认识，不过不同道，没有来往。梁锡诚听得周发廷来拜，知道必有缘故，连忙出来迎着。让进客厅，分宾主就坐，周发廷开口笑道：“我今日初次拜府，是特来向尊府讨喜酒喝的。”梁锡诚听了，摸不着头脑，光开两眼，望着周发廷笑道：“老先生这话怎么讲，寒舍哪里有喜酒？若真有喜酒，应该专程迎接老先生来喝，岂待老先生来讨吗？”

周发廷笑道：“喜酒就在这里。”随将替静宜小姐看病，以及王石田回书食言，张凤笙神经错乱，自己进策的话，从头至尾地说了一遍。

梁锡诚拍掌笑道：“不是老先生提起，我夫妇竟没想到这一着。我夫妇因老年无子，本久有意想要无怀做个半过房的儿子，在王家娶王家的媳妇，在我梁家娶我梁家的媳妇，或一家一夜，或一家半月地轮着住宿，将来承受两家的产业。就是石田那个老糊涂蛋不肯，若论无怀自己，早就说了愿意。不错，此刻王家既将无怀驱逐不要了，难道还能禁止我收了做儿子吗？既是我的儿子，自然可由我主婚，在我家成亲。此计真妙，无怀这件亲事，本是我的媒人，于今我既变成了主婚人，不便再做媒人的事，难得有老先生出来，替我圆了这媒。”

周发廷笑道：“这杯喜酒，合该有得我喝。本来是和我绝不相关的一桩事，我因王公子一病，我就认识了王公子；张小姐一病，我又认识了张小姐。像这般的佳人才子，真是天成佳偶，若是不凑巧，弄差了头，岂不是一桩大可惜的事吗？只要我的心思，能想得到，力量能做得到的，安有不极力玉成的道理。莫说你梁老爷和张老爷，还委老朽做这媒人；便是不委我，我也要来讨这个媒人做呢！”

梁锡诚听了，异常高兴，正打算拿通书择成亲的日子，忽然想起一句话来问道：“老先生这几日内，曾去王家没有呢？”周发廷道：“王石翁家吗？”梁锡诚点头应是，周发廷道：“我自从替王公子诊病以后，不曾去过。”梁锡诚道：“老先生既不曾去过，石田回信食言的事，何以能知道这般详细哩？”

周发廷吃了一吓的样子，望着梁锡诚半晌笑道：“梁老爷毕竟是个精细人，这事是像可疑的，不过要问我怎生知道这般详细的道理，连我自己也说不出个所以然来，只算是偶然猜中的罢了。不然，我又不是神仙，张老爷刚接着信，还不曾给他太太、小姐知道，我如何便知道的和目睹一般呢！”

梁锡诚道：“是吗，这不是离奇得很吗？”周发廷道：“胡乱猜度中了，算不了一回事，犯不着费心思去想它。看老爷还有什么要商量的事没有？”梁锡诚道：“旁的事都容易，就只成亲的日子，老先生看还是迟的好呢，还是早的好呢？”周发廷想了一想道：“日子早，一切准备来得及么？”梁锡诚道：“我看用不着什么准备，酒席是容易的，到华丰园就要就有；便是衣服，多叫几班裁缝来，日夜加工地赶制，也不过两三日，就赶得成功；以外如装饰新房，以及表面上的种种布置，都不费时间的，就只看张亲家那边，有什么耽搁的事没有？寒舍是不论怎么早都使得。”

周发廷点头道：“我看既是府上能早，张府更是没有不能早的道理。”梁锡诚立起身道：“请老先生坐坐，我且到里面和敝内商量商量。”周发廷也起身道：“请便！”梁锡诚一边向里面走，一边心想：无怀是一个纯孝的孩儿，若直说在我家，由我主婚，替他成亲，他必以为违背了他父亲的话，逆了他父亲的意思，断然不肯依从。暂时须向他说明不得，且等一切应布置的事，都布置妥当了的时候，再向他说明。好在他的性格，不是一个固执不通的人，他见两家都已布置好了，生米已煮成了熟饭，他不好意思说不从，也可免去多少唇舌。

梁锡诚主意想定，到里面房中，无怀正和梁太太坐着闲谈。梁锡诚向梁太太暗地使了个眼色，遂走进隔壁一间小房里。梁太太起身跟了进来，梁锡诚伸着脖子，望梁太太后面，不见无怀跟着，即低声将周发廷来说的话，述了一遍道："我想这事，暂时不宜使无怀知道，等到成亲的前一两日对他说，料想他不至撇扭。"梁太太道："据我想就说给他听，也没要紧。人家的小姐，听说丈夫被驱逐，急得性命只在呼吸，无怀不是没有天良的人，难道就忍心看着人家的小姐，为自己急死吗?"

梁锡诚连连摇手道："你想的是不错，但是无怀的性格，你还不曾摸透。要他背着他父亲，在这里成亲，若不到临时逼着他，使他没法推闪，他就肯答应吗？这时候一说僵了，反不好办。"梁太太道："暂时不说倒也使得，不过日期须看得近点儿，免得露了风声，给他知道了，那时更不好说话。"梁锡诚点头道："我也是这般想，你拿通书给我翻着看看，就把日期看定好，请周老头子去张家说。"

梁太太笑道："看你这个不曾主过婚事的人，连这点道理也不懂的，日期就能由男家一方面看定的吗?"梁锡诚也笑道："我是本来不曾主过婚事，但不信你倒比我有经验些。日期不能由男家看定，难道是由女家看定的吗？这是哪里来的道理，我才不曾听人说过呢!"梁太太起身拿了一本通书，交给梁锡诚道："你若曾听人说过，也就能懂得这个道理了，你寻出三个妥当日期来，听凭女家选择，绝不能随意由男家看定的。"

梁锡诚一面翻看通书，一面笑问道："这是什么人，开下这一个不通的例，真是没得麻烦了。男家看定了，却不能上算，定要看三个，由女家选择，不是麻烦得好笑吗?”梁太太笑道：“你才是不通呢！还骂什么开下这不通的例，我且问你，若是日期由男家看定，不通过女家；设或看定的这日，新娘的天癸来了，请问你将怎么办?”

梁锡诚不觉哈哈笑道：“原来如此，就是妇人家的天癸，也不知道是什么人，开下这不通的例，真是又麻烦又讨人厌。好端端的一个人，会无缘无故的，每月要流几天的血，你们女子倒霉，我们男子也倒霉。”梁太太望着梁锡诚脸上“呸”了一口道：“若是没有这个不通的例，早已没有世界了。你们男子有什么倒霉，只苦了我们当女人的，亏你五六十岁的人，也说得出口。媳妇进了屋，再过一年，你快要做爷爷了，还说这种不长进的话。”

梁锡诚指着通书道：“九月初一日很好，再要早就是本月十八和二十三两日，都也过得去。”梁太太道：“你就用红纸写了这三个日期，交周老头子送到张府去吧。你可对周老头子说：‘若十八日没有妨碍，就用十八日很好。’想张府是富厚之家，又只一位小姐，嫁奁必早已办齐了，用不着多耽搁日期。”

梁锡诚道：“嫁奁岂待今日才办齐，三年前若不是无怀的母亲去世，不多久成了亲吗?”说时用红帖子写了三个日期。来到客厅，对周发廷作了一个揖，将红帖交出笑道：“敝内也主张婚期宜早，免得睡长梦多，又生出意外的花样。这日期，虽然照例选了三个，若头一个日期，张府没有妨碍，就拜托老先生，对张亲家圆成几句。”

周发廷起身答礼，接过红帖看了一看，屈指算了一回道：“张老爷必也主张头一个，我这个腰河发水的媒人，更是巴不得越早越好。”说罢大笑。梁锡诚也笑道：“舍间有六十年的陈花雕，除请老先生喝一个十分饱外，还可送一大坛，给老先生带回家去喝。”周发廷高兴道："六十年陈花雕，确是不容易喝着的，我就此道谢了。"旋说笑旋揣好了红帖，告辞去了。

次日早饭后，梁锡诚正和梁太太商议成亲时，应如何布置。忽见下人进来禀报道："外面来了一个尼姑，年纪四十多岁了，手中托着一个小盘子，盘内放着一本簿子，说是特来向太太化缘的。照例给她文钱和米，她嫌少了不受；加到二十文钱、一升米，她只是摇头嫌少，不肯收受，并说定要见太太一面，听凭太太施给多少，她不计较。

梁锡诚骂道："你们这些糊涂蛋，真只会吃饭，你几时见你太太，接见过尼姑，你不会向她说的吗？去，施给她一百文钱、五升米，只说天气热，太太身体不快。她若再说要见，你就索性说明给她听，我太太从来不施僧布道的，教她向别处去，另寻施主。"下人应着是，折身要走。梁太太道："且慢！那尼姑曾说出她是什么庵堂寺观的没有呢？"下人回头立住身答道："她说她就是本城观音庵的住持。"梁太太望着梁锡诚笑道："我一听说有尼姑来向我化缘，我就料定是她。既是她来了，我不见她，使无怀听了，心里也要难过，你说是么？"

梁锡诚听到末尾"使无怀难过的话"，才想起陈珊珊的母亲来，连连点头称是道："你猜的不差，我竟没想到她身上去。你出去看她怎么说，她若不提无怀的话，你就不要提起。"梁太太道："我为什么不能提呢？她那女儿也怪可怜的。"梁锡诚道："可怜是可怜，但是认真说起来，不又多一番累赘吗？无怀若不遭这种变故，我也是主张，不可负了她一番终身倚托的心思，就是米老头子的一片成全盛意，也不可辜负。无奈无怀此时的境遇不对，依我看这事，只好等张家的亲事成了之后，从容计议吧。"

梁太太起身答道："且看她怎生说法。"遂抬头向下人说道：

“去引那尼姑进里面书房来。”下人应是出去。梁太太整了整衣裳，来到新为无怀收拾的一间书房里，只见无怀坐在里面看书，见梁太太进来，连忙起身。梁太太笑道：“你陈家的丈母娘来了，你到里面去陪你舅舅谈话吧！见了面不好说话。”无怀听着红了脸，不好意思回答，即低头离了座位，向门外走去。刚走到门口，下人已将那尼姑引了进来，恰好对面撞着，无怀让开一边，仍低头向外走。

那尼姑仿佛认识是无怀似的，不住地用眼打量。梁太太已迎了出来，尼姑才合掌念一声佛，梁太太忙答礼让进书房，分宾主坐下。梁太太先开门问道：“师父宝刹可就是城里的观音庵么，不知师父的法号，是哪两个字?”那尼姑点头道：“贱名忏因，主持观音庵已有多年了，只是观音庵后殿，多年失修，因此发愿募化三年，重新修造。素闻女菩萨乐善好施，三百两五百两不为多；三十两五十两不为少，求女菩萨只在这簿上写一笔，等三年后募化的足了数，择日兴工的那一日，才来领取。修造成功，便将女菩萨及各施主的台衔，勒石传之久远，那时还要请女菩萨来庵里观览呢!”说着将盘中的缘簿，拿起来双手捧着，并一管笔、一只墨盒，送到梁太太面前茶几上，又合掌行礼说道：“就求女菩萨写吧!”

梁太太也是诗礼之家的小姐，书虽不曾多读，字却认得些儿，提笔还能写得成字。翻开那缘簿一看，簿面上写着“福缘善庆”四个寸楷字，簿面是黄色绫子制成的。揭开簿面，看里面用宣纸裱的和册页一般，外观极是精致。已写了许多的名字在上面。第一名便是米成山白银五百两，以下都是无锡城中有名的富绅。也有三百两的，也有一百两的，几十两的却没有。

梁太太留神看有王石田的名字没有，从头至尾看了一遍，连姓王的都没有，忍不住笑问道：“王家也算是无锡城的巨富，怎的却没有名字在上面?”忏因答道：“听说王施主，讨了一个姓柏的姑娘做姨太太，宠爱的时刻不离左右。连他自己亲生儿子，都因那姨太太一句话，驱逐出门了，一切外人，概不接见。我想便去募化，他未必肯见我，因此不曾去得。我又听说他家的公子，住在府上，所以到府上来，想顺便向公子募化些儿。”

梁太太道：“不错，王公子是住在舍间，只是他被他父亲驱逐出来，身上衣服，尚不齐全，哪里再有钱施舍?”忏因含笑说道：“王公子既出了王家，便可算是尊府的公子了，尊府的公子，还怕没钱施舍吗?”忏因说这话时，很留意看梁太太的神色。梁太太也笑道：“话虽如此说，但他毕竟是姓王，终久算不了是我家的人。也罢！我替他也写一百银子，求观音大士保佑他。”说时提起笔来，写了个无名氏捐银一百两，又写了王无怀捐银一百两。搁下笔问道：“鱼塘张家，也是无锡有名的大富豪，还不曾去募化么?”

忏因道：“本来打算尽这三两日内，先将城内各士绅家，募化一遍，才出城去四乡募化。不过昨日听得有人说，张府的小姐，病得十分危笃，并说害病原因，就是为王公子被逐的事。既是他家小姐有病，我似乎不便再去他家募化，但不知这话确实不确实？尊府和张家有亲，想必知道得详细。”

梁太太点头道：“他家小姐，好像是有些儿病痛，只是不见得就是为王公子被逐的事。”忏因忙道：“好吗！我也是这么说，若真是为王公子被逐，便急成了病，那就未免太呆了。王公子虽然被逐，又不是三岁五岁的小孩子，又不隔了三千五千里路，不好就将王公子入赘到鱼塘去成亲的吗？到鱼塘成亲之后，王公子尽可上京去应试，王公子的才学又好，不难点个翰林。到那时只怕王施主又要翻悔，不该把这么好的儿子驱逐了呢！”

梁太太听了这话，不由得暗暗纳罕，心想曾听得无怀述陈珊珊的话，她母亲是个很老实，只晓得烧香念佛，不懂得什么世故的人，怎的却说得这般轻松爽利，这其中说不定还有人替她主谋。她今日来说这话，分明是有意开导我的。梁太太想罢，正打算用话引出她主谋的人来。忏因已收起缘簿笔墨，仍放入盘内，向梁太太道谢作辞。

梁太太挽留不住，一时也想不出盘问的话来，只得送至中门口，望着忏因去了，才回房和梁锡诚议论。

不知与忏因主谋的，究是何人，且俟下回再写。

第十五回

起沉疴刚传喜信
择日期又种恶因

话说忏因从梁家出来，才走到观前街，只见米府家人名阿福的，迎面走来，见了忏因，忙抢行几步，打了一个拱，垂手立在一旁说道：“老太爷打发小的迎上来，等师父去回信呢!”忏因点了点头问道：“你知道四小姐今日也吃了些什么没有?”阿福道：“老太爷吩咐小的到这里来的时候，四小姐已起来了，坐在老太爷旁边，却不知道吃了些什么没有。这事若不是何奶妈嘴快，四小姐怎的会生起病来？也不怪老太爷气得把何奶妈开发了。”

忏因道：“与何奶妈有甚相干？何奶妈便不说，难道就能隐瞒住吗?”阿福道：“何奶妈的婆婆，在梁家当姨娘，平日常来看何奶妈的。老太爷一生气，也再不许那姨娘上门了。”忏因道：“何奶妈既经开发，她婆婆自然不会再来，也用不着老太爷不许。不过老太爷是这么一来，对四小姐是更显得无微不至，只是教我过意不去。便是四小姐以后在米府，也不好做人。”

阿福道：“四小姐在米府的话，师父倒可放心，她最是得人心，老太爷痛爱她是不待说；就是老爷大少奶奶，以及几位小姐，都没一个不是真心和她好。小的们背后听的话，是最能为凭的。丫头老妈子都有三十多个，从没听有人背后说四小姐半个‘坏’字；倒是我家出了阁的大小姐、二小姐和没出阁的三小姐，她们丫头老妈子背地里，不是说这个性子大，便是说那个难伺候。唯有四小姐，虽则是外来的，却大家都敬重她，就是何奶妈嘴快，也是一片好心，想把事情说给四小姐听，好使四小姐求老太爷出头，帮王公子的忙。谁知四小姐听了，并不向老太爷说，独自忍在心里着急，没几日便急出病来。及至老太爷再四盘问，如意才将何奶妈的话，从头至尾地说出来。四小姐仍是咬紧牙关不说什么。老太爷想了一夜的主意，所以请师父来，借着化缘，去梁家指引一条道路。”说话时，已到了米府门首。

忏因是来过多次的，一直走入内室，恰巧见着如意，便问老太爷现在哪里。如意道：“老太爷和三小姐、四小姐、少奶奶四个人，正在水阁里打牌呢!”忏因点头道：“四小姐如何就能坐着陪老太爷打牌哩?”如意笑道：“老太爷说四小姐坐着闷闷不乐的样子，恐怕又闷出毛病来，天气又是热得厉害，因此到水阁子里打牌。一则乘凉，一则替四小姐解闷。”

忏因一边跟着如意往里走，一边叹道：“你小姐不知几生修到，一点渊源也没有，凭空得一个这般痛惜她的人。这种遭际，也好算是古今罕有的了。”如意道：“莫说小姐，就是我这伺候小姐的，也享受的和小姐不差什么。”随说随进了花园门。如意指着池子里的荷花道：“再过半月，这个池子就好看了。此时的荷花还不曾开，这园里的荷花，在无锡是很有名的，每年到了盛开的时候，老太爷定要传几个班子进来，唱几天几夜的戏。本城的绅士以及亲戚六眷，都来玩赏。三五日后，就把花园的后门开发，听凭外人进来游览，每年都是如此。”

忏因虽来过米府多次，只是不曾进花园游览，因她是清修了多年的人，对于这些繁华地方，怎肯流连，懈了自己的道念。如意虽在旁边指手画脚地说，她只低着头走路。如意见忏因是一双很瘦小的脚，花园里的地，又都是用鹅卵石铺砌的，一步一步的，很像走得吃力，忙笑着说道："看我有多笨，这池边有现成的小艇子，一会儿就摇到水阁了，为什么要害得你老人家苦苦地走呢？"忏因连连摇手道："走走没要紧，这水里不是当耍的，你一个小妮子，哪里会得驾船？没得弄翻了，掉在水里，才是没趣呢！"

如意大笑道："你老人家只管放心，好好的一只船，怎么会弄翻了，掉下水去哩！你老人家只道我不会驾船吗？这里一家上下几十人，在女人里面，还只我一个驾着走得快呢！刚才老太爷和四小姐他们去水阁，老太爷坐的船，就是我驾的。三小姐和少奶奶两个驾一只，我一个人驾一只，我这船上，还多坐了一个人，毕竟还是我这船先到。三小姐就怪少奶奶不会摇桨，少奶奶就怪三小姐下错了篙，弄得那船在水中打磨旋。你老人家只管放胆坐着，歪都不会歪一下，只一会儿就到了。走路得从假山爬上爬下，你老人家脚小，如何走得？"

忏因从梁家出来，一双脚本早已走得有些痛了，只要坐船没有危险，自是很愿意。如意见忏因肯坐船，即笑嘻嘻地跑到池边，解了一只小艇，自己先跳了上去，用篙抵住，不许艇子离开了岸。忏因将要下船，如意说道："你老人家下来的时候，随即须将身体蹲下，这船身太小，有些晃动，免得受了惊吓。"忏因依着话下船，果然船身只略动了动，船上合面安着两把靠椅，忏因坐下来，如意一篙将船点开。掉转船头，收了竹篙，提起一片桨来，慢慢地摇动，那船便从荷叶丛中，如穿梭一般地向前走去。平平稳稳的，果是歪都不歪一下。

才行了一箭之地，只见一只小艇，从对面荷丛里穿了出来。艇中三个花枝一般的少女，每人手中拿着一片二尺多长的小桨，争着向水里划动；一个须眉如雪的老头儿，手中执着一把雕毛扇，一面闲摇着，一面望着三个少女嘻嘻地笑。如意已笑着喊道："师父，你老人家见着么，老太爷和四小姐，他们都坐船来了。若依你老人家的走路，不又错过了吗？"忏因没回答，米成山已看见了，远远地向忏因点头打招呼。真是来桡去楫，迅速非常，一瞬眼两艇就碰了头。

米成山向如意道："快把艇子掉过头来，我们仍是到里面房间去谈话的好。水阁里蚊子太多，咬得人冒火，竟不如房里干净。"如意随即将艇子掉过头来，两个艇子，一前一后的，不一会儿，便到了刚才下船的地方。米成山望着陈珊珊道："我有她两人搀扶，你到那边搀扶你的娘去吧！"陈珊珊点头应是，即跨过忏因船中，扶着忏因上岸。

米成山已有少奶奶和三小姐扶着上岸了，一行人来到米成山的房里，米成山开口向忏因问道："我们商议要说的话，都说过了么？"忏因即将到梁家的情形，详细述了一遍，米成山拈着胡须点头道："他们若是依着我的话办，一点儿事也没有了。无怀是个很有出息的孩子，怕什么？难道没有父亲，便不能自立么？且等他入赘之后，上京应试的时分，我可多写几封信，多托几个在京的官儿，暗中照顾照顾他。明说是我的孙女婿，不怕功名没他的份儿。"

三小姐在旁问道："若是梁家不依爷爷的话办，又将如何呢？"米成山哈哈笑道："哪有的话，他们于今正愁没有路可走，有人指引他一条大路，岂有不照着走的道理？你们听着吧，不出一个月，王无怀必已在张家做娇客了。珊珊的事，只好从容，总得在应试以后才行。"

忏因起身合掌道："爷爷是这么格外成全小孩子，看小孩子将来拿什么报答爷爷？"少奶奶在旁笑道："要报答爷爷吗？这是很容易的事，等王公子应试点了状元，四妹去做了状元娘子，生出一个小状元来了的时候，是免不了要染许多红蛋送人的。那时多孝敬爷爷几个红蛋就得哪！爷爷是最欢喜吃人家红蛋的。”说得大家都笑起来，只陈珊珊羞得一张脸通红。因靠紧少奶奶坐着，即伸手在少奶奶臂膊上，用力揪了一下，揪得少奶奶跳起来，指着珊珊的脸笑道：“大家请看四妹这副脸，不是已变成了红蛋吗?”少奶奶这一指笑，更把个陈珊珊羞得哭了起来。

米成山连忙起身走过来，故意喝了少奶奶一声道：“你是做阿姐的人，怎的倒欺负起小妹妹来了？你这妮子的良心，真是不好。”旋说旋抚摩陈珊珊的头道：“好孩子，不要听她，只当她是在这里放屁。”少奶奶也笑着向珊珊赔不是道：“四妹不要听我的话，只当我在这里放屁，我的良心本来就不大好。四妹将来染红蛋的时候，少染几个，连蛋壳儿都不要送给我吃。”说着忽叫了声“哎呀”道：“我又在这里放屁了，还是什么红蛋，红蛋。”

米成山掉过头来，望着少奶奶说道：“你这东西，这么大年纪了，还是和小孩子一般的顽皮，你看，弄得你妹妹一把眼泪一把鼻涕，你的趣味又在哪里呢?”这个少奶奶，是米成山的长孙媳妇，山西巡抚萧湛棠的女儿。容貌又整齐，性情又和顺，平日伶牙俐齿的，最得米成山的欢心。她知道米成山爱惜珊珊，她也就对珊珊特别的亲热。她到米家来的妆奁极阔，萧湛棠因她年小好玩，托人买了许多值钱的西洋玩具做嫁奁。珊珊虽已成人，却仍不脱小孩子脾气，见了这些不曾见过的玩具，件件都是爱不释手。少奶奶为体米成山的意，凡是珊珊心爱的，都送给珊珊玩弄；因此两人亲密得形影不离，无话不说。她明知道珊珊害羞，有意说出这些话，使珊珊着急，只没想到一急就哭了出来。当下受了米成山的责备，也深悔自己说话太没遮拦，随即走到珊珊面前，握了珊珊的手笑道：“四妹怎这般信人哄，我有意哄着你耍了，好意思就认真吗？不要气了，我们两个人翻茶盘去吧!”说着拉了珊珊要走，三小姐笑道:“前日翻茶盘，翻下雨来了，又要翻茶盘，我们还是到园里打秋千去吧!”珊珊还坐着没动，忏因已起身将珊珊拉到门外，悄悄地说道:“我儿，你住在人家，怎的也是这般使性子，就是受些儿委屈，也得忍耐些儿。莫说她们对你，都很不错，你于今也这么大的人了，动不动就哭起来，像个什么样子呢?还不快把眼泪揩干，陪姐姐和嫂子去玩。才见你这妮子，越大越成小孩子了。”正说着少奶奶和三小姐已跟了出来，忏因便停口不说了。回身进房，又和米成山谈论了一会儿，米成山劝忏因不用着虑梁家不依他的计划。忏因道谢了几句，即告辞回观音庵去了。

米成山随时派人打听梁家的动静，暂且放下这边，后文自有交代。如今且说张凤笙自送周发廷去后，回房故意大声对夫人说道:“王亲家倒也罢了，性情虽然执拗，你前晚劝他的话，他却听了，昨日果然打发人到了梁家，将无怀接了回去，这也罢了。”夫人不知是假，开口问道:“老爷怎生知道，已将无怀接回家去了呢?”张凤笙道:“刚才不是周老医生在这里对我说的吗?啊!是了，你不在跟前。”夫人高兴答道:“好吗!虎毒不食儿，哪有亲生这么好的儿子，硬把他驱逐的道理?”张凤笙点头道:“且等过明日，看梁亲家来不来，若是不来，我后日得进城走一遭，请梁亲家去王家，催他家择个日子，把喜事办了，就完了我两人的心事。”

张凤笙夫妇在这房里谈话，静宜小姐睡左隔壁房里，听得分明，心里便如拨开了云雾一般，登时觉得十分凉爽了。素鹃丫鬟正坐在旁边，手里拿着一个蝇拂子，替静宜赶蚊子。见静宜垂眉合眼地睡着，只道她没有听见，心想伸手来摇，又怕小姐睡少了难过;待不摇吧，小姐就是为这事得的病，此时得着了这般好消息，怎舍得不赶快报给她听呢?素鹃心里是这么想，两眼望着静宜的面孔，只见静宜的脸上，渐渐地露出些喜色来，眼睛虽然合着，两个眼珠儿，却隐隐地在眼泡里转动，揣度她已是醒了，即凑近静宜的耳根，低声呼道：“小姐，小姐，听老爷和太太说些什么。”

静宜只装没听得，仍睡着不作声。素娟忍不住把手在静宜肩上，轻轻推了一下道：“小姐快听老爷和太太说些什么呢?”静宜睁了睁眼，仍旧合上转身朝床里睡了。口里含含糊糊地答道：“吵些什么，我正睡得好。”说完，又像个悠悠的睡着了的样子。素鹃不敢再推了，也没听得再说了，静宜的病势，便从此轻松了许多。

过了一日，周发廷送了日单来，张凤笙和夫人商量，夫人最是信禁忌的，当下看了日单上三个日子说道：“婚姻大事，日子时辰极关紧要，我两人都不会选时择日，也看不出这三个日子，哪个用得，哪个用不得。胡乱挑一个是不行的，须得请一个算八字的先生来，总得选一个，与新郎新妇的年程月将相合的、不犯什么的，才能用得。男家虽是这么定几个日子送来，能用不能用，仍得由女家做主。”

张凤笙道：“能用不能用，自然是可由我家做主，不过这乡下不比城里，一时去哪里寻找算八字的先生呢?”张夫人笑道：“怎么没有？刘瞎子的八字算得最灵，好像就住在这里没多远，随便教个人去，都能请得来。”张凤笙道：“你们女子，总相信这些瞎子的鬼话，他们这些瞎子，知道什么？胡说乱道地骗人家的钱。”张夫人不乐道：“你不相信拉倒，我们女子是相信这些胡说的，不是经他们合过的日子，无论如何是不能用的。这成亲的事，不是可以马马虎虎的。”张凤笙笑道：“相信，相信，我也相信！只是那位刘瞎子，教谁去请呢?”张夫人道：“我不是说了，无论谁去都行吗？他们当差的、当老妈子的，谁也知道刘瞎子的住处。”张凤笙道：“好！我就教李贵去。说时遂高声叫李贵。

这李贵是伺候张凤笙的人，年纪三十多岁，很是精明能干，伺候张凤笙十多年，张凤笙赏了个丫头给他做妻室，因此李贵很是忠心服务。此时听得主人叫唤，连忙跑了进来，张凤笙将请刘瞎子来选择喜期的话吩咐了，李贵问道：“刘瞎子去城里算命的日子多，但怕他此时不在家里。山后圆通观有个教书先生，平日也常替人看风水，三元合婚、算命测字，都是很精通的。依小的看比刘瞎子只有高明。”

张凤笙道：“圆通观教书的，不是杨柏森吗？”李贵连声应是。张夫人道：“教书先生只知道诗云子曰，哪里知道选什么日子？还是去找刘瞎子来吧。”张凤笙笑道：“那却不然，不信这些禁忌，便谁选择的日子也是一样；要信禁忌，就是我也说杨柏森比刘瞎子强，因他毕竟是个读书人，说的话总得有点儿道理。李贵拿我的一张片子去，请他就来。周老头子还在客厅里，我得出去陪他。”

张凤笙回到客厅，把张夫人要请算命的来合日子的话，说了道：“这一种算命看相的事，我是极不相信的，奈敝内女子见识，牢不可破，我也只要于事无碍，就懒得和她争论。”周发廷笑道：“老爷是读圣贤书，明大道理的人，自然不信这些异端邪说。不过照老朽的经验阅历看起来，却也有些不可解的事，似乎不能一概抹煞，说全是荒唐无稽。并且他们星相家，有时连自己都解说不出，只依着他们师父的秘诀论断，日后十有九验。若是算命看相，对着这人过去的穷通事迹，每能言之凿凿；要是丝毫没有凭据，素昧生平的人，何能一一指出来，和目睹的一般呢？”

张凤笙点头道：“这类学术已相传几千年了，说它完全没一些儿道理，自是近于武断。但相信过深，很能阻碍人进取的念头，以为凡事皆由前定，还努力些什么呢？唯有风水这一项，我却相信。不是借风水求福泽，阴宅是为死者谋长久安稳，阳宅是为生者谋长久安稳。我曾听说有一个富人，父亲死了，信了一个地理先生的话，说什么河中间有一穴最好的地，若能葬得着，当出三代的状元、五代的巡抚，并可发多大的家财。富人便问应如何方能葬得着，那地理先生说道：‘葬地全赖缘分，无缘的人，都当面错过。这是一个水穴，应该火葬，才得水火既济的效用。你家若无缘，便遇不着我，这是合该你家要兴旺了。’富人听了高兴不过，即问如何谓之火葬。地埋先生教富人把他父亲的尸，用火焚了，拿瓷坛装了那焚化的灰，封得紧紧的，请了几名水手，黑夜偷偷地埋在河底下。后来不到十年，那富人穷得一干二净，哪有什么状元巡抚，轮到他家来呢？像这般没天良的人，果有地理，也就太没天理了。”说时，李贵已引了一个学究进来。

不知后事如何，且俟下回再写。

第十六回

述苦心劝甥成礼
犯水厄捣鬼偏灵

话说张凤笙见李贵，引着一个四十多岁的学究样子的人进来，知道便是杨柏森了，忙起身让座。杨柏森却认识张凤笙，迎面一躬到地，回头见周发廷坐在旁边，也拱手行了个礼，坐下来向张凤笙满脸堆笑地说道："晚生平日无缘亲近，今日承老前辈呼唤，得叩谒崇阶，实在荣幸极了。"

张凤笙听了这酸溜溜的话，见了这般酸溜溜的样子，一时也想不出相当的话来回答，只好连说不敢当。杨柏森耸了耸肩头，将身躯移出了些儿，只坐了一点屁股边，两手蝉得直直的，接着说道："老前辈呼唤晚生，不知有何吩咐？"张凤笙笑道："因小女出阁，日期须得斟酌斟酌，看有不有冲犯。听得李贵说，老兄这类学问很高明，因此请老兄来指教指教。"杨柏森复拱了拱手道："晚生应当效劳，婚姻大事，时日最关紧要。"张凤笙从怀中取出日单来，递给杨柏森道："这日子是由男家选择来的，共有三个，你看哪一个能用，请老兄决定。"杨柏森双手接过来，略望了望说道："请将新郎和令爱的生庚写出来，待晚生查一查，就知道了。"

张凤笙教李贵拿出文房四宝来，写了无怀和静宜的生庚，杨柏森从袖中扯出一本三寸多长、一寸来宽的小书来，翻开来看一会儿，用指捻算一会儿，皱着眉只管摇头，一个人坐着鬼念道：“伤官见官，为患百端。”周发廷在旁听了，恐怕杨柏森说出什么不吉利的话来，即起身走到杨柏森跟前，借着看纸上的字，低声说道：“只请查查这三个日子，是哪一个相宜，日子是越近越好，旁的都不用管他。”杨柏森应是说道：“这位新郎的八字，实在是华贵极了，只是过于阳刚了一点儿。论起这阳刚，本是很美的东西……”

周发廷不待他说下去，指着日单上的日期，截住问道：“这日子老兄已查了没有?”杨柏森道：“依晚生看起来，这三个日子都不能用，选择这日子的人，大概是不曾见着这生庚，随意翻着通书，见这几个日子底下，有宜嫁娶的字样，便选择了送来的。晚生将生庚合起来一看，三个日子都显而易见的不能用。”周发廷道：“这三个日子既不能用，依老兄说是哪一日好呢?”杨柏森沉吟了好一会儿笑道：“倒是重阳日这个日脚，与新郎新妇的生庚，都能合得上。这日脚虽有些犯水厄，但是这日生的小孩子，就得当心水厄，嫁娶是不关事的。除了这日，在八、九这两个月以内，再也寻不出第二个这么好的日子来。”

周发廷笑道：“好，好！就迟几日也罢！”说着掉转脸问张凤笙道：“老爷的尊意以为何如呢?”张凤笙笑道：“我有何不可，杨君既是说好，就用重阳日也使得。”杨柏森提起笔来，在纸上批了一大张，写了许多的吉利话在上面，张凤笙也懒得看他，用红纸封了一两银子，给杨柏森做润笔。杨柏森辞之再三，方受了揣入怀中，袖了那本算命的小书，作辞去了。

周发廷和张凤笙谈论了一会儿，就告辞回城。次日上午即将改的日期，送到梁家来。梁锡诚迎接到客厅里坐下，周发廷拿出日单，把杨柏森的话，述了一遍，只不曾提起犯水厄的话。梁锡诚笑道：“那三个日子，都是我自己照通书上宜字多的写出来，与新郎新妇生庚，合与不合我如何知道。这些禁忌，我素来也是不大相信的，既是张亲家太太，相信这个，又已请算命先生查过了，这改的日子，必是不错，我照办便了。前日老先生去后，有观音庵的忏因师父来舍间化缘，内人和她谈起王家、张家的事，她做个无意的样子，说出一条道路来，要无怀到张家入赘，成亲之后，即上京应试去。若得成名，无怀的父亲，自有将无怀收回的日子。”

周发廷听了，拍掌笑道：“这条道路，比我主张的，更要简单，何不就依着这话做去呢?”梁锡诚摇头道：“我也知这法子便当，不过我觉得婚姻大事，不可过于草率，无怀既被他父亲驱逐，就要算是我的儿子了，这一件事，我得用点儿心力，才对得起无怀。入赘的事，是男家没有力量，办不起喜事，因此才一切托赖女家。于今王家固是无锡有数的大家，便是寒舍，也不缺少这点儿费用。若也沿着俗例，入赘张家，必惹人笑话，更怎生对得起无怀呢？这事我与内人，商议再三，终以在舍间成亲的妥当。”

周发廷见梁锡诚的主意已定，不便再说，并且在梁家成亲的计划，原是周发廷自己主张的，此时破坏的话，更说不出口，当下只好点头应是。天色已晚，即兴辞出来。

光阴迅速，这日已是九月初七了，梁锡诚已将应行布置的事，布置完了。无怀见舅父舅母都忙着料理，心里早已疑是替自己成亲，只是不便探问。直到初七夜间，梁家的房屋，从大门以至内室，都粉饰一新，悬灯结彩了，梁太太才把无怀叫到自己房中，从容说道：“你知道这几日我和你舅父，忙的是为什么吗？这事原该早和你说明的，只因你的性情笃厚，早和你说，你必不愿意，所以才等到此刻，万事都完备了，方说给你听。你要知道我和你舅父，冒昧替你办理这头亲事，实是出于不得已。

“张家的小姐，生性十分贤淑，她的一个贴身丫头，名叫素鹃，年纪小不知轻重。你父亲退婚书的事，张凤笙先生和他夫人商议，被素鹃偷听了，悄悄地一五一十告知了小姐。小姐一听，就闷在心里着急，也说不出口来。女孩儿家心性，怎比得男子宽大，她的体质，又本来不十分牢实，这样闷在心里着急，最是伤人，不到十来日工夫，竟把一个如花似玉的小姐，病倒在床不能动弹了。张夫人急得什么似的，请医生调治，吃下药去，一些儿没有效验，不由得不追问病源。

“素鹃丫头才将漏泄消息的话，说了出来，张凤笙先生无法，只得写信将你父亲请到他家，张夫人带着小姐出来跪求，好容易你父亲才答应把你收回，这夜小姐便略进了些饮食。谁知次日你父亲回家，又翻悔不承认那收回你的话了，立时打发人送信给张家。张凤笙先生得了那封信，如何敢说出来，使自己女儿病上加病呢？正在急得无可奈何的时候，他家打发人，把前次替你诊病的那个周发廷老医生请来了，周发廷已知道你父亲有信到张家了，那时张凤笙先生急得差不多要成疯癫了，因他夫妇平生只有这一个女儿，若是有个长短，他夫妇如何不伤心呢？

“周发廷是个热心快肠的老者，见了张凤笙先生的情形，心里不忍，就替他出了这个主意，就在我家替你把亲成了，免得张家小姐的病，越害越深。救了张家小姐一命，便是救了张凤笙先生两夫妇的命。张凤笙先生听了这个主意，也虑及怕你不依，周发廷就说凡事有经有权，不可执一，王公子读书明理，必不固执，若怕他不依，不妨先将一切布置妥当，再和你说。生米已将煮成了熟饭，你若再不依，便是有意置人性命于不顾了。你舅父的意思，也是如此，所以直至此刻，才说给你听。

“那日观音庵的忏因师父前来化缘，你不是还对面撞着她吗？她哪里是为化缘来的，分明是听了你被逐，张家小姐害了病，有意来替我家出主意的。她说话的意思，主张你入赘到张家去，成亲之后，即上京应试，若是点了翰林，还怕你父亲不肯收你回家吗？她主张的是不错，不过你舅父和我，都以为入赘的事，是没钱的男家干的；我们这种人家，无论怎么，也说不到入赘上去。于今定的喜期，就是后天重阳日，你是个明白大体的孩子，不要不愿意，你得体贴你岳父岳母的苦处。”

无怀听了这一段话，怎么能说得出不愿意的话来呢？当下说道：“舅父舅母既已劳心费力的，替我办这事，我怎敢不愿意？不过我此时处的地位，实在不能安心乐意地成家立室，便是外人说起来，也不好听。世间哪里有读书明理的人，不能曲意事父，被父亲驱逐了，公然躲在外面娶妻的？这事我实处于进退两难的地位。我有一句话，得先禀明舅母，求舅母原谅，于今喜期已近，一切设备，又俱已齐全了，我若不依，徒然使舅父舅母为难，便是张家的面子，也太过不去。但是后天我成亲之后，即动身上北京去，无论侥幸得中与否，总得等父亲息了怒气，许我回家，我方能与张家小姐，在一块儿过度。不然，她也只好自认命苦，嫁了我这个不能孝顺父亲的丈夫。”

梁太太踌躇说道：“你这话确是在理，等我请你舅父来，大家商量。”说着正待起身，梁锡诚已跨进房来笑道：“无怀的话，我已听得明白了，这话无论谁也批驳不了，定照你说的办。但是后天成了亲，不能立刻就动身上北京去，总得等过了三朝，我自然替你整备行装，派一个老练的跟人，服侍你上京。你父亲那边，我自知托人去劝解，你一心去努力前程便了。张家小姐三朝回门，就住在娘家等你，这番仓促成亲，原是为的张家小姐因你被逐，急成了毛病，要救张府一家性命，不能不是这么从权办理。你若只等后日成了亲就走，张家小姐莫名其中缘故，不仍是要急出病来吗？你要知道此时的张小姐，只道你已是回家了，你父亲翻悔食言的信，并不曾给她知道，假使你一成亲就走，她心里能安么，能不病上加病么？我虽然没有学问，只是活了这么大的年纪，总也懂得一点儿人情世故。我做长辈的人，绝不能教晚辈做无礼遭人唾骂的事。我记得古时候的舜皇帝，也是不告而娶的，几千年来，却不但不曾有人笑话他，并都恭维他是圣人呢？孟夫子还恭维他是大孝呢！照你这样说起来，舜皇帝简直是不应该了。

“你父亲只得你一个儿子，你王家的香火，全赖你承续，若是依你父亲的，将你驱逐了，依你的，你父亲不将你收回，你就不娶妻，你王家的香火，就不是这么绝断了吗？不孝有三，无后为大的这一章书，你不是不曾读过，你王家的香火，由你而断，你才真是不孝呢！我和你舅母要你挑继的话，第一是得你自己愿意，你不愿意，就不必说；若是可怜我两人年老无依，愿意过房，我也不过另替你娶一房妻室，将来生下儿女来，算是我家的后人便了。我两人又如何忍心教你撇了你亲生的父母，来认我两人作父母哩？”

无怀听到这里，连忙跪下来叩头说道：“舅父舅母待我这般恩深义重，一切都听凭两位老人家做主便了，凡事无不遵命。”梁锡诚一手拉了无怀起来笑道：“你是这样，我两人心里，就真快活了！若是天从人愿，进京点了翰林回来，我也不必另聘人家的女儿，就是此刻住在米府的陈珊珊，现成的是我家媳妇了。米老头子既将她认作孙女，你难道好意思把她当姨太太，若不当作姨太太，不过房总不好有两个大太太，这都是数由前定的。”

梁太太笑道：“什么定要点了翰林回来，才娶陈珊珊来家吗？在我的眼睛里看来，那翰林点与不点，只这么大一回事，功名还早得很；便是四五十岁点翰林也来得及。我说读书人，只要进了一个学，就对得起祖宗了，不想做官，中举都是多余的，有什么用处？你舅父达学都不曾进得，也好，也不见有人欺负他，人家也一般地叫他梁老爷哩！不想做官的人，要这些举人翰林干什么？冷起来当不了衣穿，饿起来当不了饭吃，没有几个钱，世人一般地瞧不起。”

梁锡诚笑道：“依你说，举人翰林是一钱不值的了，我就吃亏在不曾进学中举，石田不肯挑继无怀给我，不就是说我是守财虏，不知道教养吗？”梁太太笑道：“你是不知教养，可是他这知道教养的，怎么又会把儿子驱逐呢？像这样的教养，倒不如不知道的好多了哩！”梁锡诚笑道：“这些闲话，都不用说他。我有什么没办周到的没有？明日张府来铺房，若打点不周到，就得给人笑话呢！”

梁太太道：“外面的事我不管，里面有什么不周到的地方，尽管问我好哪，闹了这么几日还有什么没有弄妥。只有你教人写请客的帖子，都写齐了没有，不要把有世谊的遗漏了，那才给人笑话呢！”梁锡诚道：“啊！不错，你不提起请客，我正忘了，刚才还在这里说米老头子，我竟把他老人家忘了。”梁太太道：“还不快去补发一份吗？”梁锡诚即起身到外面，教人补写请帖去了。

次日早点过后，张家用许多工人，将嫁奁搬送过来。梁家上下的人，里里外外忙了大半日，才把嫁奁在新房内陈设完了。备了几席上等酒菜，陪款媒人周发廷。周发廷这夜便去鱼塘张府歇宿。

原来是定了初九日辰时成礼的，因路途太远，就改了用午时成礼。梁家去娶亲的人由李贵率领着，也都是初八夜到张家歇宿，初九日天才黎明，静宜小姐即穿了成亲的彩服，披上了盖头，拜别了祖宗父母，由张夫人牵了她的手，送进喜轿。

那时无锡的娶嫁风俗，新娘上了喜轿，关上轿门，得由媒人用红纸写上“金花诰封”四个大字，贴在轿门上，将轿门封了，还要加上一把锁，锁匙放在媒人身上，到男家礼堂上媒人才拿出锁匙来，当众启封开门。当时风俗既是如此，周发廷也就只得照着办理。

张凤笙因张夫人定要送亲，家中没人经理，自己便不送了。周发廷等过了轿，方与张凤笙作别，骑马赶上大众，叮嘱八名抬喜轿的轿夫，用心行走，不要摇荡狠了，新娘闷在里面难过。轿夫都齐声答应了，又吩咐了李贵几句，当心照应的话，才催了催座下马，想先到梁家，帮着办理迎亲的事。

此时虽是九月，气候却已很冷，仿佛冬天的样子了。周发廷打得马飞跑，跑到梁家，那么冷的天，都累得满头是汗，进门向梁锡诚道了恭喜。这时的贺客，已来得不少了，见媒人到来，都只道喜轿快要来了，大家全知道张家的小姐美得和天人一般，人人都想瞻仰瞻仰。

梁锡诚向周发廷问道："他们快到了么?"周发廷道："只怕还得一会儿，我的马快，他们步行差得远了。"梁锡诚点头道："八个人抬的轿子，又不像二人小轿好走，比平常步行，更得慢些。"周发廷道："乡下的道路，不比城里宽大平坦，八人大轿极不好走，我原打算主张先用小轿，接到离城不远的地方，才改乘大轿进城的。只因习惯上，新娘不能换轿，而尊府和张府这种人家，又绝不能用四轿，所以我这主张，不便说出来，只得再四叮嘱他们抬喜轿的人，当心行步。这种喜轿，和寻常的轿子不同，关上轿门，里面就如黑漆一般，一个吐气的窟窿也没有。就是走得极平隐，坐在里面的人，都有些难过；若是摇荡起来，无有不昏头目眩的。张家小姐的身体，又不坚实，病虽给我治好了，身体孱弱是得等喜事过后，慢慢地调养，才得强壮的。我很有些着虑这两个时辰的轿子，会把她坐得疲惫不堪。依我的愚见，等歇进了亲，先得将新娘引到里面一间静室内，休息一会儿，弄些儿清爽的点心，给她吃了，方能成礼。"

梁锡诚连连应是道："点心我已教内人，熬好一罐子燕窝粥在这里了，新房后面的那小房间，原是准备给亲家太太住的，那房间又清静又幽雅，等歇新娘下轿，就先引到那房里去休息。她们母女在一块儿，也好说话。”

梁锡诚和周发廷谈话，看看快到午时了，还不见喜轿到来，梁锡诚恐怕误了进亲时刻，急得不住地问周发廷，怎么还不见到。周发廷也觉得无论如何走得从容，也应到了，只得向梁锡诚道：“且等我再迎上去，催他们快些儿走，总要不误了进亲时刻才好。”说着即走出来，跨上马跑出城来。

走不到两里来路，只见前面一人，飞奔前来。周发廷在马上仔细看去，认得是李贵，料知是有什么事，先跑回来报告，即紧了紧辔头。李贵也已看见了周发廷，即停了脚，立在路旁喘气。周发廷远远地就高声问道：“有什么事吗？”边问边跑近了跟前。李贵慌忙说道：“不得了，喜轿掉在水里了！”周发廷一听大惊，也来不及问缘故，加上两鞭，那马便飞也似的向前跑。

不知喜轿如何落水，静宜小姐性命如何，且俟下回再写。

第十七回

王石田棒打礼堂
张静宜魂归地府

话说周发廷听了李贵的话，马上加鞭，飞跑了半里多路，已见喜轿从前面来了，红缎子绣花的轿衣，湿透得变成黑色了。抬喜轿的八个人身上，也都是湿淋淋地滴水，周发廷上前问道：“你们怎的这般不小心，在什么地方，掉下水去的呢？”轿夫齐声答道：“实在不能怪我们不小心，前面那木桥的桥板碰巧坏了，我们走到中间，忽然坍塌了下去，这是谁也想不到的事！幸喜河水还浅，轿子一落水，我们便极力地举起来，新娘虽受了些惊吓，上亲太太隔着轿子问了，说衣服只略沾湿了一点，不大要紧。因此李管家教我们仍旧好生抬着走，他向前回家报信。”

周发廷即下马，走到张夫人轿子跟前，说了几句抱歉不安的话，张夫人道：“此时在路上，简直没有办法，唯有赶快进城，更换衣服。偏巧今日天气很冷，小女的身体，怎能经得起这一下子？”说时，两个眼眶儿已红了。

周发廷心里也很觉难过，但是一时也想不出安全的办法，只得仍上了马，督催着轿夫快走。一行人已进了城，周发廷才打马上前，先到了梁家。梁锡诚迎着问道：“这下可到了么？”周发廷道：“他们抬喜轿的不小心，在桥上跌了一跤，新娘不免略受些惊吓，听说衣服也浸湿了些儿。今日天气冷，得快教人生一个火炉子，安放在预备给新娘休息的房间里。”

周发廷虽是说得从容轻巧，梁锡诚听得已是惊呆了，咬着牙跺脚恨道：“这些忘八蛋，怎的竟这般大意，这还了得？”周发廷连忙止住说道：“事已至此，责备他们也无用了，喜得跌的地方，已离城不远了，新娘受冻不久，一到就更换衣服，房中有火，是不妨事的。”

梁锡诚也只得忍住气，教人赶紧生火炉。只听得外面鞭炮已响，鼓乐齐鸣，照着无锡的陋习，喜轿进门，是要先停在门外，拦门设立香案，由傧相行过迎喜神的礼，好一大会儿，才下了轿杠，轿夫用手托着喜轿进门的。这时哪能再用这些繁文，耽延时刻，喜轿一到，周发廷即出来，帮着轿夫七手八脚的，把轿杠下了，大家用手托着轿子，一拥到了礼堂。

周发廷来不及取钥匙开锁，他的力大无穷，伸手将那锁头一扭，即扭落下来。梁家早安排了引新娘的两个闺女，分左右立在轿门口。周发廷将轿门一开，顺手从打执事的手里，接过一把顶伞来，支开遮着喜轿，引新娘的两个闺女，已夹扶着新娘出轿，搀往里面走。

周发廷举伞跟在后面，见进了甬道，才回身收了伞向梁锡诚道：“无妨，新娘上身的衣服，一点也没浸湿，只下面湿了些儿，快把亲家太太接进来吧。她老人家在外面等着，必是很放心不下的。”梁锡诚即教梁太太，并请来作陪宾的几个女眷，出来迎接张夫人。

此时张夫人的轿子，打杵停在外面好一会儿了，正心里着急怎么还不见有人出来迎接，刚待用手挑开轿帘，向外张望。猛听得三声炮响，接连鼓乐大吹大擂起来，随觉着轿子走动，两旁人声哄闹，知道已进了大门，直到里面厅堂，才停下轿子。轿夫都闪开一边，梁太太亲自过来，揭开轿帘。

张夫人抬头一看，心里就吃了一惊，暗想这人好生面熟，不就是大前年六七月间，因进香到我家借宿的那个自称姓刘的太太吗？心里一边揣想，一边走出轿来。周发廷是和梁太太、张夫人都见过面的，他今日是媒人资格，即走过来两边绍介。大家行过了见面礼，照无锡那时的风俗，本来上亲过门，行过见面礼之后，应在礼堂内，分宾主略坐一会儿，用过茶点，方让入内室，宽去大礼服，便衣坐谈的。这时候张夫人心中，惦记着自己女儿不知跌成了个什么样子，急想见面。梁太太已看出那不安的神情来，因此并不让座，即请入内室来。

新娘进房，已将浸湿了的衣服更换了，身上虽不曾跌伤，但是受了这么大的惊吓，又在黑漆般的轿内，闷了一两个时辰，体质素弱的女孩儿，如何能经受得了？在轿内的时候，已经晕过去两次，迷迷糊糊地被两个搀扶新娘的姑娘，夹持着进了内室，胡乱将外面浸湿的衣换了，即斜靠在床上，头眼昏眩，一颗心从落水起冲悸得不曾一刻安贴。耳里听得外面人声嘈杂、鼓乐喧阗，又夹着不绝的鞭炮之声，更是心里又慌急又烦闷，不知要怎么才好。

坐在房里的几个陪宾，都是些年轻闺女，哪里知道体恤她此时的痛苦，仍是照着平常闹新房的恶习，你一言我一语，寻着新娘身上的话，来说了开心。说到好笑的时候，大家都放声大笑起来，没有一个年老的人在旁边。她们吵闹的哪有个休歇呢？直把个静宜小姐急的几乎要哭出来了，紧闭着两眼，任凭她们在房里走来走去，连望都不敢望。

正在笑闹得兴高采烈的时候，忽然声响寂然了。即听得自己母亲的声音，靠近床前，轻轻地唤道："儿呀！你身体没有什么难过么？"静宜一听母亲进来，勉强睁开眼睛一看，心里就不由得一阵悲酸。两眼的泪，再也忍不住，和种豆子一般的，向外面迸出来了。

梁太太立在床当上，静宜却不曾看见，举眼见房中除自己母亲外，没有别人，即伸手握了张夫人的手，悲声泣道：“娘啊！苦煞我了，我此刻胸窝里痛得很，只怕又要吐血了，这怎么好呢？娘啊！”张夫人见了女儿这般神情，又听了这般凄切的言语，心里油煎也似的疼痛。心里一着急，便想不出什么主意来。

梁太太走过床前来，看静宜的脸色，清减地显出十分憔悴的样子，听得说只怕又要吐血，不待说心里也是着急。只是梁太太为人甚是能干，梁锡诚平日有什么为难的事，都得和她商量，她想出解决的方法，每每要比梁锡诚想的，高出一筹。当时即向张夫人说道：“亲家太太不用操心，现方周老先生在这里，请他进来看看，保没要紧。”

静宜见还有人立在床后，做新娘的人，总不免有些害羞，立时掉过脸去，脱出手来，用手帕将面掩了。张夫人点头道：“是了，我倒把他老先生忘了。”梁太太即走到房门口，见有丫头老妈子，立在门外伺候，遂打发一个丫头，去请周发廷进来。

丫头去不一会儿，梁锡诚已陪着周发廷进来。张夫人是见过周发廷的，自不用回避，周发廷进房，先对张夫人、梁太太都行过了礼，走近床前，看了看静宜的脸色，才伸手理脉。息气凝神地捏了好一会儿，抬头向张夫人笑道：“请夫人放心，小姐全是为受了些惊吓，又在轿子里，闷久了些儿，没大妨碍，只须一颗丸药，就可平复了。只是我这丸药，还在舍间不曾带来，须得我亲自去取。”说时遂回顾梁锡诚道：“这房间虽是僻静，但外面锣鼓以及人多嘈杂之声，仍然送得进来。小姐这时的症候，是万不宜纷扰的，因为她心里受了那么大的惊吓，自免不了有些冲悸。在极清静的地方，尚难使这颗心安定，若再处这种纷扰的境地，于病症只有妨害。”

梁锡诚连忙说道：“我立刻教外面暂时将戏停了，戏一停，那嘈杂的声音就自然小了。”周发廷复安慰了张夫人两句，即同梁锡诚退出来。梁锡诚吩咐停戏，周发廷便跨上马，回到家中，取了丸药，仍驰回梁家，给静宜吞服下去。周发廷的药，果然神妙，服下去不到一个时辰，静宜心中冲悸的病，已好去十之七八了。头目虽仍有些昏眩，但身体上没有旁的痛苦，也就勉强挣扎起来，不觉得难过了。张夫人和梁家一干人，自然都把心放下了。

梁锡诚见新娘的病已好，即忙着行结婚礼，这时所有贺喜的客，早已来齐了。人人知道新娘是大家闺秀，都说是才子佳人，天成配偶。新郎的人品，贺喜的诸客是都见过的；唯有新娘的丰度，皆不曾瞻仰过，就中有一个人，更是以先睹为快，那人是谁呢？原来就是米成山。

米成山的年纪虽则有了七十多岁，然他的好事之心，比少年人还要加倍。他花钱费事地将陈珊珊认作孙女，养在家中，就有七成是为好事的念头所驱使，只有三成是行善。他既然老而好事，对于无怀这日的婚事，便希望新娘的人物，比陈珊珊不差什么，才见得这场姻缘美满。王无怀的艳福非寻常人可比，而自己如花似玉的义孙女儿，做个二房，也不算委屈了。这日就是梁锡诚不补发请帖去邀请，他也要借着贺喜来看新娘的。既有了这一请，他见请帖上，是午时成亲，不到巳时，他即坐着轿子来了。听得喜轿落水，把他急得什么似的，进亲之后，他不住地向人打听，问新娘跌伤了哪块没有。直到此时，见梁锡诚忙着招呼人点蜡烛、烧篆香，是快要行结婚礼的光景了，才将一颗心放下。梁锡诚原派了一个知宾的，专陪着他谈话，他哪里肯坐在房里闲谈呢？早早地立在礼堂上，准备看新娘。

天色才交申时，只见两个身着蓝衫的傧相，分立在香案左右，开台赞礼。门外炮声一响，堂下鼓乐也吹打起来了。于此热闹当中，四个穿红着绿的小闺女，同两个中年喜娘，簇拥着新娘，从西边甬道里出来。四个穿红缎子、绣花衣的童男，围随着新郎，由周发廷执着一条丈多长的红绸子，一头搭在新郎肩上，一头扯在自己手中，从东边甬道里出来。两边同时走到礼堂红毡子上，由傧相赞礼，交拜天地祖先。大家正在屏声息气、敬恭将事的时候，忽然一个人跑了进来，手拿一根五尺多长的木棍，跑到礼堂上，逢人便打。

立在礼堂下面的贺客，吓得连忙往旁边退，齐声叫唤癫子来了。这时新郎、新娘，正并排跪在红毡上，朝着祖先的牌位磕头，这拿棍的人，双手举棍往新郎头上便打。只一下就将头上的红缨大帽打落了，随手第二棍又下，亏得周发廷立在新郎旁边，手一伸即将棍夺下来。这人见棍被夺，即提脚向新娘腰上踢去，新娘被踢，扑的便倒。这人蹿上前一步，双手将香案一掀，“哗啦啦”一声响，案上所陈设的香炉、蜡台等件，一齐倾倒在地。满礼堂的人，登时大闹起来。

梁锡诚起初听得大家嚷癫子来了，也吓了一跳，仔细一看，原来不是别人，正是驱逐亲生儿子的王石田。梁锡诚一时吓慌了手脚，不知要如何才好，见周发廷夺去了木棍，王石田就用脚踢倒了新娘，用手推翻了香案，忍不住跑上前，从后面一把将王石田拦腰抱住。王石田跳了几跳，才开口骂道：“梁锡诚你好糊涂，你居然敢做主替孽畜成起亲来，这还了得?”一面骂，一面想劣开梁锡诚的手。周发廷、米成山也都走过来，要梁锡诚放手。梁锡诚只得将手松了，气得呼呼地只喘。

王石田见梁锡诚松了手，口里连声骂着混账，大踏步往外便走。梁锡诚怒气填胸，又心痛无怀头上受了一棍，也顾不得反脸了，一看王石田大踏步往外走，气得吼一声：“哪里走!”顺手拖了王石田带来的那条木棍，拔步往外便追。周发廷、米成山两人，都怕梁锡诚在气头上，一棍将王石田打翻了，乱子必然闹得更大。周发廷脚步快，只一跃便到了梁锡诚身后，拉住梁锡诚的臂膊，梁锡诚就不能动了，只急得跺脚向周发廷发话道："你倒拉住我干什么呢？难道就由他这忘八蛋，在我家是这么横冲直撞一会儿子吗？我这条命可以不要，绝不与他善罢甘休！快放手吧，哪怕他跑上天去，我也得追着他，打他一个半死。"周发廷仍拉住不放道："事情不是可以一打了结的，我们大家商量一个办法对付他便了，何必和他一般见识，去动手动脚哩！"

梁锡诚两眼急出眼泪来道："我不打他一顿，教我如何甘心！快放手，我再也忍受不住了。"王无怀头上虽着了一棍，因有大帽子挡住了，不曾伤损头皮，立起身来，见梁锡诚拖着一条棍，去追打王石田，不由得也跟着周、米二人追出来，双膝跪在梁锡诚面前说道："求舅舅息怒，只怪侄儿命该如此，辜负舅舅、舅母一番栽培之德。家父的脾气，舅舅还不知道吗？舅舅哪用得着动气，认真计较呢！"

梁锡诚见王无怀跪着哀求，周发廷又拖住不放，只得倒抽了一口冷气，伸手将王无怀拉了起来，放下木棍，同回身一到礼堂内，静宜被踢在地，当下即有喜娘和四个闺女，搀扶进里面去了。

静宜一入内室，便张口大笑，张夫人不知外面有相打的事，见簇拥着新娘进来，心里就有些诧异，暗想行礼怎得这般迅速，并且交拜之后，应进新房，如何会带到这房里来呢？及见新娘张口大笑，更是吃惊不小。静宜在家中做闺女的时候，尚不曾张口大笑过，此刻做新娘，怎的倒这么不懂规矩起来呢？再看那笑时的神气，也绝不是寻常欢笑的样子，即起身迎着问道："我儿，什么事好笑？"静宜好像不曾听得，只笑的声音略低了些儿，喜娘等已将她扶到床上了。张太太也跟了进来，看静宜的笑声是没有了，笑容仍是满脸，不过脸色顿时变成了灰白，两眼只管往上翻。

张夫人一见这种情形，心里只痛得如刀割一般，伏在静宜身上，连声叫唤，不见答应，摸手已是冰冷了，忍不住就哭起来。梁太太也知道不妙，连忙叫人把梁锡诚、周发廷请了进来。周发廷到床前，望了望静宜的脸色，张夫人即停止啼哭问道："老先生看是怎样，不妨事么？"周发廷伸手握了握静宜的脉腕道："张夫人请放心，大概是不妨事的，我就去取药来灌救。"说着轻轻在梁锡诚衣上拉了一下，二人同走出房来。

周发廷跺脚说道："这事怎么好呢？想不到石田一脚，踢中了新娘要害，触动了笑筋，已是无可救药了！"梁锡诚见周发廷都说无可救药，也就惊得呆了。半晌才说道："老先生没奈何，再用药救一下子试试看。人人都知道老先生的药，是能起死回生的，每有已经断了气的人，老先生尚能救得活……"周发廷不待他说完，即接着说道："我岂有不愿意救治的吗？她的体格，不比别人。前几日的病，就已是很厉害了，好容易才治得能行走，偏偏今日在路上，又将她掉在水里。你不知道她这受伤的时候，因拜伏在地，石田从她背后一脚踢去，正踢在她软腰下面的死穴上，她一些儿没有躲闪，实打实落地受了，就在平常人，都不容易诊治，何况她这样花枝一般的人儿？我的学问，只得这个样子，救治的方法，是毋庸讲求了，只赶快准备后事，设法安慰张夫人便了。"

梁锡诚一听这话，心里痛恨王石田刺骨。也不顾旁边丫头、老妈子看见，双膝往地下一跪，扭着周发廷下泪道："我知道老先生是个豪杰，千万要求老先生，替我报复王石田一下子，我死都瞑目。"

周发廷立时露出吃惊的样子说道："梁老爷说的什么话？我七十多岁的老头儿，岂能替人报仇雪恨，快不要乱说，你去准备静宜小姐的后事吧，我还有私事，不能在此多耽搁了。”说完也不拉梁锡诚起来，气愤愤地掉着臂膊去了。

梁锡诚见周发廷竟这般决绝，心里更加难受，立起身来，如痴如呆地靠着墙根站住，五中缭乱，一些儿主宰也没有。正在无可奈何的时候，忽被一阵哭声惊醒了，同时就有一个老妈子，走近前来报道：“老爷还不快进房去看看，新娘已经昏死过去了，亲家太太也哭昏了。”

梁锡诚恨不得地下裂开一条大缝，立时钻下身去，藏躲起来，什么事也不闻不问。只是地皮太厚，一时哪能如愿地裂出缝来，给他钻躲呢？没法，只得转身挨进房来，见拥挤了一房的女眷，一个个放悲声哭泣。张夫人更伏在床缘上，哭得个死去活来，梁太太自然也是放声痛哭。

这时天已黄昏，一间清净无尘的房里，只哭得地惨天愁。梁锡诚走近床前看新娘时，已是直挺挺地断气好一会儿了。在一个时辰以前，还是个玉天仙一般的人物，顷刻之间就变成了这么一个怕人的模样，简直是活活地被王石田踢死了，教梁锡诚如何能不惨痛？当下自己心里，既是十分惨痛，哪能有话去慰藉别人？一双脚不由自主地走出了房门，也无心去外面陪客，踱到自己房中，想找无怀谈话。

走到房里一看，不见无怀的影子，只得转到无怀书房里来。不独无怀不见，连一个男客也没有了，暗想奇怪，这房里原坐了几个重要的客，一时都跑到哪里去了呢？即算他们见礼堂被王石田捣毁了，新娘踢死了，就都知风识趣，不辞而走，无怀怎的也不见了，难道也跟着众人同走了吗？心里一边揣想，一边到各房寻找。寻到账房里，只见请来帮办喜事的几个人，都在一间房里。也有坐的，也有立的，一个个都愁眉苦脸的，在那里议论。见梁锡诚进来，登时住了口，齐立起来，梁锡诚一看，只没有无怀，忍不住开口问道："你们看见新郎没有，他一个人躲在什么所在去了?"几个人齐声答道："不曾见着。"梁锡诚一听，两脚在地下顿了几顿，身子往后便仰，房中的人，全慌了手脚。

不知梁锡诚性命如何，且俟下回再写。

第十八回

无怀失踪急老舅
发廷决计淫娃诛

话说梁锡诚往后一仰，幸得后面立着有人，伸手扶住了，不曾躺下地来。大家向梁锡诚耳根一呼唤，方没有昏死过去，正在劝慰的时候，梁太太来了，见梁锡诚急成了一个迷迷糊糊的样子，即凑近身说道："你此时急成这个模样，教我怎么办呢？事情虽然糟透了，你我总得设法收束，不能学他们做客的样，一走了事。于今人已死在我家，后事自得我家经理，就是亲家太太也得好生安慰她一番。

梁锡诚道："这些事都好办，我只问你看见无怀在哪里？"梁太太道："无怀不在我房里，必是在他书房里，他又不能做事，你这时问他干什么？"梁锡诚道："他若在你房里，或书房里，我也不问你了。我四处都已寻遍，不见他的影子，这小孩子也有些古怪脾气，他见乱子闹得这么大，就是为了他一人，他不辞而走，必不是好消息。我真想不到好好的一桩事，会弄得这么个结局。最可恶周发廷那个老贼，他无端跑来圆媒，出主意在我家成亲，此时闹出了乱子，他竟掉臂而去，不问我家的事了！"

梁太太听得不见了无怀，心里也很是难过，错愕了半晌，才说道："无怀从来不大出门，又没有多的亲戚朋友家可走，一个文弱书生，纵去也不远，快派人四路追赶，没有追不着的。”梁锡诚道：“不问追得着追不着，总得派人追寻，不能就是这么由他走了。可怜他身上一文钱也没有，一个从出娘胎不曾出过门的人，今夜就眼见得没有地方给他歇宿。此时重阳天气，夜间已很寒冷，露宿是万万不行的。”

梁太太道：“这些闲话，此时何用多说？”遂对房中几个帮办喜事的人说道：“承各位替我家帮办喜事，不料弄得这么一团糟，说不得，还得请各位辛苦辛苦，请两位带两个下人，去买一具上等棺材来，花钱多少不问，只要是顶好的，买来了，到账房支钱便了。这几位就请去寻找无怀，找着了，务请拉了回来，诸位替我家辛苦了，我总得重重的酬谢。”

这些人听了齐声说：“太太不要客气，但是我等力量做得到的，无不尽力！”当下各人分途去干各人的事去了。

于今且放下梁家喜事变成丧事的话。且说周发廷出了梁家，跨上马一鞭冲到西门，在一家名“同升”的客栈门前下马，将缰索往鞍上一挂，那马作怪，只要将缰索挂在鞍上，周发廷就整日地不来，它也绝不移动一步；若是别人去牵它，它就蹄踢口咬，便给食料它吃，它嗅也不嗅一嗅。周发廷只须在旁边说一句“你吃吧！”它就低下头去吃了。别人去骑它，它挂牌打滚，凡是劣马的举动，它无一不会，无一不来，有周发廷在旁说一句“这是我的好朋友，骑下子有什么要紧！”它就服服帖帖地给人骑了。

那马在周发廷手中，养了六年，一日行五百里，能两头儿见日。周发廷把它作宝贝一般看待。此时将它放在同升客栈门外，自己急匆匆走进里面，向一个堂倌问道：“住在三号房间里的史先生，不曾出外么？”堂倌答道：“史先生吗？昨夜不曾回栈歇宿，直到今日午饭后才回来，进房便睡了，还没有起来呢！”

周发廷点了点头，也不回话，径到三号房门口，见房门关着，伸手一推，是虚掩的，周发廷跨进房门，叫了一声“卜存”，即有一个三十来岁，文人装束的人，从床上坐起来，称周发廷为“老伯”。周发廷就床前一张靠椅坐下问道：“你昨夜不曾回栈，不是又去观前街吗？怎的直到今日下午才回呢？”史卜存答道：“观前街小侄也曾去过，只是没有什么消息，老伯去梁家吃喜酒，就吃过了吗？”周发廷恨了一声说道：“果不出你所料，若到鱼塘张家去入赘，怎会弄成这么一个悲惨的结局？我这回多事，真是糟透底了。”遂将喜轿落水、王石田捣礼堂，踢死新娘的话，从头至尾，述了一遍道：“梁锡诚气到无可如何的时候，跪下来求我替他报复王石田。我当时见有许多丫头老妈子在旁，只得做出动气的样子，抢白了他几句，头也不回地跑了出来，特地找你商量，那个烂污婊子，是绝不能再容留她在人世上刁唆人了。”

史卜存听完，倒打着哈哈笑道：“老伯慈悲心，三番五次地不教小侄动手，不然哪有今日？”周发廷叹道：“我当日是你这般年纪的时候，不是和你一样的脾气吗？你师父田广胜，大概也曾将我少年时的举动，说给你听过，只为你此刻用的这把宝剑，你师叔雪门和尚的那副软甲，就几次和他二人动手，想害他二人的性命。那时的脾气，杀死几个人，全不在我意中，不过和宰一只鸡、一只鸭相似。年纪越大，本领越高，心和手就越软了，不是到了万不得已的时分，断不肯认真动气。至对于没有一些儿能耐的弱女子，尤犯不着拿我们的本领去对付她。你将来到了我这般年纪，就自能知道我不是姑息养奸了。”

史卜存点头笑道：“师父何尝没说过老伯的事，说到有一次，老伯想偷这把剑，被师父看见了。老伯在屋上，要和师父动手，师父趁老伯不留神，在黑暗处藏躲起来，老伯骂完了话，一看不见了师父，老伯就急急忙忙跑了的话，还笑得喘不过气来哩！师父也说老伯回无锡之后，性情完全改变了。今日的事，在老伯的意思，小侄应该怎么办呢?”

周发廷想了一想道：“我和你同去吧，临时看事做事，你说好么?”史卜存道：“老伯这么高的年纪，这一点点小事，怎用得着亲去？看应该如何办，教小侄去办便了。”周发廷摇头道：“怎能说是小事，你可知道在无锡城中，出了杀人的案子，若是办不出凶手来，无锡县知、县大老爷，都得受处分的。此刻的薛应瑞知县，是两榜出身，清廉无比。我等既自命为行侠作义的人，岂可无端连累清廉的父母官？就是外人在无锡干这事，干得不干不净，事主告发了，连累好人时，我都得出来，替薛知县打个抱不平，何况我们自己去干，能随随便便地不防后路吗？在外省、外县尚且不可，我的祖宗邱墓之乡，岂是可以当要的？你就同去我家吃晚饭，我年纪虽老，功夫却还不老，你瞧着吧！”

史卜存只听得田广胜说，周发廷的功夫，比田广胜、雪门和尚都高，却不曾亲眼见过，心里也有些想趁此机会，见识见识。即时欣然应诺了，带了夜行衣服和宝剑，跟着周发廷出了同升栈。周发廷因有史卜存同走，便不肯骑马，史卜存请了几遍，周发廷仍不肯道：“没有几步路，同走着好谈话。”史卜存见周发廷执意不肯，遂接过缰索，牵了那马，在周发廷后面走。

才走了两箭之地，后面来了一人，周发廷认识他是本城有名的内科医生杨春焕，就是前集书中，荐周发廷去王家治无怀吐血的人。平日周发廷与杨春焕时相来往，凡是杨春焕治不好的病症，总是荐周发廷去治。此时周发廷心中有气，见杨春焕迎面来了，只点了点头，并不停步。杨春焕却立住笑问道：“听说老先生替鱼塘张家圆媒，今日在梁锡诚先生家成亲，怎的新郎就已跑出来，连当差的都不带一个人，出西门去了哩！”

周发廷本无心和杨春焕多谈的，但是听了无怀一个人出西门的话，不由得立住脚追问道：“你几时见新郎一个人出西门去了呢?”杨春焕笑道：“我刚才遇着，他走得比我快，老先生从西门这条路上来，倒没见着吗?”周发廷摇头道：“我就是从这同升栈里出来，他必是已经过了栈门了，所以不曾看见。你见着他的时候，和他说话没有哩?”杨春焕道：“怎么没说话，我还追上几步，拉住他，问他去哪里。他见我追上去，将他拉住，他毕竟是个文弱书生，胆小得很，登时就吓得惊慌失措的样子，回头望着我半晌才说道：‘你真冒失，把我吓了一大跳，我有要紧的事出西门看个朋友，快不要拉住我。’我将手一松，他就急急地走了。”

周发廷道：“他身上穿着什么裁料、什么颜色的衣服，你看清么?”杨春焕想了一想说道：“衣服吗? 我记得是穿着一件蓝湖绣的夹衫，青宁绸单马褂，头上戴一顶马尾纱小帽，我看得很清楚的。因听说他今日做新郎，所以留神看他的装束。”周发廷点了点头道：“再会，再会！”即别了杨春焕，带着史卜存归到家中。

天色已渐渐昏黑了，周发廷向史卜存说道：“王无怀一个人仓皇跑出西门，必是没给梁家的人知道，独自跑出来的。我料想他遭过了这种变故，若再住在梁家，目睹着那般悲惨之状，心中自是十二分的难过，倒不如悄悄地跑出来，离开那恨海愁城，耳目没有闻见，心里就自然舒服了。但是他年纪虽有了二十来岁，学问也很有个样子，外面的人情世故，我看他那样子，简直是个一点儿不懂得的人。这事原是我出主意，教梁、张二家是这么干的，今日弄成如此结局，总算是我害了王无怀，论情理也应该帮助帮助他，才是我们行侠作义的本色。我们此刻趁他走得不远，追上去问他打算向哪里走。”

史卜存踌躇了一会儿，忽然抬头向周发廷笑道：“这桩差使，小侄要向老伯讨了，由小侄一个人去做。若做得不妥当时，老伯尽管责罚小侄，这点儿小事，都办不了，将来师父知道，准得骂小侄不成材。”周发廷知道史卜存是少年情性，好胜的念头很切，凡事要独力去干，不要帮手，才显得出自己的能耐。即点头笑着问道：“你认识王无怀的面貌么？不要当面错过了，才费周折呢！”

史卜存笑道：“怎么不认识，哪怕他就把头发剃了，改变了装束，都逃小侄眼睛不过。”周发廷道：“认识就行了。”史卜存当下就在周发廷家，胡乱用了些晚饭，匆匆出了西门，寻觅王无怀。

且慢，于今写史卜存，写了这么一大段，毕竟史卜存是个什么人，因甚事到无锡来，如何认识王无怀的？书中一句也不曾交代清楚。就是周发廷，也只写成一个生药店的老板，医道很高明就是了，怎的忽然写出这些江湖上英雄、绿林中豪杰的行径来了呢？看官们看到这里，不要把肚子闷破了吗？不趁这时候，将周、史二人的历史，向看官们补述一番，更待何时呢？

原来周发廷本是一个剑客。他少时在陕西，和一个广西人田广胜，陕西一个和尚法名叫雪门的，同跟着一个剑客学剑，学成之后，唯有周发廷的功夫最好。田广胜剑术虽不及周发廷，只是他生成一双夜眼，于暗室之中，能分辨五色；又会使一种暗器，名叫“金钱镖”，金钱镖这种暗器，江湖上的保镖达官和绿林中的好手，多有会使的，只是田广胜所使的，与普通能武事的人所使大不相同。虽是一般地选用大制钱，在磨刀石上，磨出锋来，拿在手中，使劲打出。然普通能武事的人，一手只能打出一个两个，距离最远不过十丈以内，田广胜却能连珠不断的，看一手能握多少个，便能打多少个。打到二百步开外，钉在木板上，还能入木二三分深。和人交手时，能避得了他这金钱镖的人，极是少有。

雪门和尚的剑术，也不及周发廷，绝技又不如田广胜，只是服气的功夫，在田、周二人之上。在灰尘很厚的道路上，飞跑数十里，能不蹴起一些儿灰尘；又能几天不吃一点儿食物，不觉饥饿。

他三人同跟着一个师父，各人有各人的长处，他师父临死的时候，因没有儿子，就将重要的东西，分传给三个徒弟。周发廷年纪最大，是大徒弟，功夫虽比这两个强，心地却不大纯洁，师父就有些偏爱田广胜和雪门和尚，将一把宝剑，传给田广胜；一副软甲，传给雪门和尚，只将丹药和医方，传给周发廷。背着周发廷，又将丹药医方，拣紧要的，传了些给田广胜、雪门和尚两个。

师父一死，周发廷就大不服气，仗着自己本领，便向雪门和尚讨那副软甲，几次翻脸，动起手来。雪门和尚一则有田广胜相帮；二则有软甲护身，不曾被周发廷夺去。周发廷见软甲不曾夺得，便变了方针，想偷盗田广胜的宝剑，偏偏第一遭就被田广胜撞破了，宝剑没有偷得，倒受了田广胜一金钱镖。

周发廷明劫暗偷，几个月不曾得手，才赌气回到无锡县，开这生药店，专一替人治伤，久而久之也渐渐后悔从前的行为了，绝不向人谈起功夫，无锡县没人知道他是有大本领的，他也不传徒弟。

史卜存是田广胜的徒弟，广西都安人，家中很有些产业，他父亲史成达，是个买卖中人，因积聚了些财产，想儿子读书，挣出一官半职的前程来，光大门户。史卜存七八岁时，就延了一位秀才公，在家教读。直读到十五六岁，文字已是清顺了，奈史卜存生性不近诗书，专心只务女色。左邻右舍不三不四的娘儿们，见史卜存生得飘逸，家中又有的是钱，都争着勾引他，绝不费事地都挨次勾引上了。史卜存心犹不足，时常偷着出来，在娼家歇宿。后来被史成达知道，责打了他一顿，他就赌气偷了几百两银子在身上，逃走出来，无拘无束地在外面嫖娼宿妓。

不到几个月，将偷出来的银子，花了个一干二净，既没有本领挣钱生活，又没有面孔回家，必由之路，就流落成为乞丐了。此时的年纪，已是二十岁，只得老着脸，伸手向人，讨一点儿，吃一点儿。这也是他命不该当长远的乞丐，一日讨到田广胜家去了，田家原是都安的巨室，田广胜为人又正直，最喜救困扶危。这日史卜存立在田家门首讨吃，田广胜正送客出来，见史卜存生得眉目清秀，态度也还文雅，不像是生长贫贱之家的人，送过客回头，即盘问史卜存的身世。

史卜存有些害羞，不肯说出真姓名籍贯来，随口答称父母都亡过了，家中无丝毫产业，只落得讨口混日。田广胜见了可怜，就留他住在家里，教他洗浴清洁，给衣服他换了，俨然成了个公子模样。田广胜有一个儿子，名叫振魁，这时也有十八岁了，田广胜亲自传授剑术，史卜存在旁看了，却甚愿意学习。田广胜试教了一会儿，觉得比自己儿子还灵便些，心里高兴，就要史卜存和田振魁同学。

史卜存在田家一住五年，功夫已学成了功，才想起自己父母来。归到家中一看，父母都因不见了儿子，托人四处找寻无着，免不了心中忧急，在三年前，已相继急死了。积聚的产业，也早已被族人朋分了。史卜存虽恨自己不孝，但死者不可复生，哪有补救的方法？没奈何仍到田广胜家，怕师父责备，仍不敢将实情说出来。

这回到无锡，是田广胜教他来探望周发廷的。他一到就住在同升栈内，周发廷几次要他搬到生药店去住，他因自己是欢喜嫖娼的，和周发廷同住，多有不便，所以只推说不敢打扰，不肯搬去。周发廷也料透几分，不是自己的徒弟，如何好认真监督，因此便不勉强。这日史卜存独自游惠泉山回来，在街上迎面遇着一乘小轿，轿中坐着一个二十来岁的女子，生得艳丽绝伦，轿后跟着一个四五十岁的老妈，望去倒像个跟局的娘姨。

史卜存生来好色，见了这么艳丽的女子，自然禁不住伸着脖子，目不转睛地望着那轿中女子。可是作怪，见史卜存目不转睛地望着她，她也就用那水银一般的眼光，下死劲钉在史卜存面上，四眼对照的，直到轿子到了切近，又向史卜存嫣然一笑。她这一笑不打紧，却把史卜存的灵魂勾到轿里去了。

轿子过了身，史卜存独自鬼念道："她轿后跟着一个老妈，不是班子里的姑娘吗？并且若是好人家女子，哪有在街上望着不相识男子笑的？既是班子里的姑跟，有这么整齐，我就是花上一千八百，和她睡一夜也值得。我嫖了的女人实在不少，不曾见过有这么好的，不要错过了。且跟上去，看她是哪一家班子，今夜无论如何得去嫖她一夜！"主意已定，看那轿子，还走得不远，就折转身，紧走几步，离轿子丈来远，跟在后面走。一会儿走到了观前街，轿子进了一家极大的公馆，史卜存即顿住脚，又自鬼念道："必是这公馆里请客，叫了班子里姑娘来侑觞的。我只在门外等着，她出来的时候，再跟上去。"

史卜存立在门外，等了好一大会儿，不见有人出来，也不见有人进去。再过一会儿，连大门都关上了，心里忽然觉悟道："我真是糊涂一时了，这无锡的班子，我不是不曾嫖过，她们姑娘坐的轿子，哪是这种样式？并且刚才那轿子背后，分明悬着两个灯笼，灯笼上面，还好像写了一个'王'字，哪有班子里姑娘，轿后悬着有姓灯笼的道理？分明就是这公馆里的人，不是姨太太，便是少奶奶。我冤枉在这里站了这大半日，上下过路的人，都眼睁睁地望着我，实在有些难为情。"

史卜存心里这么一想，就无精打采地回到同升栈。已开了晚饭上来，只得勉强吃点儿，一心一意地只挂念着那女子，计算要如何才得到手。想来想去，除了等夜深人静的时候，施出夜行本领进那公馆内去强奸，没有第二条门路可走。从来色胆如天大，史卜存既有这一身本领，哪里还有什么忌惮，这夜等不到二更天气，便换了夜行衣服，从里面插上了房门，由窗眼里蹿到屋脊，施展他剑客的本领，一刹时就到了那个大公馆房上。

他虽不知道那女子睡的是哪一间房，但估量着多半是住在内院。这时还是六月间天气，夜间月色清朗，照耀得如同白昼。史卜存伏在屋瓦上，留心听下面妇人谈话的声音，听了一会儿没听得，却听得有读书的声音，寻声蹿到一间房上，听那读书的声音，就是从脚底下发出来的。史卜存的书，本也读的有些儿根底了，听了这人读书的抑扬顿挫，知道是个会读书的人，仔细一听，更听出是童子的声音了。

正听得有趣，一眼看见对面一间房里，一个女子立在窗户跟前，房中点着很光明的灯，借着灯光看去，正是白天在街上遇的那女子，夜间临睡时的装束，更使人看了动情。史卜存心里一欢喜，不由得身子就向那边房上飞去。若论他的本领，无论他在房上，如何飞来飞去，绝不会有一些儿声息，给房下人听得。这时只因他心里欢喜极了，又相隔仅一个小小的天井，不在他心上，随便飞跃过去。没想到是多年的老屋，檐边的木板都朽了，两脚才着檐端，就“哗喳”一声，跟着掉了几片瓦到天井里。史卜存心里吃了一惊，恐怕房下人看见，哪敢停留，急忙飞过了屋脊，就伏在读书的对面瓦沟里，料想没有内行在房下，寻常人是绝看不出来的。

他身子伏在瓦沟里，两眼却看两个房里的举动，只见那读书的，是个二十来岁的美少年，瓦响后，即停了书声，低着头，似乎有些害怕的样子。随即看见那女子，慌慌张张地从书房里面跑到美少年跟前，用手在窗眼里，向屋上指了一指，又拍拍自己的胸前，口中不知说些什么，声音低小，听不清晰。美少年见那女子走来，即立起身随着女子的手，向窗外屋上望了一望，口张了几张，也听不出说些什么。

史卜存心想，这样美的女子，配了个这样的男子，倒是一对天成佳偶，我若是下去强奸她，必活活地把这一对好鸳鸯断送了，犯不着图一时的欢娱，做这种丧德的事。再一看那女子，很露出些妖淫之态，而那美少年，反放下脸，露出极严正的面孔来。史卜存暗想道："我又弄错了，他们何尝是夫妻，照那男子情形看起来，还像是那女子的晚辈。不好了，那女子认真调戏那男子，好个美少年，真能不欺暗室。美色当前，竟是不瞧不睬，难得，难得！"

只见那女子现出十分急色的样子，那男子却又坐下来，低头看书。那女子越欲火上来，一手抓开案上的书，一手去拉那男子的臂膊。史卜存这时在屋上，睁得两眼圆鼓鼓的，看那男子怎生对付。只见那男子两脸顿时涨得辉红，忽地立起身来，双手将那女子一推，扯开房门，往外便走。接连听得开的往外的院门响，料知是跑向前面房间里睡去了。

史卜存本是为想强奸那女子来的，这时候见了那女子妖淫的风态，那男子又已跑向前面去了，照情势推测，史卜存应该喜出望外，趁那女子欲火正浓的时分，跳进房去，还怕不马到成功吗？但是史卜存的脾气，甚是古怪，他若不看见刚才这一段故事，势头就遇着那女子，自免不了要施行强奸的手脚。既亲眼看见这么一回事，自己的满腔欲火，早被那男子一股坐怀不乱的正气冲散了，心想：那男子只得二十来岁年纪，正在情窦已开，难于把持的时候。一个这么如花似玉的美人，又极力做出妖淫样子来纠缠他，他毕竟把持得住。假若是我处他的地位，怎待人家来勾引我，我不早已下手了吗？照这事看起来，我这个人，真是枉在江湖上称英雄豪杰，开口就自许为行侠作义的人，怎的把持功夫，倒不如一个少年书生，岂不是大笑话！凡是善书上面，都有"万恶淫为首，百善孝为先"两句话，我平日都随便看过了，此时想起来，果是不错。这男子能不好淫，力拒奔女，我眼里见了，心里就不因不由的，发生一团敬爱他的意思；而对于这女子，就觉得很下贱不堪。白天爱慕的念头，至此一毫没有了。

史卜存想到这里，立时觉悟自己又不孝又好淫，哪里算得上是英雄豪杰？当下对着月光，发誓痛改前非，绝不再蹈从前恶习。发过誓愿之后，正待回同升栈歇息，忽听得下面开得房门响，乘着月光望去，只见白天跟在轿后跑的，那个四五十岁的婆子，从那女子房里开门出来，口里叽叽咕咕，不知说些什么。又听得那女子在房里喊奶妈道："你只将院门关上就得哪，外面的门不要去管他。哼哼！好不受抬举的孽畜，总有给你知道老娘厉害的时候！"

史卜存听了这几句话，暗自寻思道："这事情有些跷蹊，这淫妇恼羞成怒，说不定有谋害那少年的事做出来。既是这事撞在我眼里，这话落到我耳来，怎好就是这么丢开手回去？如此好少年，若是断送在这淫妇手里，岂不太可惜吗？这个小院子里，好像就只这两个女人，我何不悄悄地下去，偷听她们说些什么。"主意已定，看那婆子已关好了院门转来，史卜存从黑暗处，飞身下了天井，打算趁房门不曾关的时候，溜进房去。因见月光照着房门口，恐怕二人看见地下的影子，只得暂时蹲在天井里不动。

"啪"的一声，房门已关上了。史卜存连忙凑近窗户，从格缝里张望房中，陈设得甚是富丽，对面床上摆着鸦片烟器具，淫妇横躺着烧烟。婆子关门进房，淫妇说道："你今夜就睡在这房里，我一个人害怕，可恶那孽畜，竟这般不受抬举，真要把我气死了！你看有什么法子，能消我这一肚皮怨气。"那婆子就床缘坐着笑道："你昨夜怎的说得那般容易，说不是墨耕那小子跑出来捣蛋，好事已经成了。我信了你的话，出主意把那小子制服，今夜用过晚饭，我就爬去睡了，免得碍了你们的眼，不得成好事，怎么那小子不在这里，倒会弄僵了呢?”

淫妇一蹶劣坐起来说道：“我也想不到会变卦，他是个闺女一般的人，心里虽有十二分的愿意，面子上自免不了要害羞。他昨夜的情形，谁也看得出他，已是千肯万肯了，若不是墨耕那小子跑出来，放了那几句狗屁，他必是半推半就地依遵我了。刚才的情形，起初也和昨夜差不多，我只道他是害羞，又因名分上的关碍，不敢先下手，便用手去拉他。谁知他登时变起卦来，双手把我一推，几乎跌了一跤，逃命也似的逃到外面去了。你看这孽畜的行为，可恶不可恶？我若不给点厉害他看，他也不知道我的手段。”

婆子不答话，偏着头想了一会儿，摇摇头说道：“这事只怪你过于鲁莽了，怎么在班子里好几年，男子的心事，还是一点也猜不透呢?”淫妇道：“已经过了的事，只管说他做什么？你只替我再出个主意，报复这孽畜一下子就是了。还是用制服墨耕那小子的法子，行不行呢?”婆子连连摆手道：“你在这里做梦么？你以为只图出出气就完了吗？好太平的心肠，你可明白他是这家里的什么人，你自己是这家里的什么人？你当面两次三番地去勾引他不成，这种行为，在他心里，他能放你过去么？你好糊涂！”淫妇听了这话，登时脸上变了颜色。

不知史卜存往下听出什么话来，且俟下回再写。

第十九回

史卜存屡探王府
周发廷病赴鱼塘

话说史卜存听了那婆子的话，又见那淫妇脸上变了颜色，料想那婆子必有极毒的主意想出来，谋害那男子。恐怕二人说话的声音低了，在窗外听不清楚，见床头有门通后房，忙从前院到后院，用剑尖撬开后房窗户，飞身跃入房中。真是身轻似燕，一点儿声息也没有。走近床头，隔着罗帐看二人，看得明白，二人在光处看黑处，却看不出来。

只听得那淫妇说道："这便如何是好呢？我若早知这没天良的东西，不肯依遵我，我也不嫁这老鬼了，守着我这姿色，还怕嫁不着一个年纪相当的男人吗？我又不向人要一个钱，哪里就少了老鬼这般人物。就因为前年在酒席上，见了这没天良的东西，他一连向我使几个眼风，末后却被一个小娘子纠缠住了。我从那日起，直到于今，心里没一日不思念这没天良的，恰好那短命鬼，两眼一闭，两脚一伸，丢下我来，因此才央孙济安向老鬼说合。我不为这没天良的，为什么要这么作践自己？"

婆子答道："前年你在班子里当姑娘的时候，他见你生得好，自然向你使眼风。此时你已嫁给他父亲做姨太太，名分上是他的庶母了，他是个读了书，中了举的人，如何能做这种禽兽做的事？我那时阻拦你，说这事做不到，你哪里相信呢？一口咬着说有把握，说他是好色的人，只要下身子去引诱他，他没有不动心的。我听了还只道他早已向你示意，所以不十分阻拦你，此刻已到了这一步，正是骑虎不能下背了。他纵然不将你勾引他的情形向他父亲说，你要知道他并没有三兄四弟，不必等到他父亲死，只须再过几年，他一娶妻生子，家里的产业及大小的事体，他父亲都得交给他经管了。你想既是他当家管事，他心里存着你今日的情形，肯好好地把你作庶母看待么？他父亲没死时，他还有些顾忌；死了之后，你就完全落在他手里了。你不曾生育，自是存身不住，就是生下了儿女，有了这宗过节，在他手里，也不好做人。”

这淫妇更现出着急样子说道：“你这话早说给我听就好了，不但没有今日这般气受，并不会活见鬼，跑到这里来做什么小老婆。罢，罢，罢！看你有什么主意补救没有，若是没有什么好主意，我就打算洗个澡，跳出去另寻门路。像这样枯瘦如柴的老鬼，我实在不愿意长远地搂着他睡。”

婆子道：“不要性急，等我慢慢地打主意，你放心便了，不会没有好法子的。此时已是三更过后了，暂且安歇了，明日再说。”淫妇道：“你不快给我想主意，教我如何睡得着呢？”婆子道：“啊呀呀！我一说出厉害来，你就睡不着了，这不是一件当要的小事，随随便便地就想得法子出来的吗？你不要吵我，等我一个人睡着，慢慢地想。”淫妇道：“你就横躺在烟盘旁边，胡乱睡半夜吧。我一边烧烟，也一边想想看。俗语说得好：三个鸦片烟鬼，抵得一个诸葛亮。”

婆子笑道：“已成了鸦片烟鬼，就是诸葛亮也不中用。你若是想在这里洗个澡，跳出去另寻门道，鸦片烟这样东西，就犯不着吃上它。这东西上了瘾，真是便有诸葛亮的本领，也不中用了。你只知图一时可以长精神，好快活，把它的坏处都忘了。”淫妇道：“哪是我要吃它，图它长精神、好快活，你没见老鬼，是那么拼死拼活地拉着我吃吗？老鬼不吃这东西，才不行呢，我吃它有什么用处！”婆子道：“你知道老鬼，为什么定要拉着你吃？”淫妇道：“他吃上了，夜里不能睡，我只是在旁打盹儿，他因此要我吃一口两口，精神是觉着好些，立时就不想睡了。所以每夜总得拉我吃两口，就是为的这一点，还为着别事吗？”

婆子笑道：“不为着别事，你哪里看得出他的用意。无论男女，一吃上了鸦片烟，这人就算是活埋了，什么上进的心思也没有了，什么繁华的心思也没有了。白天就睡着不能起来，夜里就吹着呼着不能睡，不论这女子生得如何标致，只须吃上三年，就变成一个活鬼了，什么人见了都害怕，还有谁去爱她呢？老鬼心里，何尝不知道和你不相匹配，他又不曾花钱，买了你的身体，你何时不愿意，即可何时跳出去，他不怕你变心吗？唯有劝你把这东西吃上，他家有的是钱，不愁你吃穷了。只要你一沉迷在这里面，莫说没有心思想跳出去，纵然有时口角起来，你不愿意在这里了；而那时你的烟已上了瘾了，容颜也已被烟熏得不像个样子了，必然转念一想，我此时跳出去，到哪里找个相安的人嫁呢？待不嫁人吧，手中又没有多钱，如何够吃下半世的鸦片烟呢？这一跳出去，不就要流落吗？是这么转念一想，不由你不忍气吞声，在这里过一辈子了。只有鸦片烟这样东西上了瘾，就不容易说戒，男人家体子好，还有狠心戒断了的；女子的体格，十有九是弱的，完全没有一些儿毛病的更少。一讲到戒烟，通身的毛病，都同时发出来了，谁能忍苦去戒它？我不是曾向你说过几次，教你不要吃吗，你也是说有把握，不会上瘾，我见了好几个人，凡是自己说有把握，不会上瘾的，多半是已经离上瘾不远了，才说这自己哄自己的话。倒是自己说怕上瘾的，还不至真上瘾。你此刻自己问问自己的心，看可是差不多有瘾了？”

淫妇笑道：“瘾是真没有瘾，不过横竖闲着没事，借这东西烧着玩玩，倒可以扯淡些心事。这两日老鬼不在家，我一个人更觉得难过，有这东西烧着，仿佛像有桩事在这里做着似的。我并不重在吃，只要有得给我烧，全数烧给人吃，我便一口不吃，包没要紧，这样也算是上瘾了吗？我每次烧的时候，心里简直没有一丝一毫想吃的意思。快上瘾的人，是这么的吗？”

婆子哈哈笑道：“不用说了，你记着我的话就是。你烧着玩吧，我是要睡了。”淫妇道：“你睡着得想主意呢，明早起来若没有好法子说给我听，看我可就是这么饶了你！”婆子只笑着点头，立起身，下了榻板。

史卜存怕她到后房里来，连忙从窗眼里跳出后院，仍转到前院来，听得里面有撒尿的声音，思想今夜是用不着再听了，随即穿房越栋，归到同升栈歇息。次日白天到观前街，在那公馆左右邻居打听，才知道那大公馆的主人是王石田，有事到田庄上去了。那美少年便是无锡神童——江苏才子王无怀。那淫妇便是王石田新娶的姨太太，三年前在无锡班子里很出了会风头的白玉兰。打想明白之后，这晚二更时候，心里仍是放不下，又悄悄地出了栈房，跑到王家来。

熟路不用寻找，直来到昨夜伏的瓦沟里，听了好一会儿，没有声息，王无怀昨夜读书的房里，没有灯光，淫妇房里虽点着灯，却没有昨夜那般明亮，房里情形，模糊看不清楚。仔细望去，朝前院的房门，半开半掩，仿佛有一个人斜倚门框立着。因这夜月光被浮云遮掩了，史卜存又伏在屋上，相隔太远，看不明白，不知是男是女。遂将身子轻轻移到檐边，正待定睛看那倚门框的人，只听得“啪”的一声，关得门响。即见昨夜那个婆子，引着一个穿短衣的男子，蹑足潜踪地走丹墀边经过，几步就溜进了那半开半掩的门。

原来倚着门框的人，就是那淫妇。史卜存见那男子进房，那婆子随手即将房门关了，暗想这男子的身躯高大，绝不是王无怀，看他身上穿的衣服，好像是个当差的，好下贱的淫妇，怎么如此不要身份！你虽然是跟人做妾，只是王石田毕竟是个上等人，你跟上等人做妾，就也要算是上等人了，怎么这般不顾廉耻？这种淫妇，若不是在无锡县，有周老伯在这里，真要下手把她宰了。杀一个淫妇没要紧，闹出命案来，说不定周老伯还要疑是我因奸不遂，下此毒手，那时有口也难分辩。我此时何不下去，听他们说些什么。

看前房对丹墀的窗户开着，等奸夫淫妇将灯吹了，上了床，即施展飞燕入帘的本领，飞到了房中，便听得淫妇说道："刘升，我问你一句话，墨耕那小子和芍药那丫头，鬼鬼祟祟地干些什么？大约是已有了这事，你照实说给我听吧！"刘升答道："那我却不曾见过，他两人年纪都轻，时常在一块儿说话有之，家里这么多人，在什么地方好行这事？"淫妇啐了一口道："你这浑蛋，没得气坏人，这么多人不好行这事，刚才你我怎么行了的？你这东西，也和他们狼狈为奸吗？"刘升笑道："刚才是太太的恩典，她们丫头家怎比得太太，芍药夜间睡在老太太房里，墨耕睡在少爷的书房后，隔了十多间房子，中门不到起更就落了锁，他们就想行这事，如何能飞来飞去呢？"

淫妇生气说道："这话就该打嘴！你不是睡在书房后面吗？隔这里更多了几间房子，中门也一般地锁了，你是飞来的吗？你这东西，若再替他们来蒙哄我，此后就莫想沾我的身子。好不识抬举，你帮着他们欺瞒我，有什么好处？我就最恨你这种吃里爬外的东西，好好地说出他们如何通奸的情形来，我一高兴，可时常给你些甜头。你只想想，看是巴结一个小子、一个丫头好呢，还是巴结我好？"

刘升停了好一会儿才答道："他们是好像已有了这事，不过做得干净，没给人撞破过。"淫妇笑道："好吗！怎么瞒得过我？喂！我对你说，若是老爷问你，你不能是这么含含糊糊地说，简直说是你自己亲眼看见他两人，黑夜躲在书房里，在少爷床上，干那不正之事。”刘升道：“老爷若问少爷到哪里去了，我怎生回答呢？”淫妇道：“你就说：少爷吗？小的不敢说。老爷听了你这话，必然追问，等到逼着你说的时候，你才故意半吞半吐地说：少爷近来不在书房里睡的日子多，因此床铺是空着的。老爷又必然问你：少爷不在书房里睡，是在哪里睡呢？你就说：确实在什么地方睡，虽不知道，只是无锡满城人都传说，少爷相识了一个班子里的姑娘，名叫陈珊珊，正搅得如火一般热。陈珊珊自从姘上了少爷，就把牌子摘了，无论什么阔客，一个也不招待，专心和少爷要好。少爷或者是去那里睡了，也未可知。”

刘升道：“陈珊珊和少爷要好，老爷早已知道，前次少爷在观音庵与陈珊珊会面，老爷亲自遇着了，回家还打得少爷吐血。若不是周发廷的医道好，几乎连命都送了呢！”史卜存听得说周发廷，心里就是一惊，暗想：我幸喜不曾鲁莽，将淫妇杀死，原来周老伯曾到这里治过病，说不定还与王石田有交情。心里是这么想着，两耳仍听得淫妇答道：“这事我来不到几日，就有老妈子对我说了。老爷知道尽管知道，你只照着我的话说便了。总而言之，此后我教你对老爷说什么话，你都依着我的话说就得了。我给你这么多好处，只要你说几句空话报答我，难道都不行吗？”

刘升道：“无论什么话，要我说我就说，只是老爷回来了，我如何能到这里来，领你的情呢？”淫妇道：“这几句山歌，你都不懂得吗？‘只要你有情，我有情，哪怕巫山隔万重’。你放心，好生听我的话，尽有得给你快活。我们不要再谈了，耽搁了好时光，老爷一回来，你就莫想是这么舒服了。”淫妇说完这话，便不听得对谈了。

史卜存飞身上了房檐，回头朝房里唾了一口，连说：“晦气，晦气！”当下即回栈里歇了，次日到周发廷家，先探问了一会儿周发廷与王石田的交情，才将前昨两夜的事，说给周发廷听。周发廷道：“讨班子里的姑娘做姨太太，便是自己想把家庭弄糟，这类的事，已是数见不鲜，我等用不着管他。”

史卜存见周发廷这么扯淡，心里很不以为然，只是不敢批驳，望着周发廷说道：“那淫妇不作兴将王无怀害死吗？一个很好的人才，若是无端死在淫妇手里，岂不太冤枉、太可惜？”周发廷笑道：“你也未免太过虑了，王石田管教儿子极严，可见他望儿子成人的心思热切，把儿子看得极重，好容易给人害死？”

史卜存道：“老伯说的，自比小侄有见地，不过这种淫妇，留在人世也没用，最好给她一刀两段，免得污了世界。”周发廷正色道：“我辈说话，是这么信口开河，真是使不得。世界上比这妇人更坏的，不知有几千百万，男子中无恶不作的，尤举目皆是，能一概杀得了吗？他们作恶，暗有鬼神，明有王法，我辈要存天地间正气，只能求诸己，不能求诸人。你前夜还想半夜去人家强奸，此时就想将行淫的女人杀却，自问良心，也未必说得过去。”史卜存一听这话，不觉汗流浃背，两脸辉红，半晌答话不出。

过了几日，外面传说王石田无缘无故地把亲生的儿子王无怀驱逐了，周发廷心里知道必是那淫妇，恐怕事情发觉，先下手在王石田跟前进谗。但不知谗间了些什么话，能使王石田深信不疑地毅然决然将亲生的儿子逐掉。暗想这事出在我无锡，我若一点不能为力，莫说江湖上人要笑我无能，就是史卜存，也要存个瞧不起我的心思了，我今夜何不去王家探听探听，看那淫妇对王石田说些什么？

周发廷是曾到过王家的，房屋的形势，都了然于心，坐等到二更过后，拿出多年不用的夜行衣服来穿上。这时正在七月，夜间的月色，极为光亮。虽在下旬天气，然二更以后，一钩明月，早已出来，照得无锡城中，如琉璃世界。周发廷料知没有要动手的事，便不携带器械，从丹墀里往上一跃，瞬眼就飞过了几栋房子。不须一会儿，即到了王家的房上。

曾听史卜存说过，淫妇是住在内院的东厢房里，不用找寻。直到内院的屋脊，探头往下面一望，见东厢房内点着两只极大的琉璃灯，床上烟雾弥漫，看不大清楚。仅能看得出有两人在床上横躺着抽鸦片烟，至于是男是女，都分辨不出。周发廷曾听史卜存说过，从后院可转入厢房，即飞身到后院一看，见后房的窗户都不曾关。大概是因为天气太热的缘故，打开窗户凉爽些，先附耳窗格上，听了听房中动静，只听得有鼻息之声，料知就是史卜存所说替那淫妇出主意的婆子，听那鼻息，知已深入睡乡。遂一跃进了房中，凑近通厢房的门一看，床上正是王石田和一个少妇横躺着谈话。少妇的面貌，虽系背转身躺着，不能看见，料想没有别人，必就是白玉兰了。

这时淫妇正和王石田谈男子守义，与女子守节的难易。淫妇说得天花乱坠，周发廷听到“岂可背了他，做这种伤天害理的事”的这几句话，实在心里气愤不过，不耐烦再往下听了，抽身跳出后院，上了房檐。心想：这样没天良的淫妇，刁唆人家把亲生儿子驱逐了，轻轻加王无怀一个大逆的罪名，自己还要洗刷得这般干净。淫妇的心肠，本来最毒，然我生长了七十多岁，不但不曾亲眼见过这么毒的，并不曾听说过人有这么毒的，这也怪不得史卜存要下手宰她。我何不给她一个惊吓，看她也知道改悔不知道改悔？想毕，即弯腰揭起一大叠瓦来，对准丹墀里散手摔下。“哗啦啦”一声响亮，在那夜深人静、万籁俱寂的时候，响声越显得宏大。

周发廷摔了瓦之后，知道必有人出来探望，遂不留恋，穿房跃脊，回到家中，已打过了三更，即收拾安歇了。第二日起来，正打算去同升栈，和史卜存谈话，忽然进来了一个行装打扮的人，问周发廷老先生是在这里么。周发廷忙出来迎着应是，那人即从怀中掏出一张红名片来，双手递给周发廷说道：“敝东拜上老先生，要请老先生辛苦一趟，因为我家小姐病了，敝东久仰老先生医道高明，所以特派我来奉请。”

周发廷接过名片一看，上面写着“张鸣冈”三个大字，周发廷知道张鸣冈就是张凤笙，心想他只一个小姐，必就是许配了给王家的，他既着人来请，少不得去走一遭。当下对来人说道：“你先回去，我的马跑得快，一会儿就来了。”来人道谢而去。周发廷遂对家人说知，骑上那日行五百里的桃花青马，到鱼塘三十多里路，不须一个时辰就到了。

这日天气炎热非常，饶周发廷的武功绝顶，也累出一身大汗。张凤笙见了，甚是过意不去，翻悔没用轿子去迎接。周发廷替静宜小姐诊过脉，说并没有外感，服药是要服药，但最要紧是静养，不可劳神。即开了药方，在张家用过午饭，张凤笙要用轿子送进城，周发廷执意不肯，仍骑马回家。

毕竟是上了年纪的人，那么大热的天，在火一般的太阳里面，来回奔驰了六七十里路，身上的汗出得太多，归到家中，即觉得头目有些昏眩，睡了一夜，次日更不能起床了。幸得他自己会医，家里又有的是药，直调养了好几日，病才脱体。

周发廷在病中，史卜存自是每日来探望，只是都不曾提到王无怀的事。有一日早晨，周发廷还睡着没起床，史卜存即跑了来，直到周发廷床边说道：“这桩事小侄实在忍耐不住了，特地来老伯这里请示。小侄因心里，总放不下观前街王家的事，这几夜都曾去那里探听，那淫妇吃醋，勾通白衣庵的妖尼静持，用魔压禁制王石田前妻的魂，使不能转生。这不过是妇人家见识，其心虽可诛，然于事实却无妨碍。最可恶是昨夜的事，前日王石田被张凤笙借着做五十大寿，请到鱼塘去。张凤笙夫妇和女儿，大家向王石田哀求，要王石田将儿子收回来，当下王石田已答应了。昨日王石田回得家来，那淫妇千般怂恿，说出那些肉麻的话来，真要把人家的肚子气破。夜间竟逼着王石田写了封食言的信，回给张凤笙。此刻送那信的人，大概已动身向鱼塘去了。小侄思量，张家的女儿，既是个三贞九烈的性子，又为这事已经急成了病，今日接着那食言的信，不给她知道便罢，若是知道了，不会把她急死吗？这事应该怎生办法才好，想老伯总有主意。”

周发廷听了，半晌不语，翻起身来下了床，叹了口气才说道：“前几日我正病着的时候，张家曾打发轿子来接我去看他小姐的病，只因我也病了不能去，不知近日他小姐的病怎样了。王石田的信，张凤笙接着，照情理绝不至给他小姐知道，但是这种大事，如何能长远地隐瞒？此时就不给她知道，难道始终便是这般下去。前几日我虽在病中，却也时时把这事放在心里计算，想来想去，除了在梁家替王无怀成亲，没有第二条道路可走。好在梁锡诚没有儿子，听说平日又最喜爱王无怀，久想要王无怀做个过房儿子，于今王无怀既被他父亲驱逐，又恰好住在梁家，要梁锡诚是这么办，大约没有不愿意的。只要把喜事办过了，王无怀尽可进京去求名，便三年两载不回来，张家小姐也不至再急出毛病来了。”

周发廷正说到这里，只见家里人进房说道：“张家又打发轿子来迎接了。”周发廷道：“哪里这么早，就走了三十多里路了吗？”家人答道：“听他们说是昨夜到城里歇的。”周发廷笑道：“好吗，哪得这么早去，教他们等着我，我用过早点就动身。”家人应是去了。

周发廷洗漱已毕，和史卜存同用早点，史卜存道：“老伯的主意好极了，难得如此凑巧，有轿子来迎接。老伯到张家，一定是这么替他主持吧！我料张家，也绝没有不愿意了。”周发廷用过早点，即乘着轿子到鱼塘来。

张凤笙正接了王石田食言的信，急得搔爬不着，差不多要成神经病了，亏得周发廷听了史卜存所得的消息，知道王石田着人送信来，张凤笙急得脸上变了颜色，所以周发廷能一语道破，并替他筹划。张凤笙心里一舒畅，神经也就宁贴了。

这事在前集第十三回书中，已说得详悉，不过没把周发廷，怎生知道王石田有食言信送来的原因说出来，看官们必是纳闷得很，此时已将事情原委，补述了一个明白，正好剪断闲言，书归正传。

于今再说史卜存从周发廷家出来，匆匆出了西门。那时天色虽已将近黄昏，路上行人，却仍不少，好在曾听杨春焕说过，知道王无怀身上穿的什么衣服，沿路好逢人打听。史卜存的脚步迅速，只因为是寻人，不能径往前跑，一路遇着年事略长的人，便问他看见什么模样、穿什么衣服的人没有。也有说不曾留神的；也有说在什么所在遇着，正匆匆向前走的。史卜存心喜不曾赶差路径，没有寻访不着的。

追了十来里路，天色已是黑了。幸得九月上旬的月光，出得很早，又分外明亮，在十丈内外，能辨得出人的老少服色来。只是没有行人可问，沿路又无人家可以投宿，心想这里并无第二条道路。他从梁家逃出来，必也是怕有人来追赶，所以走得很快。这几里路以内，没一户人家，他此时必还在路上走。可恶就是这条道路，不知怎的，曲折这么多，简直和螺旋一样，转来转去，好一会儿还在这几座山里转。

史卜存一面鼓起兴致往前走，一面留神看前面有无人影，有无脚步声音。又走了四五里路，忽然听得脚底下有水声潺湲，低头一看，原来曲曲折折地傍着一条小河，因只顾向前面探望，横过一条石桥，直到听得脚底下水声，方知身在桥上。过了那石桥，行不到半里路，便听得远远地传来一阵哭声，不由得停住脚，听那哭声从何而来。

不知哭的是谁，且俟下回再写。

第二十回

王公子穷途寻短见
史义士任侠斩淫娃

话说史卜存听得远远地有哭泣之声，立住脚仔细听去，那声音若断若续，好似是要哭又不敢高声，在那里吞声饮泣似的，一阵一阵的微风吹送过来，听了好不悲惨。史卜存独自寻思道："这哭泣之声，或者就是王无怀，也未可知。他是一个公子爷，从来不曾出外跑过远路，今日竟跑了二十里，所遭际的，又如此难堪，心里不待说是如万箭钻心的难受。跑到这时候，又没有投宿的地方，教他一个初出大门的公子，有什么排遣的方法？阮步兵曾作穷途之哭，他此时的境遇，也就是走到山穷水尽了，如何能够不失声痛哭呢？且等我跟着声音找去，看我猜度的是也不是！"

当下走几步，又立住脚听一会儿，那声音也哭一会儿停一会儿。史卜存才走了数丈远近，即看见左边山脚下，一带很浓密的树林，月光从树林里射出来，仿佛露出一角房屋，再听那哭声又停了。史卜存暗道："我猜度的错了。这里既是房屋，他有了投宿的地方，就是想起伤心的事，也不好意思在人家放声痛哭，哭的必是这家里的人。但是我料他必在这里借宿，我何妨悄悄地到里面探听一番。他若在里面，没有探听不出的。"想罢即蹿入树林。

看那房屋的模样，似是一所极大的庙宇，走近大门一看，上面果是“千寿寺”三个大字，不觉又怀疑道：“这里既是寺观，又怎得有那么悲惨的哭声呢？难道真有如那些小说上所写的，凶僧恶道窝藏妇女在地窖子里的事吗？且不管他，到里面一探听，自知端的了。”

平地一个双飞，已到了山门牌楼上面，看那正殿的屋脊，离地足有五丈来高，将后面的房屋都遮了，看不见有多少房子。随从牌楼上，一个鹞子钻天，身躯早在正殿屋脊上立着，正待低头向下面探望，忽听得有谈话的声音，因身在高处，看得远，也听得远，仔细听那说话的声音，是从寺后山坡里传出来的。这时月明如水，本应看得分明，就因四围的树木太多，只听得着声音，看不见人影，幸在夜深，没有扰乱音浪的声息。听得一人说道：“公子将来的前程，不可限量，这寻短见的举动，是没度量的妇人女子干的，公子岂可如此？山寺虽不堪下榻，也只好屈公子暂住些时，再作计较。”

史卜存听到这里，心下一惊道：“这公子不是王无怀，还有谁呢？听这说话人的口气，必就是这寺里的和尚。”史卜存心里一面揣想，两脚便从屋脊，穿到一棵大树枝上，如乌鹊一般地穿过几棵树枝，就到了山坡里。举眼四处一望，却不见一个人影儿，只见半山之间，竖着一块很高大的白石碑，石碑前面好像是一个坟堆。

三步作两步地跑到那石碑跟前一看，果是一座新筑不久的坟墓。借着月色，看那石碑上的字，中间一行，分明刻着“显妣王母梁宜人之墓”，下面分明刻着王无怀的名字。史卜存才恍然大悟道：“原来他想寻短见，特地跑到他娘坟上来痛哭一场，不待说是哭声惊动了这寺里的和尚，跑出来将他救了。咳！这王无怀的命运，真要算是很奇特的了。少年科甲，十六七岁就中了举，又生长在诗书丰厚之家，任是谁人也不能说他的命运不好，怎的这一否塞起来，就坏到如此田地呢？我既是以行侠作义为心的人，遇了这种好人，自然是应该去竭力帮助，何况还有周老伯的委托在内？但是他此刻被和尚引到寺里去了，我若径去会他，向他说明帮助之意，觉得太唐突。现在人心过坏，他说不定还要疑我不是好人。并且他是个读书明理的人，必不肯无端受素昧生平的人帮助，万一见面说僵了，事情更加难办。莫说对不起周老伯，就是我自己在江湖当汉子，这点事都办不了，也太没有面子了，须得慎重从事才好。”

史卜存思量好一会儿，忽然喜笑道：“有了。要他见信我不是个坏人，确是真心帮助他的，必得如此这般地一办。事不宜迟，且去做了那淫妇再来。”想罢即离了千寿寺，向无锡城飞走。这时走路，却不似来时逢人打听，东张西望地耽搁时候了，立时施展出他们当剑客的本领来，但见影儿一晃，瞬息就是十多里。

不到冷一杯茶的时间，早已飞进了无锡城，仍是穿房越脊地到了观前街王公馆。才打过一更没一会儿，料知里面的人，还不曾安睡。因月光过于明亮，不敢伏在前次伏的瓦沟里，恐怕下面的人看见，就伏在对面屋脊背光之处，偷眼向两边厢房张望。只见两间房都黑漆漆的，一无灯光，二无人影，不觉暗暗纳罕，他们分明住在这房里，怎的一个人影也没有了呢，难道搬了房间吗？何不下里探看一番，若是搬了，就得寻找，免得在这里白等。随即在瓦上，捏下一点拇指粗细的瓦片来，从窗眼里向房中打去。“啪”的一声之后，不见有人说话，便放大了胆量，飞身进房一看，房中陈设丝毫也没有更动，不像是搬了房间的。那婆子睡的后房，亦是如此，暗道:奇怪呀！都上哪里去了呢？这后面有个很大的花园，花园过去，很像还有一所房子，周围尽是南竹，他们或者图凉爽，在那里抽鸦片烟也未可知。

史卜存心里正在这般揣想，忽听得后面脚步声响，接着便见一线灯光，闪闪烁烁地向院中走来。听那脚音，知道不是男子，也不像是那淫妇的小脚，料道必是那婆子。怕她走进房来看见，想从窗眼里，退到屋上；又恐怕那婆子在院中，看见月光底下的影子。只得即时运动周身本领，将身子往上一踊，背朝上脸朝下，直挺挺地贴在楼板上面，一下一下地往床顶上移进。身躯完全藏了，只留头顶两眼，看那婆子进房的举动。

等了一会儿，却不见那婆子进房，便是灯光也不见了。心里不觉又诧异起来，刚待下地去院中探看，就听得通前面的门响，灯光又亮将起来。张耳听去，有两人的脚声，向院中走来，一路说着话，走进后院去了。说话的声音不大，听不清说些什么，史卜存连忙下地，追到后院，见二人正往花园里走。那婆子走前，手中提着一个琉璃泡的灯笼，跟在后面的，好像就是那夜和淫妇通奸的刘升。二人一面往前走，一面交头接耳地说话。

史卜存蹑足潜踪，一路跟随着，直走进竹林深处，见二人进了院门，随手便将两扇板门关了。史卜存即一跃上了房屋，在屋上朝下一看，见院门内尽是鹅卵石砌的一个坪，阶基上八扇纱糊的格门，因天热都敞开着。格门内一间横厅，厅中一个碧纱橱，橱内安着一张湘妃竹的小烟坑，坑上点着烟灯。王石田躺在上面，好像是睡着了，刚才进来的那个婆子，坐在橱外一把小竹椅上，似乎很留神地望着橱内。淫妇和那刘升，都不见了，暗想：淫妇必是趁王石田睡着了，和刘升在黑暗地方，行那苟且之事。这才正是下手的机会了，是这般将淫妇杀却，我料想王石田必不肯张扬，丢自己的脸，连字柬都不必留下。刘升这小子，以奴奸主也应当给他一刀两段。但他是一个下等人，有这般美貌的淫妇去勾引他，也难怪他把持不住。我记得那夜，他和淫妇在床上谈话，他不肯信口诬丫头小子通奸，还算是稍有天良的，只割下他一个耳朵来，儆戒儆戒他也就罢了。

想罢，即飞身跳下小坪，在横厅两边厢房窗格下，贴耳听了一会儿，丝毫没有声息。料知他们不敢就在王石田身边，公然无礼，必在房外什么地方，比即回身跳了出来。绕屋的南竹，十分茂密，五步以外，便看不见人，只得一步一步，东张西望地寻觅。寻了一周围，不见人影，立住脚想道："难道他们在花园里吗，哪有这般快呢？刘升和那婆子进门，我就到了房上，并没有耽搁，他们就要去花园里，也没有这般迅速的道理。且慢，这屋后有一座假山，或者在那山背后，也未可知！"

史卜存一面思想，一面留神看那假山，旁边好像闪出一些儿灯光似的。只因有很明亮的月光掩映住了，显不出强大的光来，只轻轻一跃，到了假山顶上。看那假山，是玲珑剔透的，一个一个的大窟窿，里面都可容得下人。那个琉璃泡的灯笼，放在背面一个窟窿里。

史卜存走近那窟窿，隐隐地听得里面有喘息的声音。不由得火上心来，顺手从背上拔下宝剑，探头向窟窿里一望。忍不住喝一声狗男女，跟着寒光一闪，那毒如蛇蝎、美如桃李的白玉兰，就在那一闪寒光中，身首异处了。

刘升正闭着两眼，猛觉空中发了一个闪电，接着"喳"的一声，身不由己地滚倒在一边。才一张眼，身上已被人一脚踏住，还只道是王石田捉奸来了，战战兢兢地求道："老……老……老爷，怪不得小人的，姨太太教小的是这么的，小的下次不敢了。"史卜存用脚尖点了一点喝道："谁是你的王八老爷？我本待将你一并斩首，只因你是个没知识的下等人，奸犯主母，不是由你起意，暂时留下你这条狗命，做个活口，好传话给王石田听。你若敢将与这淫妇通奸和谋害你家公子的话，隐瞒半句，不向王石田说出，那时我再来取你的性命，易如探囊取物。此时且割下你一只耳朵，做个凭信！"

说完也不容刘升开口，剑尖一抹，左边一只耳朵，已和刘升的脸，脱离了关系，只痛得刘升晕死过了。史卜存从腰间解下一个革囊来，将白玉兰的头和刘升的耳纳入囊内。见尸旁堆着几件衣服，拿起来揩干了剑上的血，插入鞘中，提了革囊，正待要走，忽一想不好，刘升这杂种，见我走了，必然偷着逃走，希图免祸，须得将他捆了才好。遂又放下革囊，弯腰在白玉兰身上，解下一条丝带来。背捆了刘升两手，就解下刘升的裤带，又捆了两脚，才提着革囊走了。

却说奶妈引了刘升进来，白玉兰已立在横厅后门等候，见刘升到来，即双双携手，从竹林中穿到假山后面去了。奶妈坐在碧纱橱外面，恐怕王石田醒来，没人支吾。近来白玉兰每夜趁着王石田过迷瘾的时候（吸鸦片烟的人，都有这过迷瘾的毛病，就是边烧边打盹儿），教奶妈将刘升引来，到假山窟窿里幽会，也不止一次了。只是平日会得非常迅速，不等到王石田醒来，白玉兰已回来睡在王石田旁边了，因此从不曾发觉过。这回去了许久，不见回来，奶妈心里就有些着慌，暗骂："骚蹄子，不知死活，难道在假山窟窿里睡着了吗?"想起身去催促，又怕王石田醒来，不见了人，也跑到后面来寻找。万一遇见了刘升，更是不了。

奶妈越等心里越急，一双眼不转睛地望着王石田，唯恐他醒来。吸鸦片烟的人，过迷瘾，本来没有睡多久的，还是王石田这般阴阳两亏的人，才睡得比旁人久些。但是也不到半个时辰，就醒来了。王石田一醒来不见白玉兰，连忙抬起头，向两边望了一望，奶妈不待他开口问话，即笑着说道："姨太太上马子去了，一刻儿就来。"王石田道："她胆小得厉害，上马子你为什么不同去?"奶妈道："姨太太恐怕老爷醒来，没人伺候，所以教我坐在这里，我此刻去接她来好么?"

王石田抬起身来摇头道："用不着去接了，我也回房去吧！此时房里，大概也凉爽了，这里究竟潮湿太重，久睡很不相宜。来，来，收拾烟灯枪，我自己提灯笼，你一手提茶壶烟袋，一手提灯枪，回前边去就是了。”奶妈听了，心里异常着急，但不敢露出急的神色来，勉强笑道：“灯笼给姨太太提去了，老爷没有灯笼不好走，还是我去把灯笼拿来的好。老爷只再烧口烟抽了，我去拿了灯笼就来。”说着就往外走。

王石田喊道：“站住，我有话和你说。”吓得奶妈心里又是一惊，只得站住问道：“老爷说什么？”王石田道：“你只把灯笼拿来，姨太太就不必教她再来了，花园里的路高高低低不平坦，青苔又很深，一脚走得不好就滑跌一跤，你听得吗？”奶妈这才把一颗心放下，连连应着是，几步走出了院门。

从竹林里穿到屋后，跑到假山跟前，望了一望，不见灯笼。原来灯笼里的蜡烛，已经烧完了，奶妈便轻轻地叫了一声姨太太。这时刘升正回醒过来，左耳彻心肝地痛，四肢被捆，麻木得失了知觉，想起刚才的情形，怕得胆都碎了。满心想扭断了绳索，远走高飞，无奈捆得太牢，手足又麻木乏了气力。动弹了几下，不能松动分毫，说不尽心中悔恨，一时又急又气、又怕又慌。

正在无可奈何的时候，忽听奶妈叫唤的声音，连忙接应道：“奶妈快来，出了祸事了。”奶妈听得出了祸事的话，还只道姨太太欢乐过度，脱了阳了，一面恨声埋怨，一面说道：“快不要动，快度她几口气，怎的会这么不老到？弄出这种花头来，不是笑话吗？”旋说旋进了窟窿。

刘升忍不住哭道：“奶妈害了我了，姨太太被强盗杀了，我的耳朵也被强盗割了，还捆绑在这里不能动弹。不是奶妈三番五次地来劝我，我如何敢和姨太太干这事？”奶妈借着月光低头一看，白玉兰赤条条地躺在地下，已没了脑袋，鲜血喷了满地。刘升躺在一边，也是满脸的血，只吓得“哎呀”一声，四肢登时软了，便站立不住，一屁股顿在地下，口叫“我的妈呀”，接着就抖作一团，再也说不出半句话。

刘升急道：“奶妈还不将我的绳索解了，好大家逃命去。等歇老爷知道了，你也一般地是死罪。”奶妈仍是抖个不住，勉强忍了几忍说道：“这事从哪里说起，可怜我一身无靠，这早晚教我逃向什么地方去?”说着就哭了起来。刘升道：“快不要哭，我有地方逃，我养你下半世，你只快把我的绳索解了。不趁此时逃跑，你我都坐在这里等死吗?”奶妈心想除了逃跑，也没路可走，驱逐无怀，勾引刘升都是她出的主意，若不逃走，刘升必然和盘托出地招认出来，王石田绝不肯轻轻地饶恕她。只要刘升有地方可逃，不如逃了的干净。当下便向刘升说道：“你真肯养活我下半世么?”

刘升这时急想逃命，什么话不能答应呢?即一迭连声地应道：“我若不养活你下半世，就遭天雷劈打。你不用啰唣，快解绳索吧!”奶妈挣了几下，挣不起来，急得握着拳头，在地下捶着哭道：“鬼拉住我的腿了，再也挣打不起来，刘二爷来扶我吧!”刘升急得咬牙恨道：“能来扶你，也不要你解绳索了，不是活见鬼吗?我一条性命，就害在你手里了。你又没被人捆绑，怎么挣扎不起来呢?你站不起，难道爬也爬不动吗?只要把我手上的绳索解了，脚上我自己会解。”

奶妈真个往刘升跟前爬，刘升是仰天躺着，双手绑在背后，不好伸手去解。刘升用力滚了几下，才滚了过来，催促说道：“快解，快解!你听，不是有人说话，有脚步声来了吗?”奶妈一听，果然是王石田和人说话，一路走向假山这边来了。心里不由得更加着慌，两手就更抖得厉害了，哪里摸得着绳索的结头呢?

刘升见王石田寻来，奶妈又解不着结头，便打算用力将绳索扭断。偏巧捆手的是白玉兰的丝裤带，最是柔软牢实，便是有功夫的人，用这种丝带捆了手也莫想几扭就断，刘升能有多大力量，能扭断这条丝带？看看脚声越走越近，灯光照进窟窿里来了。原来王石田自奶妈走后，仍躺下来，烧了几口烟抽了。不见奶妈回来，心里不免有些诧异，陡然想起刚才奶妈说话支吾的情形，更觉有些疑惑。他疑惑的自然也是怕白玉兰和家里的底下人通奸，却没想到早已和刘升有了苟且。

王石田既生了疑心，便越想越像，立时坐了起来，一手托着烟灯，出了碧纱橱，气愤愤地往花园里走。这时看管花园的阿金，正睡了一觉起来小解。见王石田一个人走来，连忙系上裤子立在一旁，王石田即停步问道："你这杂种，这时立在这里干什么？快说。"王石田问这话，是恐怕和自己小老婆通奸的就是阿金，所以开口便带着审问的语气。阿金不知就里，曲背躬身地答道："小的在这里撒尿，没干什么。"王石田看阿金两眼，很含着睡意，知道是睡了刚起来。又想他将近五十岁了，面貌生得奇丑不堪，自己小老婆料不至要这种丑鬼。随口喝了声："滚开些！"即举步向前面自己的睡房里走。

走进房间一看，没有人影，叫了几声奶妈也无人答应，登时把那一股疑惑的心，证实是有不尴不尬的事了。一把无名业火，禁不住飞腾三丈，托着那盏烟灯，到对面书房里，照了一照，就往前面正房走去。见院门关着，心想：院门关了，必不会到外面去，不是仍在花园里吗？于是又回头向花园里走来。还是疑心在阿金房里，跑到阿金房门口，见门已关了，提起脚踢了几下喊道："还不开门吗？"

阿金无端碰了一个大钉子，正闷闷地回房，关上门纳头便睡。忽又听得这般凶恶地打门声音，吓得翻身起来，开了门只管发抖。王石田见了，更加泛疑，睁着两眼问道："姨太太在哪里？快说出来。你这杂种，只道我不知道么？”

王石田平日治家，本来很严，家中男女仆婢，没一个见了他，不是懔懔畏惧的。这时的王石田，又放下那削皮南瓜一般的脸，睁开那两只铜铃一般的眼睛，放开那破锣一般的喉咙，问出那没头没脑、骇人听闻的话，教阿金如何不怕，如何能有话回答？错愕失神地立在一旁，不知应如何答话才好。

王石田气急了，顺手就是一巴掌打在阿金脸上，骂道：“还不快说，还想隐瞒吗？混账王八羔子，老子要你的狗命！”阿金被打骂得哭起来说道：“小的睡了才起来，实不知道姨太太在哪里。”王石田见床上的帐子放了，走过去，撩起来看了看，一股热汗气冲出来，知是睡了才起来的，若是自己小老婆曾在这床上睡过，必然有些香气。弯腰往床底下看去，空洞无物，才相信与阿金无关，气就平下了些儿。问阿金道：“你不曾看着姨太太，见着奶妈么？”阿金道：“小的还是煞黑的时候，见着奶妈，以后就不曾见了。”

王石田便不再往下问了，旋向外走，旋说道：“随我来，找她们去。”阿金诺诺连声地应是，跟在王石田后面，走才走了几步，忽然一口冷风吹来，几乎把烟灯吹灭了。王石田打了一个寒噤，回头对阿金道：“你房里有灯笼么？”阿金道：“有，小的就去点来。”阿金回房点了灯笼，出来照着王石田，在花园里到处寻找。

其实白玉兰和刘升通奸的事，王家的下人，都早已知道。阿金是看管花园的，奸夫淫妇每夜在花园里行淫，岂能瞒得过他，只因一则畏惧白玉兰的势焰，不敢乱说；一则碍着刘升多年同事，若胡乱泄露出来，刘升的祸事不小，所以阿金明知道他们在假山后面，只是不敢引王石田直到那里去。王石田见花园里没有，心里益发慌了，边往竹林里走，边向阿金道：“你难道是个死人吗？姨太太平日和谁人通奸，并且就在花园里，你也不知道吗？”

阿金心里好笑，暗道:你自己的小老婆，一晌就与刘升通奸，你自己不是死人，怎么不知道？倒来骂我是死人。真是俗语说得好，“只有蛮官，没有蛮百姓”，我们当下人的，横竖是倒霉该死。阿金心里虽是如此暗笑，但是口里仍只有应是的份儿。

渐渐走到假山眼前了，王石田教阿金拿灯笼照那些窟窿，自己也跟在后面张望。这时奶妈料到跑不了，瞒不了，故意放声哭喊道：“了不得呀！姨太太被人杀死在这里了，我也吓得瘫软了，老爷快来吧！”王石田不觉失声应道：“哎呀！怎么呢?”阿金已看见白玉兰的尸了，也“哎呀”一声道：“不好了!”

王石田立在窟窿口一看，刘升和自己小老婆，都赤条条地躺在鲜血里面。而自己小老婆，连脑袋都不见了，这时的心里难过，也不知是酸是苦，是急是气，顿了几顿脚，说不出一句话，就号啕大哭起来。

不知哭后如何，且俟下回再写。

第二十一回

诧失踪捉奸惊惨祸
伤往事觅子愤揶揄

话说王石田见自己的爱妾被人杀死，虽看了那赤条条和刘升，并头躺在血泊之中的情景，明知是和刘升通奸，多半是被吃醋的人杀死了。只是他痛爱白玉兰的心思到了极处，若是撞着白玉兰正和刘升行那苟且之事，自免不了一时气涌上来，抓着奸夫淫妇毒打一顿。但这时见白玉兰被人杀死了，一腔气愤，便即时变成悲痛了；所以眼见了这般惨状，心中如刀割一般，口里就不由得号啕大哭起来了。

奶妈想到她自己的身世，和白玉兰平日待她的好处，此时亲眼见着白玉兰这么惨死，又被王石田一哭，引动了她的心事，也就跟着王石田，抚着白玉兰的尸，放声大哭。刘升在这时候，也知道逃跑不了，免不得立时就要捆送到无锡县，受一个极重的处分，十有九保不住性命。心想与其送到官府去受罪，零零碎碎地受尽千般之苦才死，倒不如一头撞死在这里，趁姨太太走的不远，还可追赶得上。到阴间没人妨碍，反能时时聚会，比阳世如愿得多了。刘升想罢，乘着王石田和奶妈都在大哭之际，一翻身滚了转来，对准假山脚下的尖角石上，用力一头撞去，脑子里一声响，两眼一花，就晕过去，不知人事了。

阿金立在旁边看见，忙劝住王石田的哭声说道："姨太太既是被人杀了，老爷只管痛哭，也哭不转来，依小的的愚见，要找寻杀人的凶手，须得留着刘升，做个活口的凭证。刚才刘升在石头上，撞了一下，只怕已撞了个半死。"

王石田听了阿金的话，果然住了号哭，回头见着刘升那赤身露体的难看样子，就想起和白玉兰通奸的事，又不禁愤火中烧起来，指着骂道："你这种忘恩负义的禽兽！我哪块儿待你薄了？竟敢强奸主母，强奸不遂，更敢行凶将主母杀死。嘎嘎，这还了得！阿金，还不快把这禽兽捆起来，我亲送到无锡县去，追他的狗命。好东西，能由得你情急自尽，想保全身首吗？"

阿金又不由得暗暗好笑道："到了这一步，还要替小老婆遮掩，硬赖刘升强奸。"便忍住笑说道："他已自己捆好了。"王石田骂道："糊涂！他自己如何会捆起来？"阿金即伸手用灯笼去照刘升。王石田望了几眼恨道："好刁狡的奴才，行凶弑死了主母，还想抵赖旁人，自己将手足用绳捆了，好使官府疑心不是你弑死的。阿金，快去前面多叫几个人来，一面预备轿子，我立时把这逆仆送到县衙里去。"阿金只好应是，到前面叫人去了。

王石田向奶妈道："这旁边堆着的，不是姨太太的衣服吗？快替她穿起来。"奶妈虽则看了这尸身有些害怕，但是想起白玉兰平日待自己的好处，不忍心由她赤身露体地躺着，听了王石田的话，即将那堆衣服拿起来，觉得冷冰冰的，有些潮湿。就烟灯一看，原来衣上也有许多的鲜血，幸得上面的衣服，是刘升的（可见行淫时，白玉兰先脱衣服，故刘升的衣服在上），当下提出白玉兰的衣服来，胡乱穿在尸上。王石田看着，只是流泪不已。

一会儿，阿金已将家中大小仆役七八个，都叫了来，并肩了一扇门板来抬白玉兰的尸身。王石田立在窟窿外面望着，仆役们七手八脚地先将尸身抬出窟窿，安放在门板上；再进窟窿抬了刘升。王石田哭道："暂时将姨太太的尸身，停放在后院，且等我把这禽兽送到县衙里，请县知事来相验过了，才好装殓。"大家应着一声是，四人抬尸，四人抬人。阿金提着灯笼走前，王石田同奶妈，跟在尸后，旋哭旋走，一齐进了后院。

这时刘升被人抬着一摇动，倒醒转过来了，见手足仍然被缚，左耳痛彻心脾，平日同事的伙伴，都立在旁边，自己还是赤着身体，自不免也有些羞恶之心，便望着阿金喊道："阿金哥，你为什么也不替我把绳索解了呢？我这苦才受得冤枉，你们大家是知道我的，奶妈三番五次地喊我，到后院和姨太太睡，你们不都是知道的吗？"阿金道："你有什么冤枉，就得赶紧禀明老爷，老爷于今说是你强奸不遂，行凶将主母弑死的，立刻就要送你上县衙里去了。"

刘升一听阿金的话，急得放声大哭起来，王石田正在更换衣服，要送刘升到县衙里去，听得阿金和刘升说话，刘升大哭起来，连忙向阿金喝道："你这狗杂种，在这里胡说些什么，还不给我滚开些！"奶妈见刘升咬定是她勾引成奸的，恐怕到县衙里，还要供出不中体的话来，须干连着自己在内，便向王石田说道："老爷要送刘升到县衙里去，我看这事老爷须得仔细思量一回，刘升不是行凶的人，可一望而知。薛知事是个精明人，这种人命案子，出在他县里，岂有不追问个水落石出的道理？现在刘升的耳朵，已是割去了一只，四肢又捆绑了，世上哪有行凶杀死了人，不赶紧逃跑，反把自己的耳朵割了，又自己捆绑自己的道理？并且姨太太的头和刘升的耳，都不见了，又没有凶器在旁边，这不是一望就知道，刘升不是行凶的人吗？我看这事闹到县里去，无非是老爷自己丢人，办不出刘升行凶的罪来。"

王石田听了，半晌没得回答，过了一会儿才说道："你说不是刘升杀的，是谁杀的呢？我这房子这么高大，这么坚固，外面的人，若没有我家自己人做内应，谁也不能进来。”刘升这时已止了号哭，听王石田这般说，便喊道：“老爷！杀姨太太的人，小的认得，并和小的说了几句话。”

王田石应道：“是谁杀的，和你说了几句什么话？”刘升道：“那人的姓名，小的不知道，却能认得他的面孔，是一个三十来岁，生得很漂亮的人，遍身穿着黑衣，说话不是本地口音。小的今夜起更时候就睡了，一觉还不曾睡醒，奶妈就跑到小的床前，轻轻将小的推醒，说老爷正睡着了，姨太太在那里等你。这事小的早和姨太太瞒着老爷干惯了的。”奶妈见刘升说出她来，便在旁说道：“刘升你不要昧煞良心说话，我没有事情对不起你，不要平白把我拉在里面。”

刘升道：“我本待不说你，无奈杀姨太太的那人对我说了，我若不将前后的事，完全向老爷说出来，他便要来取我的脑袋。我顾性命，不能不说。”王石田向奶妈道：“你不要开口，刘升你说吧！”奶妈只得蹲在一旁叹气。王石田也不理她，走到刘升跟前问道：“你什么瞒着我，和姨太太干惯了？仔细说给我听。”刘升道：“老爷开恩，解了小的绳索，小的才好仔细道出来，这话长得很。”王石田踌躇，恐怕刘升跑了，刘升道：“小的这时候跑向哪里去？满身满头的血迹，耳朵又没有了，被巡夜的抓着，不是死吗？并且这房子前后的门，都关锁了，小的便会飞也飞不出去呢！”

王石田心想也是跑不了，遂回头向阿金道：“你们来两个人，给他解了，给条裤子他穿上，围着他，不要让他跑了。”阿金应着是，和一个刚才抬刘升的，两人走过来，替刘升解了缚。王石田一看，捆手的丝带，认得出是自己小老婆的裤带，说不出心里的气愤难过。

刘升穿好了裤子，但是仍坐立不住，因为头在假山石上撞伤了，一坐起来，就痛得和要开裂一般。只得又躺下，哼了一会儿，才接着说道："小的和姨太太通奸的事，在六月间，老爷在庄子上的第三夜。老爷去庄子上的第二日，小的就听得说，昨夜姨太太借着胆小害怕，教少爷睡在里面书房里，其实是有意调戏少爷。怎奈少爷不肯，带着墨耕，睡在床跟前，姨太太不能下手。"王石田道："你这话听得谁说的？"刘升道："话是墨耕说出来的，外头当差的，里头丫头老妈子都知道了，只瞒着老爷和老太太。"

王石田恨了一声点头道："后来怎样呢？"刘升道："就是那日，墨耕就闹肚子，一日泻了几十遍，夜间便不能起床，少爷只得一个人，到里面书房里睡。第三日小的听说，少爷只在里房睡了半夜，仍跑回外面书房睡了。这日下午，奶妈出来向小的说道：'姨太太叫你去里面打扫地板。'这是好差事，别人巴结不上的，小的当下就拿了洗帚，提了一桶水，随着奶妈到里面。小的在房里洗地板，姨太太也在房里站着，问小的家里有些什么人，在这里当差多少年了。小的连头都不敢抬，问一句，小的答一句。地板打干净了，姨太太端出一盘点心，赏给小的吃，笑着向小的道：'你怎的这般老实？你身上倒干净，不像是个当差的，将来只怕还有点儿发达。'小的当时心里虽明白姨太太的用意，只是小的受了老爷多年的恩养，不敢在姨太太跟前无礼。谢了姨太太的赏，就提了桶帚出来。

"不一会儿，奶妈又出来向小的说道：'姨太太心里很欢喜你，你知道么？你若是个聪明人，就小心去巴结，包管你得的好处多着。'小的问要怎生巴结，奶妈道：'你不用假装老实，这都不懂得，能伺候有姨太太的老爷吗？'小的道：'我伺候老爷十年了，实在不懂得怎么巴结？'奶妈道：'十年前的老爷，没有姨太太，你伺候老爷，自用不着巴结。于今老爷有了姨太太，姨太太又欢喜你了，要你伺候她，你若不好生巴结，姨太太心里恼你，老爷心里就不由得

也要恼你了。你想想你这个当差的，有多大的来头，老爷都不敢得罪的人，你敢得罪么?'

“小的还不曾回答，因芍药在外面，叫小的上街买东西，奶妈就走了。小的买了东西回来，将近上灯的时分，奶妈又找着小的说道：'这后院的房子，好似有些不干净，夜里不是房上响，就是丹墀里响，老爷不在家，姨太太胆小得很，我的瞌睡又大，一落枕便和死了一般，院中没一个男子，阴气太重，你今夜搬到里面去睡吧。'小的道：'这个我不敢去，老爷治家，内外分得极严，我们当下人的，怎敢跑到上房里去睡呢？老爷知道，不要砍了我的头吗?'奶妈还啐了我一口道：'你毕竟是装老实呢，还是真糊涂呢？老爷在庄子上，离这里百十里路，怎得知道？只要你自己嘴稳，不向人乱说，莫说老爷不会知道，除了你我和姨太太三人之外，谁也不会知道，你放心便了。到了那时候，我自然会来接你。'奶妈说完，就笑着走了。

“到夜间小的已睡了，奶妈悄悄地到小的房里，推醒小的，拉着便走。不由小的做主，这夜就在姨太太床上，和姨太太睡了。姨太太教小的在老爷跟前，诬赖墨耕和芍药通奸，小的不敢说，姨太太就恼了说道：'你巴结我好呢，还是巴结他们丫头小子好呢?'小的怕姨太太恼，只得答应。因此老爷那日把少爷驱逐之后，姨太太当着小的，要老爷问墨耕和芍药的事，小的只好说是实在的，其实并没有这么一回事。

“自那日以后，有便奶妈就来叫小的，不论日夜。记得有一日，奶妈叫小的进里面来，姨太太已脱得精光，在床上睡着等。小的睡了之后，姨太太拿出一口小皮箱，教送给老爷，奶妈赶到花园里吩咐，若是老爷问姨太太，只回不曾看见，所以老爷那次问姨太太怎么不来，小的回答在房外接了奶妈递出来的箱子，教送到这里来，不曾见着姨太太。”

王石田听到这里，想起当日姨太太回后院说话的神情，禁不住咬牙切齿地痛恨，立时翻悔自己不该鲁莽，误听淫妇的话，将亲生儿子驱逐。这种淫妇，连当差的下人都三番五次地勾引，岂有无怀去调戏她，她还不肯的道理？不待说是她去调戏无怀，无怀不从她，她恼羞成怒，方在我跟前进谗的。这事闹出去，我还有什么脸见人呢？我真想不到这么聪明伶俐的女子，会干出这种没天良、没廉耻的事来。这事若张扬出去，果是除了丢我自己的脸，没有一些儿好处。遂又向刘升问道："后来呢？"

刘升道："后来少爷也驱逐了，墨耕也开除了，一晌没什么事。前日小的从外面听得人说，少爷在梁老爷家办喜事，回家不该多嘴向姨太太说了。姨太太叫小的去梁家打听日期，和进亲的时刻，打听明白了，姨太太还不放心，教小的在梁家门口等着，见进了亲，就赶快回家报信，小的也不知道姨太太是什么意思。谁知是教小的打听明白了，好刁唆老爷去打闹。

"今夜小的也是已经睡了，奶妈跑来说：'老爷正睡着了，姨太太在假山里等你，快去寻快活吧！'小的近来和姨太太在那假山窟窿里，睡过了多少次，又凉爽又没人知道。小的到假山里，姨太太是照例地先脱了衣服等候。刚睡不到一刻儿，忽仿佛听得有人在假山顶上，吼了一声。那声音还不曾停住，接连就见眼前一亮，跟着一声'咔嚓'，姨太太的身体，动弹了尺来高，把小的簸翻在一边。再看姨太太的头，滚了多远，颈上还只管冒血。便有一个遍身穿黑的男子，踏住小的前胸，对小的说道：'本当将你这奸犯主母的奴才，一同杀却，因你尚有点儿良心，不肯随口诬赖芍药和墨耕通奸，且留你做一个活口，好传话给你主人听，只是死罪免了，活罪仍不能免。'那人说时，随着一股冷气，向小的耳根侵来。

"当时并不觉得割掉了耳朵，一见那人血淋淋地提在手里，才登时知道痛。一痛就糊涂过去了，只仿佛觉得那人出去了，翻身回头进来，用绳索将小的捆绑了，并吩咐道：‘你若隐瞒半句，不将姨太太勾引少爷的情形，照实说给你主人听，我再来取你的头。’那人去了不多一会儿，奶妈就找寻来了。小的所说，皆是实话，没一字欺假，老爷不信，问奶妈便知。”

王石田到了这时，还有什么不信，听了这一派话，心里倒不觉得伤感了，只觉有些对不起自己的好儿子。当下就对着一班仆役说道：“我自己糊涂，讨了这种不祥的淫妇，一个好好的家庭，被她刁唆得七零八落。天幸她奸情败露，被人杀了，我想杀她的人，必是荆轲、聂政之流，深知这淫妇的劣迹，才动手将她杀了，替我家除却一大害。我若再不明白，将刘升送到县里去，惹人笑话，还在其次；薛大老爷见他治下出了人命大案，不论淫妇如何罪有应得，他做父母官的人，是免不了要行文缉拿凶犯，拿得着拿不着，我都对不起那替我家除害的人。因此想来想去，这事始终以不张扬为好。你们在我家，都不是一年半载的人，平日知道这淫妇的行为，不敢对我说，然心里不以为然，自是人情。此时见她受这样的结局，料你们心里，也都痛快。我此时吩咐你们，此后无论对何人，不许提淫妇被杀一字，免得传出去，多有不便，就在这时，去买一具棺木来，胡乱装殓了，抬出去埋了就完事。你们知道了么？”仆役齐声应知道了。

王石田又向奶妈说道：“我方才听刘升所说，淫妇的罪恶，完全算是你这龟婆成全的，若将你送到县衙里，比刘升得加重十成的办你。于今我既自愿息事，一概免究，你这恶妇，自然也一同饶了。但是你知道，我不将你们送县，是因淫妇的行为，太使人可恶，不值得替她报仇雪恨。一不是怕事，二不是可怜你们，你明日就给我滚出去，若敢在外面胡说乱道，我包管你坐十年监牢，你听明白了我的话没有?”

奶奶连忙哭着应道：“听明白了，老爷的恩典，我知道感激。”王石田遂教阿金，同了几个当差的，去买棺木。一会儿抬了回来，教奶妈动手，将淫妇草草装殓了。次日一早，即抬出城掩埋，奶妈也去了。刘升因离家太远，头耳的伤，又不曾养好，只得仍睡在王家将息。

王石田将事情始末，禀知了余太君，并痛哭悔恨自己太糊涂。余太君听了，自也免不了吃惊，停了一会儿才说道：“你此时才明白了么？既是明白了，怎的还不去梁家，把我那可怜的孙子接回来呢?”王石田连连应是道：“儿子就亲去教他回来。”说毕，也不带跟人，独自跑到梁家来。

到大门一看，门上扎了白布，从大门直到大厅，全是孝堂模样，不觉大吃一惊，暗想：梁家有谁死了呢？莫是无怀被我昨日一打，心里再加上一急，上次吐血的病复发，就这么死了么？王石田如此一想，心里真又是万箭钻心的痛，不由得一路放声大哭进去。里面替梁家办丧事的人，就是昨日帮办喜事的人，见王石田忽然大哭进来，都摸不着头脑，有些神经过敏的和胆量最小的，以为又是来打闹了，吓得往两边房里只躲。王石田直哭到灵桌跟前，也没个人敢上前阻拦，王石田一看那灵牌上，是张静宜的名字，才知道是自己儿媳妇死了。他此时只要自己儿子不曾死，心里也就安了许多，即止了哭声，回头找着一个人，拱拱手说道：“我今日特来向锡诚谢罪的，费心去请他出来吧，我还有要紧的话说。”

这人是梁家的紧邻，姓赵，名策荣，是一个读书未成名的人。梁锡诚平日凡是有要动笔墨的事，都是请他来捉刀，他有缓急，总是梁锡诚接济。当下赵策荣听了王石田的话，也连忙拱手答道：“锡翁此时不在家，不知要何时才得回来。”王石田道：“到哪里去了，老兄知道么?”赵策荣道:“只怕没有一定的方向。”王石田心里不悦，以为赵策荣有意开玩笑，沉下脸来说道:“哪有出外没一定方向的，难道他这时还能去外面闲逛吗?”

赵策荣是个很聪明的人，如何看不出王石田的意思呢?只是他心里也有些痛恨王石田，故意要是这么半吞半吐地不说出来。见王石田沉下脸，现出不高兴的样子，心里更加暗恨，有意无意地答道:“可怜锡翁此时哪有工夫闲逛，他是一个多情的人，别人的儿女，都作自己的儿女看待，何能及得老先生旷达，老来唯好静，万事不关心呢?”

王石田不曾回答，即听房里有一个人笑着说道:“这两句诗不好，须改过才贴切。”随即放声念道:“老来唯好色，一子不关情。”念罢，房里房外许多人，都哈哈大笑起来。王石田遇了这种揶揄情形，又羞又恼，满心想发作几句，一来因他们人多口众，反唇相讥起来，自己一张嘴说不过;二来自己问心有愧，近来的所作所为，也无怪旁人讥诮。只好勉强按捺住火性，恰好见胡成从外面进来，即呼着问道:“你老爷到哪里去了?我有要紧的事，特来找他商量。”

不知胡成怎生回答，且俟下回再写。

第二十二回

孙济安借题敲竹杠
薛应瑞出票捉乌龟

话说胡成见了王石田，心里也是和赵策荣等人一般地不快活。只因自己是梁锡诚的下人，不敢得罪主人的亲戚，即随口答道："我也不知道老爷到哪里去了。他今日一早，就独自出门，说是去寻找王少爷，此时还不见回来，也不知寻找到什么所在去了。"王石田又是一惊道："寻找王少爷吗？不是我家王少爷吗，王少爷已走了吗？"胡成道："还待此时？昨日你老人家来这里打闹之后，新娘受伤太重，一会儿就死了，王少爷也走了。昨夜派几班人，各处寻找了一夜，没寻着一些儿影子，老爷只得亲自去寻找。"

王石田一听这话，不由得心里更加慌急起来，暗想：无怀平日不大和人交际，近处除了梁家，又别无亲眷；鱼塘张家，他是绝不会去的。可怜他一个不知世道的书生，除却跑到无人的地方，去寻个自尽，还有什么道路可走哩？我怎的为色所迷，直忍心害理到这步田地？像这么孝顺的好儿子，就因为淫妇几句话，弄到如此结局，我便是死了，又有何面目去见祖先。锡诚为我的儿子不见了，还急得亲去寻找，我自己难道就这么罢手不成？我若不是有老母在堂，我就拼着这条性命，死在道路上，也要去各处寻找，寻不见不回来。于今唯有暂在附近几十里地方，寻找一遍，再多派几班人，悬着赏格，去外县找寻。但是淫妇被杀的事得和他舅母说知，使她也好快快心，说不得她就要讥嘲我几句，我也只得忍受。

王石田一个人呆呆地思索了好一会儿，见胡成还不曾走开，即向胡成说道："请你进去回你太太，说我有极要紧的话，须向她说。"胡成应是进去了。不一会儿出来说道："请王老爷进里面去坐。"王石田愁眉苦眼地跟着胡成走进一间书房里坐下。胡成道："这房是我家老爷特为收拾给王少爷读书的。"这句话在别人听了，不算什么，一到王石田的耳里，到赛过用尖刀戳心，也不能答话，只掉过脸拭眼泪。

胡成退出去，梁太太就走进房来了。王石田起身作了一揖，勉强赔着笑说道："我此时到府上来，一则道歉，一则道谢。昨日我的举动，不但对不起锡诚和嫂嫂，于今思量起来，连自己都对不起。只是这事的原因很长，所以特来说给锡诚和嫂嫂听。"梁太太答道："姑老爷说话，怎的忽然这么客气？只怪我夫妻多事，姑老爷有什么对不起人的事？"王石田道："嫂嫂是这么说，简直是打我了。本也难怪嫂嫂怄气，我且将我家昨夜的事，说给嫂嫂听了再说。"接着即把昨夜的情形及刘升所说的话，从头至尾，直说到刚才进书房来为止。

梁太太听了，自是又惊又喜，低头想了一想说道："姑老爷出来的时候，那个龟婆奶妈已去了么？"王石田点头道："那东西一早就去了，我还容留她在家中吗？"梁太太道："容留自是不能容留，但是据我想，她那种坏蛋，凡事是不肯安分的。姑老爷家出了这样不好看、不好听的事，自然是以不张扬为好。不过不张扬，须得没有外人知道，才可望隐瞒下去。若是给无赖的光棍痞子知道了，反留下一个累来。当时报明了官府，无论拿得着，拿不着凶犯，事主总不至受拖累。于今姑老爷隐瞒着不报，和那龟婆熟识的，还有好人吗？有龟婆做证，万一到县衙里告发了姑老爷，不有理弄成无理吗？我曾听得无怀的舅舅说，姑老爷这位姨太太，原是在无锡当娼的，有名的叫作白玉兰。此刻还有一个堂老兄，在班子里当乌龟，姑老爷讨他的时候，又没有出身价，既无身价，自然没有卖身契，他堂老兄不好去县里喊冤，说他妹妹身死不明吗？那时姑老爷就担当着不是了呢！”

王石田道：“我料想他们不敢，一对龟子龟婆，天大的胆，也不敢和绅宦作对，这倒可以不必着急。我此时不能在这里久坐了，得回家去派人寻找无怀，我自己也好去城外寻寻。”梁太太也巴不得早些寻着无怀，并不留王石田多坐。送了几步，即回房去了。

王石田回到家中，才坐下来，就见当差的进来报道：“外面孙济安、周青皮，还同着一个三十多岁，穿短衣的人，要见老爷有话说。”王石田挥手道：“你说我不在家就完了，跑来报些什么呢？谁有工夫见他们。”当差的应着是，才退到房门口，三个人已挤了进来。

原来当差的进里面报告的时候，三人已跟在后面，轻轻地走。当差的进房，三人就立在窗下等候，王石田的话，三人都听得明白，因此强挤进去。王石田一见三人的面，气就上来了，估料着穿短衣的，必是白玉兰的堂兄，也懒得问他的姓名。三人进门行礼而不睬，开口便大声说道：“你们怎这么不知礼节，也不问我许不许，竟敢撞进我的上房来。你们有什么事？快说，我这里没你们坐的份儿，好大的胆，这还了得？”

周青皮冷笑了一声道：“啊呀呀！好大的架子。你可知道，王子犯法与庶民同罪的话么？你家里谋财害命，把人杀了，就这么抬出城外掩埋，这才真是好大的胆，了不得呢？”随用手指着穿短衣的道：“他便是柏氏的哥子，叫柏忠信，他刚才遇见奶妈，知道你昨夜买人，将柏氏杀了，图谋柏氏带来的财产。”

王石田等不到周青皮说完，已气得在桌上拍了一巴掌，骂道：“放屁！你敢再这么乱说下去，我立时叫人把你捆起来。”周青皮将面孔一扬，做出那鄙夷不屑的样子说道：“我身边无半文，这件蓝布大褂，值不了一串钱，不怕你谋财害命。柏氏是我和孙济安的媒人，她今日身杀不明，我能不管。”柏忠信也跟在里面说道：“今日你姓王的，不要再搭这松香架子了，你不将我妹子的事，弄个明白，休想我们出去。”

王石田只气得发抖，面孔都气青了，放开破喉咙，向窗外喊道：“来几个人哪。”刚才进房通报的那人，还立在窗外，听得王石田喊，连忙答应，走进房来。王石田挥手说道：“快把这几只混账王八蛋，给我赶出去。”当差的听了主人的命令，怎敢不动手？遂一手拉住柏忠信，一手拉住孙济安，口里说道：“值价些，自己滚吧！”柏忠信放赖不肯走，孙济安向王石田笑道：“我倒是一片好意，想来替你家调解，你却要拿架子。好，你瞧着吧！”遂对柏忠信道：“我们走，在这里也不中用，我自有对付他的法子。”周青皮道：“也好，我们不怕他姓王的飞上天去。嘎！你家遭了人命还敢是这么欺负人，哪知道有王法呢？”

王石田也不作理会，只一迭连声地催快滚。柏忠信和孙济安摔开了手，三人一同，头也不回地冲出去了。王石田余怒未息，一个人板着脸，坐在书房生气，好半晌才想起这事，就是这么搁起不妥，这三个坏蛋一出去，说不定真会去县衙里喊冤，我原告变成被告，总觉有些理亏。我虽则居心无愧，不怕他们，但是总免不了淘气。我且赶紧作一纸报呈，亲去县衙一趟。想罢，即拂纸提笔，动手写起来。

才写了两行，只见梁锡诚匆匆走了进来。他们因是至戚，素来不用通报，所以直走进书房来。王石田一见梁锡诚，心里说不尽地惭愧，连忙起身拱手问道：“劳动你去寻找无怀，已找着了么?”

梁锡诚摇头道：“还没找着，只是找无怀的事可缓，我刚才回家，听得内人说你才走不久，并把你家昨夜的事，说给我听了。内人的意思，说这事应呈报县衙，请官相验，方免后患，我也是这么说。我早知道孙济安、周青皮，都不是个安分的东西，平日无事生风，还要寻出事来，好图些咀嚼；何况白玉兰嫁你，是他们的媒人，又有那万恶的奶妈，给他们送信，做见证人，还怕不闹出乱子来吗?出事的时候，你若呈报了，他们不过哀求你，给柏忠信几文抚恤费，好大家分肥。你于今既隐瞒不报，他们抓着的题目，就很大了。

“我越想越觉可怕，所以来不及地跑到这里来，恰好走到路上，迎面撞着孙济安、周青皮和柏忠信三人，这三个东西我都认得，只不肯理会他们。他们平日在路上，遇见我，总得恭恭敬敬地立在旁边，问候几句，等我走过了才走，因我逢年过节，照例多少有些好处给他们。刚才他们看见我，神气就不似平常了，我料知必是从你家闹僵了，要去县衙里告发的，说不得要给他们一点儿颜色。便走拢去，劈头向孙济安问道：‘你们去王家，事情说得怎样了呢?’我是这么问他，分明是有意冒诈他。如果他们还不曾知道，听了我这话，摸不着头脑，也就泄露不了什么机密；若不出我所料，就没有不疑心我已知道他们举动的。

“果然孙济安见问得这么在行，便向我诉说你如何对他们凶恶，他们受了这场羞辱，非去县衙里图出气，绝不甘心。我只得止住他们道：‘你们不要性急，王老爷是个这么的脾气，素来是仗着自己有钱有势，不大瞧得起人的。薛知事又和他要好，天大的事，他都担当得了，何况一个当婊子的小老婆，又和自己当差的通奸?就被人杀了，也算不了一回事，你们也代替他想想，他家出了这种事，心里能不烦躁么？就对你们说得欠些委婉，你们也应该原谅一点。大家都在这城里老住，少不得时常要见面的，彼此留点儿人情最好。我说话来得直，你们就去县里告他，也弄他不翻，‘谋财害命’四个字，无论如何，也加不到他身上去。莫说他家是无锡的巨富，人人知道，便是白玉兰在无锡当班子，谁也知道她手边没几文钱，况且已嫁给王老爷做姨太太，王老爷就要谋她的财，也用不着害她的命。薛大老爷若追根问底起来，你们拿一个婊子，假装良家妇女，嫁给王老爷，过门后，又不安分，致闹出人命奸情案来，只怕反要担些不是。你们都是当光棍的人，怎么忽然这么不漂亮呢？劝你们不要把做一个好题目，我帮你们的忙，去王老爷跟前，方便一句话，绝亏不了你们。你们明天来我家讨回信好么？我一来是为王家息事，二来见你们不是王家的对手，才出来做这个和事人，你们的意思怎样呢？’

“他们三个东西，本来只有孙济安刁狡点儿，又能动笔作作呈词，柏、周二人听了我的话，都望着孙济安。孙济安踌躇了一会儿，望着笑道：‘梁老爷不是缓兵之计，有意将我们稳住么？’我听了，心里虽有吃惊，但是不肯露出神色来，故意打了一个哈哈道：‘你在这里做梦呢？莫说王老爷是城内有名的正绅，有钱有势，不怕你们去告；就是我姓梁的家里，出了这种乱子，也不放在心上。好，好！不必再谈了，你们要告去告吧！’孙济安也无非想捞几个钱，自然巴不得有我出来，替他们调解。当下就连忙转口说好，问我明天是上午是下午，在家里等他们。我说上午有事，你们下午来吧！三人即高高兴兴地走了。我想这事，不报官存案，终是后患，这三个东西，花几个钱，虽可买住一时，但无锡城里城外的流氓痞棍，没有一千，也有八百，如何能花钱买尽？且买了目前，买不了后日。分明不是谋杀，若这样买来买去，倒显得是谋杀了。我看你此时就亲去县衙里呈报吧!”

王石田点头道:“我正在这里作呈词,就只因为已经将淫妇埋了,这节不好着笔。”梁锡诚道:“这节有甚要紧?你糊涂不明事体的声名,早已是全国皆知,薛应瑞也是知道的。刘升又不曾死,你去自然要将他带去,吩咐刘升照实供一遍,就听薛应瑞去办。像刘升这种当差的,也应该重办他一下子。”

王石田道:“我想自己不去,用抱告去,行不行呢?”梁锡诚道:“用抱告也行,薛应瑞始终免不了要来这里勘验一遭的。他来时最好有鱼塘张亲家在这里,他两人都是米成山的学生,平日过从很密,自然能想出一个妥善的办法来。”王石田道:“张亲家吗?我无论如何也不好意思去请他了。”

梁锡诚点头道:“最伤他夫妻二人的心,就是你昨日的举动太过了。但是此刻也不必提了,他本也没有工夫来,我却忘了。今日早张夫人才从我那里回鱼塘去,我内人和他说好了,静宜的灵柩,在我家停放三日,做三日道场,才搬到鱼塘,葬入他张家祖山里。张亲家要忙着葬他心爱的女儿,哪有工夫到你这里来呢?”

王石田回想昨日以前的种种举动,仿佛如吃了迷药一般,心里悔得痛如刀割,两眼不住地下泪。梁锡诚连忙劝住道:“此时伤感也不中用,你还是从速作呈词,看遣谁作抱告,赶快去吧!我家里事情结成了团,不能在此久坐。”王石田揩干眼泪说道:“请再坐一会儿,我还有几句话说。我想静宜既已和怀儿成了礼,总算是我王家的人了,我一时糊涂,被那淫妇迷了,致闹出种种伤天害理的事来。此时既经悔悟,岂可再把静宜葬在张家祖山里,我王家没有祖山吗?王家的媳妇,自应葬入王家祖山。无怀将来娶妻,生了儿子,头一个就承继给静宜做奉祀的人。我这一支的人丁,本来不多,从此就多分一房,承继静宜的儿子,作为长房,以后生下的,也挨次分房,家产也劈分一半给长房。这虽是虚文故事，也略表我一点悔祸之心，慰静宜的幽魂于地下，你以为我这话怎样？”说时，嗓音一硬，两眼又红了。

梁锡诚想到静宜惨死，听了这些话，自不免有些伤感，遂点头说道：“这么办最好。今日是来不及了，我明日亲去鱼塘走一遭，想张亲家没有不依遵的。我去了，呈报的事，不可懈怠。”王石田起身送出来，答应理会得。王石田回房，将呈词作好，拣了一个老成干练的下人，亲自教了一遍话；另选两人，押解着刘升，一同到县衙去了。

这位知事姓薛，名应瑞，直隶河间府人，年纪已有五十多岁。虽是两榜出身的文人，吏才却是很好，办事精明干练，居心更恺恻慈祥。这无锡又是他老师米成山桑梓之邦，他在无锡做了两年知事，真是爱民如子，治得个无锡县政简刑清。莫说人命盗案，不曾发生过，便是寻常小窃案，也稀少得很。所以周发廷和史卜存都不想把命案累他。

这日薛知事忽然接了王石田的呈词，阅罢不觉大惊失色。那时在清朝，法律对于人命，并不轻视，大不似民国以来的法律，完全是一种具文。督军省长不待说，有生杀予夺之权；就是一个县知事，一个营长，有时都能随意杀人，学前朝先斩后奏的样，随意把人杀过了，才呈报督军省长，督军省长也只当没有这回事。若在前清时候，杀一个人好容易？哪怕这人分明是个大盗，或是犯了十恶大罪，都得三推五问，详了又详，驳了又驳，案卷堆成几尺高，判定了罪名要处决，仍得奏明候旨。因为把人命看得重，所以这地方出了命案，无论这县的知事，办理得怎样，总免不了要受朝廷的处分。

薛知事是个爱民的官，见了这呈词，如何能不大惊失色呢？立时坐大堂，传王石田的抱告，问了一遍出事的情形，又提刘升审讯，录过了供词，即掣了一支签掷下来，命差役立拘那奶妈到案。

此时奶妈住在柏忠信那班子里，柏忠信正别了孙、周二人回来，和奶妈谈论途遇梁锡诚，答应向王石田说的话。两人都很高兴，以为明日下午去梁家必有好消息。奶妈说："王石田是有名的蜡烛，手里有的是钱，这事又极怕张扬，尽可大大地敲他一下。没有一千八百，绝不要应允他休歇。"

柏忠信道："就是一千八百，有孙、周二人在内，分到我名下，也没有几文。若再少就更犯不着了，我多的不打算，讲银子至少四百两，讲钱五百串，少了我是不答应的。"奶妈道："你这不中用的东西，怎么这么好说话呢？这事是你的苦主，孙、周二人不过是个媒证，难道还要比你分得多些吗？我告诉你，你不答应，他两人不能把这事担起；你情愿了，他两人也不能把这事揹住。梁锡诚知道苦主是你，给你的钱，得教你写一张甘休字，你嫌钱少，就不肯写字，孙、周二人不能代替你写，便是写了，梁锡诚也不会要。你想这事不全在你手心里吗？怎的倒说有孙、周二人在内，一千八百你都分不了几文呢？"

柏忠信把腰子挺了一挺，晃晃头笑道："我哪里知道这些讲究？我又不认识字，写是更不消说了。若没有他两人替我出主意，教给我说话，我如何敢去王家闹事呢？孙济安是个读书人，能写能作，口里又会说，心里的主意更多，我多年就不敢得罪他；周青皮更是阴毒不过，动不动就拿小刀子戳人，你说我敢得罪他么？我刚才去找他们的时候，周青皮说是好交易上门了，喜得打哈哈，孙济安就板着脸，也不笑也不说话，半晌才望着周青皮道：'你不要喜早了，我看这不是一件好交易。'周青皮问是什么缘故，孙济安说出一派话来，正和梁锡诚在路上对我们说的差不多。周青皮道：'然则我们不能管么？'孙济安点头道：'不管的好多了。管得好，分得我二人，没多的光叨；管得不好，就有大的亏吃。’周青皮素来是很听孙济安说话的，当下就不作声了。

“我见他二人说不管，便和掉在冷水里面一般，连五脏六腑，都凉了半截。只得哀求孙济安道：‘二位是我妹妹的媒人，若不出来帮帮我的忙，我妹妹就死得冤屈无申了。’孙济安问道：‘你认真是想替你妹妹申冤么?’我当时被他是这么一问，因为我自己的话已经说出了口，不能说不是认真想替妹妹申冤，只好答应自然是认真要申冤呢。孙济安笑道：‘我只道你想借这事，敲王家一下钉锤。既不是想要钱，事情却还有办法。’我说申冤是要申冤，能够捞得着几文，也是好的。孙济安就说：‘你还是想捞钱，去找别人帮忙吧!’周青皮便向我说道：‘事情我们大家去做，有福同享，有祸同当，做到哪里是哪里。你依得，我们就商议法子。想我们替你捞钱，去得罪无锡城的大绅士，闹得不好，不是披蓑衣打火，惹火上身吗？若得不着一些甜头，我们不成了呆子吗?’

“我听了他两人的话，明知道他们没有想头，是不肯出头帮我的，只得说：‘好！有福同享，有祸同当。”我是这么说了，他们才出主意，教了我一派话，同去王公馆。孙济安出的主意，悄悄跟在通报人背后，就不愁王石田不见面。要周青皮和我两人作恶，他就看风色出来做好。没想到王石田竟是乌龟扛轿——硬顶硬，幸得在路上遇着梁锡诚，不然这事真要闹僵了。”

奶妈便道：“便是闹僵了，也不打紧，难道告到无锡县，还能问出你苦主一个罪名来吗？你是一个男子，不知怎的，倒怕见官？我虽是个妇人，不论见什么官员，不算一回事。”奶妈才说到这里，外面跑进来四个公差。班子里的老龟婆，走出来问话，公差从袖中“哗啦”一声，抖出铁链，往老龟婆颈上一套，老龟婆吓得不知犯了什么罪，全身发抖地问道：“各位夫叔，什么事锁我?”一个公差说道：“你不是王公馆出来的奶妈么?”龟婆连忙用手指着奶妈道：“不是我，不是我！是她。”奶妈登时吓得面如土色，立起身来想往外逃跑，早有两个公差过来，将铁链一抖，已把奶妈套上了。奶妈急的哭道：“与我什么相干，如何来抓我呢?”公差哪容她多说，拉了就走，一会儿拉到了县衙。

不知如何审讯，且俟下回再写。

第二十三回

侠士飞头公子破胆
和尚丢脸知事惊心

话说公差将奶妈拿到无锡县衙，薛知事即时坐堂审问。奶妈不敢隐瞒，将白玉兰当婊子的时候就爱上了王无怀，为的是要转无怀的念头，才挽孙济安、周青皮二人，出头撮合，嫁给王石田。到王家如何勾引无怀，无怀如何两次不依，如何设计刁唆王石田，将无怀驱逐，以及和刘升如何通奸的话，从头至尾，说个详尽。薛知事教录了供，将刘升和奶妈，分开管押起来，命抱告回家候传。

薛知事将前后案情，思量了一夜，想不出凶犯是何等人来。次日一早，即带领差役仵作人等，到观前街王公馆来。此时王石田也出城寻觅无怀去了。由昨日当抱告的仆人，引薛知事到花园里，踏看了一番。

薛知事见周围的墙，有一丈多高，墙上的瓦，没一处有人在上面爬过的形迹；墙上的门户，都极坚牢，用绝大的牛尾锁锁了，锁上都上了铁锈，一望就知道是多年不曾开放的。便是那座假山，虽然高大，却是没有给人上下的阶级。若是要上这假山的顶，没有极长的梯子，谁也爬不上。暗想：据刘升的供词，是听得有人在这顶上一声吼，吼声未绝，白玉兰的头已经落地。并且白玉兰和刘升通奸的时候，据供白玉兰是躺在下面，上面有刘升遮了，凶手从山顶上往下杀人，又在夜深。前夜虽是有月光，这假山窟窿里，必不能像旁处没有遮掩的地方一般，看得清楚。那刀劈下来，如何能那么迅速，使刘升仅觉得眼前白光一闪，又如何能那么灵准，杀死下面的人，而上面的人不受一些儿伤损？并且凶手和白玉兰究竟有何仇怨，杀死了，还要把头带了去。他拿着一个淫妇的头，有何用处？听他对刘升说的那派话，并知道刘升不肯随口诬丫头小子通奸，我曾审问刘升，不肯诬丫头小子通奸的话，是和白玉兰在什么时候、什么地方说的？刘升认是第一次通奸的那夜，两个人在床上说的，房中并没第三个人。便是那夜以后，也没外人知道，这不是稀奇极了吗？

当下只得将王家所有的大小仆役，都带到县衙里，一一察言观色地认真盘诘。都是在王家服役多年，从来不曾有过犯的，没一个有些微可疑的地方。问出孙济安和柏忠信、周青皮被吓诈的事来，即时又出签，把三个坏蛋，也拘到了衙里，分别严讯了一次，仍是问不出一点端倪来。只索将王家仆役释放，孙济安等三人，取了铺保，日后随传随到，也释放了。

这件案子，把个薛应瑞急得愁眉不展，夜间连觉都睡不着，独自秉烛坐在签押房里，无精打采地翻看案卷。这时正是九月十一夜，秋天的月光，分外明亮，照得那一座沉寂的县衙，如没在大海之中，内外上下的人，都睡得没一些儿声息了。只听得衙里的更夫，绕着衙署，慢慢行走，慢慢地敲着梆锣，数去正转三更了，薛应瑞心想：已是半夜了，是这么坐着枯想，便想十整夜，也想不出凶手是谁来，不如且安歇了，明日再作计较。想罢立起身来，走出房门，抬头看那清明如镜的月光，已渐渐地偏向西方了，天空没半点云翳，许多小星，因月光太强了，被映得显不出光明来。

薛应瑞正朝西方望着，猛觉西方屋角上，仿佛一个人影一晃；

接着一个圆鼓鼓的黑东西，从半空中箭也似的，向自己面前飞来。不偏不倚地刚刚落在脚前一尺之地，吓得薛应瑞倒退了几步，厉声问是什么人。两个跟随的人，在签押房后面打盹儿，听得老爷喝问，连忙跑了出来，立在薛应瑞跟前。薛应瑞指着门外地下说道："快去拾起来，看是什么东西？"跟随的走至门口就说道："怎么这么大的血腥味呢？"边说边走近那黑东西，不敢用手去拿。凑近那东西一看，只吓得两个跟随，翻身往里就跑。口里说道："不好了，是谁的人脑袋，飞到这里来了呢？"薛应瑞也吃惊问道："怎么呢，人脑袋吗，你们看清楚么？这怕什么，两只不中用的东西，还不快把烛拿来。"

薛应瑞走过去，用烛一照，不是人脑袋是什么？还是一个女人的脑袋，上面沾着许多泥土，好像是从土中剜出来的，乱发缠绕满了，看不出容貌的美恶老少来。只是看那头发，又长又黑，没有沾土的所在，现出很光滑的油泽，可以断定是个年轻的女子；再看脑袋旁边，还有一点儿泥血模糊的东西。薛应瑞教跟随的拈起来一看，乃是一只人耳朵，已缩作一团，随便看去，分不出是什么东西了。

薛应瑞猛然想起刘升的左耳来，知道这个脑袋，必就是白玉兰的了。暗想：这送头的人，必是杀白玉兰的凶手，怪道有这种本领，所以能超越那么高的围墙、那么峻削的假山，也能在上面说话。这人不是绿林大盗，必是世人传说的剑侠之流，眼见白玉兰种种作恶行为，忍不住拔出刀来，将她杀了；又恐怕连累了王石田，所以留着刘升，做个活口，好供出当时杀人情形来。亲自把头耳送到这里，也无非有意使我看见，好教我知道杀白玉兰的，不是寻常之人，绝非衙里捕头所能缉获，免得冤枉将捕头们追逼。好在王家的呈词，对于缉凶一层，并没提起一字，柏忠信不过是诈索行为。孙济安、周青皮两个坏蛋，我到任的时候，就闻他二人的恶名，因有我在这里，据本地正绅说，敛迹了许多，训斥他们一番，必不敢再去寻王家诈索。这事只好敷衍场面，作一个海捕完事。

著书的写到这里，只好暂将这方面放下。大约看官们的心里，见这一集书将近要完了，王无怀出亡的事，还不曾正式交代一笔，就是史卜存割下白玉兰的脑袋和刘升的左耳，用革囊提去，也没有下落。怎么忽然又在无锡县衙里，半空中飞了下来呢？这其中还有一段很滑稽的故事。

史卜存当下带了奸夫淫妇的头耳，如飞地出了县城，向千寿寺奔来。到千寿寺已是将近三更了，王无怀原是贮着一肚皮的怨气，一肚皮的伤感，觉得在梁家，万分再存身不住，匆匆将身上的礼服换了，穿了常服，乘着众贺客纷纷出门之际，也跟着出了梁家的门，心里毫无主意，不知应去哪里才好。信步走了一会儿，才忽然想起他母亲的坟来，只有这条路，他是知道走的，便急忙改道向西门外走。走不多远，偏巧杨春焕在他后面看见了，猛不防跑来将他拉住问话。在杨春焕的意思，不过想巴结无怀，借此现现亲热的样子。无怀却弄错了，以为是梁锡诚追了来，将他拉住，所以杨春焕对周发廷说，无怀回头露出惊忙的样子来。

无怀脱了杨春焕的手，心里仍怕梁家有人来追赶，脚不停步地向鹭鹚坝只跑。若论史卜存的脚步，追赶无怀，便相差二十里路，也不须半刻工夫，就赶上了。但史卜存不知道无怀有一定的方向，不能尽力追赶，恐怕在岐路上错过了，只得旋走旋逢人打听，且不住地向两旁张望，因此直待闻了哭声，才追寻着。无怀在他母亲坟上，痛哭了一场，心想：除了自尽，没第二条道路可走。

大凡心中悲痛的人，走了极端，就免不了要发生这种自尽的思想。这种思想一发生，就绝不踌躇地从腰间解下丝带来，寻了坟边一株大点儿的树，将丝带往树枝上一搭。正在这个当儿，一个老和尚走了来，一见有人要上吊，连忙跑过来，把无怀抱住。趁月光一看，认识是王公子，更是吃惊问道：“王公子怎么这早晚，独自跑到这里来，又有什么事不迟心，要寻短见呢?”

这老和尚是千寿寺的长老，法名“悟缘”，是个很势利的和尚。三年前无怀葬他母亲的时候，在这山上住了几个月，悟缘因此认识，料定无怀将来必是金马玉堂的人物，很有心巴结。这晚听得山上有哭声，却不知道是无怀，不过信步跑上山来探看。一见有人要上吊，登时急了。悟缘急的不是怕吊死了人，是因为上吊的，在千寿寺的后山上，恐怕受拖累，所以急急地将无怀抱住。及认出是无怀，悟缘心中却是又惊又喜，惊的是不解无怀会跑到这山里来上吊；喜的是可借此多与无怀亲近，以为后日无怀发达了走动的地步，所以劝无怀的话，被史卜存听得，是以无怀前程远大为言。

无怀既自尽不成，这早晚也无处可以投止，悟缘和尚又再三要拉进寺里去歇宿，只好应允，即跟随悟缘下山。悟缘是从千寿寺的后门上山的，此时仍从后门进去，所以史卜存跑到山上一看，一个人也没见着。在史卜存的意思，以为无怀在家被逐，完全是由于白玉兰进谗，今日王石田到梁家打闹，以致新娘惨死，也完全是白玉兰的主使。这白玉兰不杀却，王石田绝无悔悟的时候；王石田不悔悟，无怀自永无回家之日。又想无怀此时的心理，必也痛恨白玉兰不过，周老伯教我办事，我也当面夸下了口，我此时若下去和无怀会面，突如其来他未必相信。便是相信，我也没办法，不如赶紧去将淫妇的头取来，作个进见之礼。他知道淫妇已死，父子自有团圆之日，也就安心，不至再寻短见了。

史卜存如此一想，所以飞跑进城，取了奸夫淫妇的头耳，回到千寿寺屋上。这千寿寺是个很大的丛林，有百多间僧寮，史卜存不知无怀睡在哪一间房里，各处屋上，都伏下身子听了一会儿，也有鼾声动地的，也有没一些儿声息的。史卜存只好下地，探看了几处僧寮，一个个都是雪白的光头和尚。转念一想，他必不会睡在这些和尚一块儿，这正殿后面，好像还有几间房子，且去那里探看一番，必有下落。遂又飞身上了正殿，在正殿后面房檐上，往下一看；只见一个院落当中，植着一棵合抱不交桂花树，枝叶浓密。院落两边，都是白石砌的阶基，三尺宽以内，才是房屋的墙壁，壁上虽有门户窗眼，只一边窗眼里，有小小的灯光，离正殿房檐太远，看不出房里有没有人。遂一蹿身，到了桂树枝上，就听得那有灯光的房里，隐隐有来回走动的脚声。再听去，还夹着有叹息之声在内。

这时的月光正明，史卜存一看自己的影子，正射在那有灯光的窗眼上。心想幸喜房里的人不是内行，不然，还了得吗？这寺里的和尚，料没有深夜不睡，独自在房中叹息的，十九就是这位王公子，我何不作弄他一番，试试他的胆量如何？想罢，即下了桂树，走上阶基，将手中革囊，悬在那房门口的檐柱上。回身复上了桂树，拣树叶浓密的树枝上躲了，在树上高声咳了几咳，就听得房门开了。

月光底下，看得分明，正是那夜亲眼看见力据奔女的王无怀。原来无怀随着悟缘进了千寿寺，悟缘就教厨房弄了些斋菜，给无怀吃。无怀此时心里，正如油煎火沸，便有龙肝凤髓，也吃不下去。还是悟缘在旁，殷勤劝进，才勉强吃了些儿。悟缘定要问无怀，因甚事来此寻短见，无怀怎么肯说呢？悟缘笑道：“老衲倒知道一桩事，此时正好说给公子听。尊太夫人坟上，有人用邪术镇压了，公子知道么？”无怀吃惊道：“我不知道，是谁用什么邪术，如何镇压的？请长老详细说给我听，我感情不浅。”悟缘道：“我出家人，本不应管这些事；这种话，尤不是我出家人，应该说的。不过公子是个孝子，他们这事，又太做得伤天害理，不由老衲不说。”遂将静持尼姑和白玉兰，用铁砂、黑豆及犁铁等，在坟上禁咒了一夜的话说了。

无怀不待听完，已是泪流满面了，即时立起身，向悟缘作了一个揖道：“我若不知道，就十年八年也不觉着怎么；此刻既然知道了，就一刻儿也难安心。求长老慈悲，同我去把那害人的东西剜出来，就是先慈在地下，也感长老的德。”悟缘忙起身答礼道：“公子言重了，不是老衲偷懒不陪公子去，今夜实在不成功，这些门道，在不信的人看了，不算什么；若是在信它有灵验，便不能就是这么刨剜出来了事，也一般地得在坟前设立香案，先念咒解免，方刨剜出来。明日老衲替公子办了就是！”

无怀向悟缘作了一个揖，口中连说拜恳拜恳。悟缘道：“公子今日走了这远的路，身体大概也疲乏了，就请在对面房里安歇了吧！”无怀身体本早已十分劳倦，即由悟缘送到这房里，道了安置，悟缘自回方丈睡去了。

无怀在床上睡了一会儿，无奈万感丛集，如何能睡得着呢？只好又坐起来，苦于身边没带一本书，可以消此永夜，就在房中，来回地走动。想到自己身上的事，忍不住就长叹一声。忽听得院中桂树上，有人咳嗽，即开了房门，走出来看。抬头就看见檐上，悬了一个黑东西，还只管两边晃动。知道是才挂上去的，伸手一摸，看得出是一个牛皮做的口袋，里面像是很重，手一触动了，原来上面悬挂得不牢，随手向怀中滚了下来。

无怀不知道袋中是什么，也不害怕，即弯腰拉开那袋口的绳索，翻出里面的人头来。就月光一看，一股血腥味，先冲进了鼻孔，再见着血淋淋的脑袋，可怜他自出娘胎，这次算是他第一次受的大惊吓。登时把手一缩，立起身，拼命向方丈里跑。脚下一边跑，口里一边连喊：“悟缘长老，不得了，院里杀死人了。”

这一喊，把悟缘从梦中惊醒，也吓了一大跳。翻身滚下床来，连问：“什么事，什么事？”和悟缘同睡的一个小和尚，甚是胆小，听得外面喊杀死人了，又见平日保护他的师父，跳下床要走，就来不及穿衣服，也从床上滚下来，扭了悟缘发抖。无怀已在外面，“啪啪啪”地打门，悟缘也是吓慌了，忘了自己心爱的徒弟，还是赤着身体，一丝未挂，顺手就将门闩关了，无怀推门跨进房来，气急败坏地说道：“长老快去看，我那房门口，悬挂着一个鲜血淋淋的人头。”悟缘说道：“有这等事吗？我去看看。”即跟着无怀，出了方丈，向院落中走。

小和尚吓得忘了形，赤着身体，一手还扭了悟缘的衣角，也跟着到院落中来。无怀引到自己住的那房门口地下一看，可是作怪，竟一些儿形迹也没有了。急忙向阶基底下寻找，也是全无踪影，口里只喊：“怪呀，怪呀！我分明看见一个牛皮口袋，挂在这檐柱上面，我手一触，就随手滚了下来。我不知道是什么，就月光打开那口袋一看，见是一颗血淋淋的人头，只吓得我拼命向方丈里跑，怎么一瞬眼就不见了呢，不是怪吗？”

悟缘见没有什么人头，无怀这么大惊小怪，吓得他心里乱跳，已是很不高兴。偶一回头，在月光里，看见小和尚赤身露体跟在后面，这一腔无名火，就更大了。若在旁人，少不得要挨他一顿痛骂。亏得还是无怀，他不敢十分得罪，忍了又忍地才冷笑了一声，借着小和尚出气。翻身在小和尚脸上，就是一个耳光，口里骂道：“混账东西！你怎么也跑到这里面来了？还不给我滚出去！”小和尚冤枉挨了这个耳光，心里却被打明白了，又羞又急地跑回方丈去了。悟缘也不说什么，口里借着骂小和尚，一路呱噜呱噜地骂进方丈，“啪”的一声，将门关了。

无怀立在房檐下，面子上觉得无味，倒不在意，只是心想刚才分明看见是颗人头，怎的一喊就不见了呢？看悟缘的神情，很像疑心我是荒唐乱报似的，这地方我万不能再住了，这件人命案子，若是犯了出来，我于今是倒运的人，说不定因我看见人头挂在我住的房门口，就要连累到我身上，我死没要紧，死了还带着一个杀人的罪名，辱及父母祖先，就使不得！明日一早，趁悟缘不曾起来，我就走吧！且离了这是非场，再作计较。

这晚无怀胡乱睡了一会儿，只等天光一亮，寺门开了，即悄悄地走了出来。信步往西走。

再说史卜存在桂树上，见无怀一看人头，吓得那么狂奔狂喊，一想不妥，寺里和尚一见这颗人头，挂在无怀房门口，又是无怀发现出来的，他们和尚不敢隐瞒不报，一报官就势必拉着无怀在内。我本是来救无怀的，不反害了无怀受累吗？罢，罢！快些拿去吧！遂急忙从树上飞下来，提了革囊，不敢再上正殿，怕和尚出来，看见地上的影子；仍从桂树颠上，跳落在千寿寺后山里。心中很失悔不该这么开无怀的玩笑，反弄巧成拙。于今提着这副头耳在手，怎生处置呢？虽在九月中旬天气，却还是很炎热，不待几个时辰就要臭了，并且天光一亮，我提着这东西，不是累赘吗？暂时唯有将他埋在这山里，且回栈里歇了。身上的夜行衣服，不回栈，也没有衣服更换。史卜存想毕，即伸手折了一条树枝，拣僻静处，剜了一个窟窿，将头耳都倾入土中，覆上些土盖了。还恐怕有人看得出来，抓了许多树叶，堆在上面，才回到河边，洗干净革囊，回同升栈歇宿。

次日赶早，到周发廷家里，想报告昨夜的举动，周家人说，周发廷匆匆用了早点，就出去了。因不曾向家人说去什么地方，只得就坐在周家等候。等了好一会儿，周发廷才回来，一见史卜存，即拉到自己睡房里，问见着了无怀没有。史卜存即将昨夜的事，从头至尾说了一遍。

周发廷摇头道："你这玩笑开得太无味了。他是一个不曾见过世面的公子，哪有这种胆量？被你这一吓，他必在千寿寺存身不牢了，要寻找他，又得费周折，你不是自讨麻烦吗？我因今日早起，见王府的家人，押着一具四人抬的灵柩，打我门首经过，我心里一动，就料道是你把那淫妇做了，匆匆用了早点，出外面打听，直到此时，才探听明白。王石田本是将这事隐瞒不报，只因放了那淫妇的奶妈出来，怂恿白玉兰的堂兄柏忠信，邀同孙济安、周青皮两个地痞，想去吓诈王石田，被王石田骂了出来。王石田就不能再隐瞒了，只得报了县衙。于今薛知事正出签将奶妈拿了，禁止外边人去听，不知审讯得如何，我想这案子，是没甚要紧，好在有个和淫妇通奸的刘升做证，大约不至拖累好人。"

史卜存道："小侄有个法子，能使薛知事不追究凶犯，也不追逼捕役。"周发廷问什么法子，史卜存道："奸夫淫妇的头耳，小侄埋在千寿寺的后山里，小侄今晚去剜出来，亲自送到县衙里去，故意要使薛知事看见小侄在屋上飞走。薛知事一见，必然知道凶手不是等闲人，不容易缉捕到手，案子就懈松下来了。"周发廷听了一时也想不出较好的法子来，只得点头应好。这晚史卜存就真是这么做了，果不出所料，薛知事竟把这事，做成了一个海捕案。

著书写到这里，因天气过于炎热，只好暂时搁笔，休息休息。后半截的事实，且等天气凉了，在《双雏记》中，再写给诸君看吧！

全书完

注：《双雏记》为泗水渔隐所续，非不肖生原著，不肖生因此还与时还书局打了一场官司。因非原著，遂不再收录。

平江不肖生年表

徐斯年　向晓光　杨　锐

说明：

1. 本表曾于2010年递交平江不肖生国际学术研讨会交流。2012年11月刊于《西南大学学报（社会科学版）》第38卷第6期。2013年4月又刊于《品报》第22期。杨锐近据新见资料做了补充和订正，现将杨之补充稿与原稿加以合并，以飨同人。

2. 表内所记年月，阳历均用阿拉伯数字记载，阴历及不能确认阴、阳历者均不用阿拉伯数字。年龄均为虚岁。

3. 部分著作尚未查明初版时间，附录于表后备查；其中部分著作未见原书，有待辨别真伪并考证写作、初版时间。

1890年（**清光绪十六年庚寅**）1岁

是年赵焕亭约7岁（约生于光绪四年）。

阴历二月十六日戌时，向恺然生于湖南省湘潭县油榨巷向隆泰伞厂。原名泰阶，册名逵，字恺元。原籍湖南省平江县。祖父贵柏，祖母杨氏。父国宾，册名莹，字碧泉，太学生；母王氏。

按：此据民国三十三年（1944）六修《向氏族谱》[1]。向氏1951年所撰《自传》[2]称“六十二年前出生于湖南湘潭油榨巷向隆泰伞店内”。1951年为62岁，是为虚岁。向隆泰伞厂原为黄正兴伞厂，店主黄正兴暮年以占阄方式将伞厂平分，无偿赠予向、王二店员，向姓店员即恺然祖父贵柏。向氏姻亲郭澍霖自幼与黄家为邻，有遗稿述其经过甚详。

1893 年（清光绪十九年癸巳）4 岁

姚民哀生于是年。

向恺然在湘潭。

1894 年（清光绪二十年甲午）5 岁

是年 8 月中日甲午战争爆发。次年 4 月，日本强迫清廷签订《马关条约》。

向恺然开蒙入学。祖父贵柏公卒。

1897 年（清光绪廿三年丁酉）8 岁

顾明道生于是年。

向恺然在湘潭。

1900 年（清光绪廿六年庚子）11 岁

向隆泰伞店歇业，向恺然全家搬回平江。

按：此据《自传》[3]。后迁居长沙东乡，具体时间未详。

1902 年（清光绪二十八年壬寅）13 岁

还珠楼主李寿民生于是年。

向恺然或已在长沙。

按：黄曾甫谓："他的父亲虽曾在平江县长庚毛瑕置过薄户，但后来迁到长沙县清泰都（今开慧乡）竹衫铺樊家神，置有田租 220 石和瓦房一栋。"[4]黄与向有"通家之谊"，20 世纪 30 年代曾任《长沙戏报》社长。

1903年（清光绪廿九年癸卯）14岁

湖南巡抚赵尔巽奏准成立“省垣实业学堂”，光绪三十四年（1908）更名“湖南省官立高等实业学堂”。

向恺然考入湖南实业学堂。是年秋，识王志群于长沙。王为之谈拳术理法，促深入研究并作撰述。

按：《自传》云：“就在十四岁这年考进了高等实业学堂。但是只读了一年书，便因闹公葬陈天华风潮被开除了学籍……因此只得要求父亲变卖了田产，自费去日本留学。”对照陈天华自尽、公葬时间，考入高等实业学堂时间当在是年年末。凌辉整理之《向恺然简历》[5]谓“考入长沙高等实业学堂学土木建筑”。所记校名与正式校名略有出入，该校初设矿、路两科，“土木建筑”或指路科。

中华书局1916年版《拳术》序言：“癸卯秋，识王子志群于长沙，为余竟日谈”拳术理法，并谓：“吾非计夫身后之名也，吾悲夫斯道之将沦胥以亡也。欲求遗真以启后学，若盍成吾志焉！”[6]王志群（1880—1941），号润生，长沙县白沙东毛坡人，著名拳术家，以精于“八拳”及“五阳功”、“五阴功”闻名。

1904年（清光绪三十年甲辰）15岁

向恺然在读于湖南实业学堂。

1905年（清光绪三十一年乙巳）16岁

12月8日（阴历十一月十二），陈天华在日本东京大森湾蹈海自尽，以死报国。

向恺然在读于湖南实业学堂。

1906 年（清光绪三十二年丙午）17 岁

5 月 23 日（阴历闰四月初一），陈天华灵柩经黄兴、禹之谟倡议筹办，运回长沙。各界不顾官方阻挠，议决公葬岳麓山，5 月 29 日举行葬仪。

向恺然参与公葬陈天华，因而遭实业学堂挂牌除名。父亲变卖部分田产，筹集赴日留学经费。向恺然从上海乘“大阪丸”海轮，赴日留学。

按：关于首次赴日留学时间，有 1905、1906、1907、1909 四说。对照陈天华蹈海、公葬时间，1905 年说可排除。湖南省文史馆藏《向恺然简历》（凌辉整理件）记为 1906 年，与向恺然《我失败的经验》中“前清光绪三十二年，我第一次到日本留学”的自述一致。《国技大观 · 拳术传薪录》说“吾年十七渡日本”，可知他习惯以虚岁记年龄。《留东外史》第一章谓“不肖生自明治四十年即来此地”（明治四十年即 1907 年），当指定居东京时间。《湖南文史馆馆员简历》所收《向恺然传略》谓“于 1909 年东渡日本留学”，经查宏文学院结束于 1909 年，是知“1909”当系“1906”之误。赴日留学经费来源，向一学《回忆父亲一生》云：“这田产的来由，是曾祖父逝世后，祖父将向隆泰伞厂收束，在祖籍平江长庚年毛坡城隍土地买了四十石租和房屋一幢，又在长沙东乡苦竹坳板仓（开慧乡）竹山铺樊家神买下良田二百二十石租和房屋一幢。留日的学费就是从这些田产中，拿出一百二十石租变卖而来。”

1907 年（清光绪三十三年丁未）18 岁

祖母杨氏太夫人卒于是年。

向恺然当于是年考入宏文学院并加入同盟会，与湘籍武术名家杜心武、王润生（志群）等过从甚密，并从王润生学“八拳”。

按：或谓向氏先入东京华侨中学，后入宏文学院。《简历》称在宏文“学法政”。经日本早稻田大学中村翠女士查实，宏文学院并无法政科。

王志群于光绪三十一年（1905）赴日留学，在宏文学院兼习柔道，并加入同盟会。民国元年（1912）回国，在长沙授拳。次年得黄兴资助再次赴日。民国四年（1915）回国后继续从事拳术传授，后任湖南大学体育教授。向恺然在《国技大观·拳术传薪录》中叙述在日本从王学拳经过颇详。

中村翠2010年11月22日致徐斯年函谓：“弘文学院的校名于1906年改称为‘宏文学院’，因此向恺然就读的是宏文学院。根据现存的史料，该学院好像没有设置‘法政’科（设置普通科、速成普通科、速成师范科、夜学速成理化科、夜学速成警务科、夜学日语科）。该学院于1906年废止‘速成科’。如果向恺然入普通科（三年），他主要学日语，其他科目还有算术、体操、理化、地理历史、世界大势、修身、英语和图画等等。”

1911年（清宣统三年辛亥）22岁

4月27日（阴历三月廿九），黄兴、赵声指挥八百壮士攻入两广总督衙门，与清军激战一昼夜，兵败而退。起义军牺牲百余人，后收敛遗骸72具葬黄花岗，称“黄花岗七十二烈士”。黄兴于29日（阴历四月一日）脱险，返回香港。10月10日，武昌起义爆发，清政府被推翻。

7月，赵焕亭发表小说《胭脂雪》。

是年阴历二月向恺然从日本返湘，于长沙创办“拳术研究所”。三月，与友人程作民往平江高桥看做茶。十一月，借住长沙《大汉报》馆，与同住之新宁刘蜕公相识，常围炉听刘谈鬼说怪。

按：向氏在《我研究拳脚之实地练习》[7]中称：宣统三年“二月，从日本回家”；“三月，我和同练拳脚的程作民到平江县属的高桥地方去看做茶。”程作民即《近代侠义英雄传》第66回所写陈长策之原型。《国技大观·拳术传薪录》：“宣统三年，主办拳术研究所于长沙，遭革命之变，所址侵于兵，遂为无形的破产。”向晓光2010年4月11日致徐斯年函云：“据我伯父的儿子向犹兴回忆，五六年八月从华中工学院因病休学回长沙住在我祖父家南村十号，祖父经常与他聊起祖父以前的经历，谈到一件事，黄花岗七十二烈士、当年祖父也参入（与），要不是跑得快就是七十三烈士了。”向犹兴2010年8月15日所撰《忆我的祖父平江不肖生》谓：“祖父说参加了黄兴率领革命党先锋队百多人在广州举行的起义，从下午激战到深夜，因寡不敌众伤亡惨重。我祖父也身受重伤而未致命才免遭一劫。”此段经历在已掌握的向恺然著述中均未见记载，由于缺乏旁证，暂不载入系年正文。

章士钊《赵伯先事略》云：“议以广东为发难地，分东西两军，取道北伐。西军经广东，入湖南，会师武汉，黄兴主之。东军贯江西，出湖口，直下江南，则伯先为帅也。”后因邓明德被捕，“夙计不得不变”，改分数队分攻各处，“队员皆同人自充之”。“期四月一日一举而取广州，黄兴为总司令，先率同仁入粤。伯先与胡汉民留守香港，至期会合。于是吴、楚、闽、粤、滇、桂、洛、蜀、越、皖、赣十一省才士乐赴国难，无所图利者，相继来集。”以此推测，向恺然若参与其事，或与黄兴有关，当于高桥归后即赴广州。

向恺然《蓝法师捉鬼》：“辛亥年十一月，我住在长沙大汉报馆里，我并没有担任这报馆里何项职务，只因这报馆的经理和我有些儿交情，就留我住在里面。当时和我一般住在里面的人，还有一个新宁的刘蜕公。这位刘蜕公的年龄虽是很轻，学问道德却都不错，他有一种最不可及的本领，就是善于清谈种种的奇闻怪事，也不知他脑海里怎么记忆的那么多。那时天气严寒，我和他既没担任甚么职务，每到夜间同馆的人都各人忙着各人的事，唯我和他两人总是靠近一个火炉，坐着东扯西拉的瞎说。”

1912 年（民国元年壬子）23 岁

1 月 1 日，中华民国成立，孙中山就任临时大总统。2 月 12 日，清帝退位。4 月 1 日，孙中山解职，让位于袁世凯。8 月，同盟会等团体联合改组为中国国民党。

9 月（阴历八月），向恺然撰成《拳术》（即《拳术讲义》）一卷，署名“向逵”，刊于《长沙日报》。随即返回日本。

长子振雄生于 11 月 28 日，字庚山，号为雨。生母为杨氏夫人。

按：1928 年 5 月 1 日《电影月报》第 2 期载宋痴萍《火烧红莲寺之预测》云：“壬子予佐屯艮治《长沙日报》，一夕恺然来访，携所著《拳术讲义》一卷授予曰：‘行且东渡，绌于资，此吾近作，愿易金以壮行色。’”向氏《国技大观·解星科（三）》后记有“壬子年遇曹邑周君子漠于日本”语，是知当年返日。《拳术·叙言》末署“民国元年壬子八月”，是知返日时间或在九月间。

向氏长子振雄，毕业于中央军官学校，抗战期间曾参与长沙、衡阳保卫战等，卒于民国三十五年丙戌六月十八日（1946 年 7 月 16 日）。母杨氏夫人生于清光绪十五年阴历六月初三，有子二：振雄、振宇。据至亲回忆，还有一子夭折；又有一女，名善初，生卒年均未详，故皆未列入系年。向恺然后来又在上海纳继配夫人孙氏，名克芬，卒于民国十七年。有一领养子，名振熙，8 岁夭亡，时在“长沙火灾”前后，亦未列入系年。

1913年（民国二年癸丑）24岁

3月，袁世凯指使凶手暗杀宋教仁，二次革命随后爆发。湖南督军谭延闿在谭人凤、程子楷等推动下宣布独立，7月25日组成湖南讨袁军，程任第一军司令（后任总司令），与湘鄂联军第三军（军长邹永成）同驻岳州。8月初，与拥袁之鄂军在两省边境鏖战，终因兵力不足退守城陵矶。8月13日，谭延闿宣布取消独立，程子楷遭袁世凯通缉，流亡日本。

向恺然任岳阳制革厂书记，并在长沙与王润生共创“国技学会”。曾遇李存义之弟子叶云表、郝海鹏，初识形意拳、八卦拳。湖南独立后，出任讨袁第一军军法官，曾驻岳州所属之云溪。事败，随该军总司令程子楷再赴日本，就读于东京中央大学。

按：向恺然在《回头是岸》中曾说：“民国壬子年，不肖生在岳州干一点小小的差事，那时的中华民国才成立不久，由革命党改组的国民党，在湖南的气焰，正是炙手可热，不肖生虽不是真正的老牌革命党，然因辛亥以前在日本留学，无意中混熟了好几个革命党，想不到革命一成功，我也就跟着那些真正的老牌革命党，得了些好处。得的是甚么好处？第一是得着了出入官衙的资格，可以带护兵马弁，戴墨晶眼镜……”对照相关文献、史实，可知文中“壬子”当系“癸丑”之误——《拳术见闻录·蒋焕棠》亦谓：“癸丑七月，余创办国技学会于长沙，焕棠诺助余教授。今别数载，不知其焉往也。”《猎人偶记》第六章则谓：“民国癸丑年七月，余从讨袁第一军驻岳属之云溪”。“时前线司令为赵恒惕，正与北军剧战于羊楼。余方旁午于后方勤务，无暇事游猎也。迨停战令下，日有余闲，（居停主人）徐乃请余偕猎。”

《湖南省文史馆馆员传略》[8]谓向氏在制革厂所任职务为“书记长”。

"国技学会"即"国技会"，前身为1911年之"拳术研究所"。《国技大观·解星科》：民国二年"复宏"拳术研究所之旧观，"创办国技学会，得湘政府补助金三千元，延纳三湘七泽富于国技知识者近七十人"。遇叶云表、郝海鹏事，见《练太极拳的经验》。

1914年（民国三年甲寅）25岁

4月，《民权素》创刊于上海，编者蒋箸超、刘铁冷。7月，孙中山组成中华革命党，再发起反袁运动。

向恺然在日本撰写长篇小说《留东外史》，始用笔名"平江不肖生"。

是年十月向恺然当已归国，曾由平江至上海小住。

按：《猎人偶记》第一章云："及余年二十五，曾略习拳棒，相从出猎之念，仍不少衰于时，家父母亦略事宽假，遂得与黄（九如）数数出猎焉"；"十月中旬"，"持购自日本之特制猎枪"，随黄于平江"白石岭"猎麂。所述年龄若为虚岁，则于是年即已归国。

又，《好奇欤好色欤》谓："甲寅年十月，我到上海来，在卡德路庆安里，租了一所房子住下"就《自传》称1915年（乙卯）归国，疑记忆有误。

1915年（民国四年乙卯）26岁

1月，《小说海》创刊于上海，编者黄山民。12月12日，袁世凯宣布实行帝制，改元"洪宪"。12月25日，蔡锷在云南发动"护国运动"，各省纷纷响应。

向恺然加入中华革命党江西支部，继续从事反袁活动。

7月至12月，所著《拳术（附图）》（无附录）连载于《中华小说界》第2卷第7期至第12期，署"向恺然"。

1916 年（民国五年丙辰）27 岁

是年初，袁世凯任命之广东都督龙济光先后镇压广州、惠州反袁起义；4 月 6 日，迫于形势，宣布广东“独立”；4 月 12 日，以召开广东独立善后会议为名，诱杀护国军代表汤觉顿、谭学夔等，史称“海珠惨案”。

约于是年初，向恺然受中华革命军江西省司令长官董福开委派，赴韶关游说龙济光属下之南、韶、连镇守使朱福全起义反袁，恰遇海珠之变，身陷险境。当于六月下旬脱险。随后即应友人电召至沪，与王新命（无为）、成舍我赁屋南阳路，专事写作，卖文为生。

3 月，《变色谈》发表于《民权素》第 16 集（未完），署“恺然”。

3 至 4 月，《拳术见闻录》发表于《中华小说界》第 3 卷第 3—4 期，署“向恺然”。

5 月，《留东外史》正集一至五卷由民权出版部陆续初版发行。

8 月，《无来禅师》发表于《小说海》第 2 卷第 8 号，署“恺然”。

10 月，《朱三公子》发表于《小说海》第 2 卷第 10 号，署“恺然”。

11 月，《丹墀血》（与半侬合撰）发表于《小说海》第 2 卷第 11 号，署“恺然”。

12 月，《皖罗》发表于《小说海》第 2 卷第 12 号，署“恺然”。

同月，《拳术》由中华书局初版发行（后附《拳术见闻录》），署“平江向逵”。

按：是年 6 月 19 日，云南护国军张开儒部攻克韶关，朱福全弃城逃遁，向恺然因而脱险，与《拳术传薪录》谓：“民国五年友人电招返沪”在时间上基本切合。《我个人对于提倡拳术之意见》中亦称：“民国五年，友人电招返沪，复创中华拳术研究会于新闸新康里，未几因有粤东之行，事又中止。”《自传》：“遇海珠事变，几遭龙济光毒手。”或谓即海珠事变后遭朱福全囚禁。

王新命叙与向恺然、成舍我共同“卖文”等事颇详，包括向恺然为稿酬问题与恽铁樵“决裂”，当时与向同居之女友为“章石屏”等[10]。关于与与恽铁樵“决裂”事，经查1916—1918年《小说月报》目录，未见有“向逵”、“恺然”或“不肖生”作品，而署名“无为”者亦仅两篇。

《留东外史》正集卷数据董炳月《“国民作家”的立场：中日现代文学关系研究》；又见范烟桥《最近十五年之小说》。《变色谈》等篇刊载月份均为阴历。按：林鸥自编《旧派小说家作品知见书目》著录有《变色谈》一种，署“向恺然著”，不知出版时间及单位，详情待查。

1917年（民国六年丁巳）28岁

是年沈知方于上海创办世界书局。1月，《寸心杂志》在北京创刊，主编：衡阳何海鸣。

向恺然在沪。

1月，中华书局印行《拳术》第12版。2月，“奇情小说”《寇婚》发表于《寸心杂志》第3期，署“不肖生”。《中华新报》或于是年连载向恺然所撰《技击余闻》。

11月1日，《申报·自由谈》刊载《留东外史》“第四集”出版广告（按：这里的“第四集”当指后来称为“正集”的第四卷，下同）。

是年又曾返乡暇居，一度出任湖南东路清乡军军职，驻长沙东乡。随后当即返沪。

按：《猎人偶记》第三章云：“民国六年里居多暇，辄荷枪入山，为单人之猎”；第六章：“丁巳八月余任湖南东路清乡军，率直隶军一连驻长沙东乡。”返沪时间当在下半年。黄曾甫云：“民国初年军阀混战时期，地方不宁，向恺然曾一度被乡人推任为清泰都保卫团团正（团副为李春琦，石牯牛人）。余幼年读小学时，曾亲见向恺然来我家作客，跨高头骏马，来往于清泰桥、福临铺之间。”王新命《新闻圈里四十年》称向恺然《技击余闻》于《中华新报》刊出后“尤脍炙人口”。据其所述时间，当在民国六年。待核该报。

1918年（民国七年戊午）29岁

向恺然在沪。

3月1日，《申报·自由谈》刊载《留东外史》“第五集”（当指正集第五卷）出版广告。

次子振宇生于是年2月25日，字一学，号为霖。生母为杨氏夫人。

按：《江湖异人传》谓：“戊午年十一月，我从汉口到上海来，寄居在新重庆路一个姓黄的朋友家里。”

向振宇，黄埔军校第15期毕业，1937年入空军官校为第12期飞行生。1941年11月赴美受训，次年归国，编入空军第四大队。曾驾机参与鄂西、常德、衡阳等七大战役，先后击落日机两架。1991年7月卒于长沙。

1919年（民国八年己未）30岁

是年向恺然曾一度自沪返湘，与王志群创办国技俱乐部于长沙，不久返沪。

2月，《拳术见闻录》由上海泰东图书局出版单行本，署“向逵恺然”。

4月1日，长篇武侠小说《龙虎春秋》由上海交通图书馆出版，署“向逵恺然”。

按：创办国技俱乐部事，见《我个人对于提倡拳术之意见》等。《龙虎春秋》共20回，叙年羹尧及“江南八侠”故事。

1920 年（民国九年庚申）31 岁

向恺然在沪。《半夜飞头记》或作于是年。

按：《半夜飞头记》第一回述及友人于“四年前”曾读《无来禅师》，问是否知其故事，因而引起作者撰写本书之意向（见时还书局民国十七年第八版）。据此可推知写作时间；初版时间或即在同年，当由上海时还书局印刷发行。学界多将《双雏记》、《艳塔记》与《半夜飞头记》并列为向氏作品，实则《双雏记》为《半夜飞头记》之一续（二集，书名已在《半夜飞头记》结尾作过预告），《艳塔记》为二续（三集），另有《江湖铁血记》为三续（四集），分别出版于民国十五年（1926）10 月、十七年（1928）7 月、十八年（1929）2 月，均由上海时还书局印行。续作者为“泗水渔隐”，即俞印民（1985—1949），浙江上虞人，曾就读于绍兴府中学堂、上海吴淞中国大学；曾任武汉《大汉报》副刊助理编辑，抗战爆发后任国民政府西安行营少将参议，第一、第十战区少将秘书。《艳塔记》自序略谓：“不肖生著《半夜飞头记》，久而未续，时还书局主人访余于吴下，具言不肖生事繁无间，将嘱余以蒇其事。余不治小说久矣，昔年主汉口《大汉报》时，以论政之余，间作杂稿以实篇。旋以主人之请，遂为续《双雏记》以应。兹事距今，忽忽两年矣。”

1921 年（民国十年辛酉）32 岁

世界书局改为股份公司，先后设编辑所、发行所、印刷厂，并于各大城市设分局达三十余处。

向恺然当在沪。

1922 年（民国十一年壬戌）33 岁

3 月，《星期》周刊创办于上海，编者包天笑。8 月 11 日，《红杂志》周刊创刊于上海，编者严独鹤、施济群。

顾明道《啼鹃录》、姚民哀《山东响马传》分别出版、发表于是年。赵焕亭始撰《奇侠精忠传》。

向恺然在沪。

8 月 3 日，包天笑主编之《星期》周刊第 27 号始载笔记小说《猎人偶记》第一章，署“向恺然”；9 月 10 日第 28 号载第二章；9 月 17 日第 29 号载第三章；9 月 24 日第 30 号载第四章；10 月 15 日第 32 号载第五章；10 月 29 日第 35 号载第六章。同刊 10 月 22 日第 34 号、11 月 5 日第 36 号连载《蓝法师记》（含《蓝法师捉鬼》《蓝法师打虎》两篇）。

10 月 1 日，《留东外史》续集（六至十集）由上海民权出版部出版发行。

10 月 8 日，《星期》周刊第 32 号开始连载《留东外史补》，署“不肖生”，“天笑评眉”。

是年，《聪明误用的青年》连载于《快活》杂志第 24、26、27 期，署“不肖生”。

是年向氏曾为中国晚报社编辑《小晚报》，其间初会刘百川。

按：《留东外史》续集出版时间据董炳月《“国民作家”的立场：中日现代文学关系研究》。向恺然《杨登云》（上）：“记得是壬戌年的冬季。那时在下在中国晚报馆编辑小晚报，有时也做些谈论拳棒的文字，在小晚报上刊载……而刘百川也就在这时候，因汪禹丞君的绍介，与我会面的。”《小晚报》详情待查。

1923 年（民国十二年癸亥）34 岁

6 月，《侦探世界》半月刊创刊于上海，编者先后为程小青、严独鹤、陆澹安。第6期始刊姚民哀《山东响马传》。赵焕亭始撰《奇侠精忠传》。

向恺然在沪。

1月5日，《红杂志》第22期开始连载《江湖奇侠传》。

1月21日，《留东外史补》于《星期》第47号载毕，共计13章。

3月4日，《星期》周刊第50号刊载《我研究拳脚之实地练习》。

3月6日，《红杂志》第34期、第50期分别刊载短篇《岳麓书院之狐疑》《三个猴儿的故事》。

5月11日，《三十年前巴陵之大盗窟》发表于《小说世界》第2卷第6期，署“不肖生”。

6月1日（?）《侦探世界》第1期开始连载《近代侠义英雄传》，署“不肖生”。6月21日（?）第3期、7月5日（?）第4期、7月19日（?）第5期分别刊载短篇小说《好奇欤好色欤》上、下及《半付牙牌》，10月24日第10期、11月8日第11期刊载《纪杨少伯师徒遇剑客事》上、下，十一月朔日第13期、十一月望日第14期刊载《纪林齐青师徒逸事》上、下，均署“向恺然”。

7月6日，《陈雅田》发表于《小说世界》第3卷第1期，署“不肖生”。

9月14日，袁寒云发起“中国文艺协会”，向恺然参会并在同乡张冥飞介绍下与袁寒云相识。

按：《北洋画报》第8卷第355期袁寒云《记不肖生》一文云：“予客海上时，曾因友人张冥飞之介识之；且与倚虹、天笑、南陔、芥尘、大雄、东吴诸子，共创文艺协会。”另据郑逸梅《“皇二子”袁寒云的一生》云：“克文来沪，和文艺界人士，颇多往还。民国十二年他发起中国文艺协会，九月十四日，开成立大会于大世界之寿石山房，到者六十人，均一时名流，推克文为主席。十一月十五日又开会选举，当然克文仍为主席，余大雄、周南陔为书记，审查九人，为包天笑、周瘦鹃、陈栩园、黄叶翁、伊峻斋、陈飞公、王钝根、孙东吴及袁克文。干事二十人，为严独鹤、钱芥尘、丁慕琴、祁黻卿、戈公振、张碧梧、江红蕉、毕倚虹、刘山农、谢介子、张光宇、胡寄尘、张冥飞、余大雄、周南陔、张舍我、赵苕狂、徐卓呆等。但不久，克文北上，会事也就停止，没有什么活动了。”

9月，与姜侠魂、陈铁生等编订《国技大观》，内收向恺然所撰《我个人对于提倡拳术之意见》（见“名论类”）、《拳术传薪录》（见“名著类”）及《述大刀王五》、《解星科》（三篇）、《窑师傅》、《赵玉堂》（见“杂俎类”之“拳师言行录”）。同月，上海振民编辑社出版、交通图书馆印行《拳师言行录》单行本，列入“武备丛书”；署“杨尘因批眉，娄天权评点，向恺然订正，姜侠魂编辑”。严独鹤主编之上海《新闻报》约于是年下半年开始连载《留东新史》。

是年8月，世界书局出版《江湖怪异传》（前有张冥飞序）。

是年，世界书局出版《绘图江湖奇侠传》第一集（1—10回）、第二集（11—20回）及《近代侠义英雄传》第一集（1—10回）、第二集（11—20回）。

是年由合肥黄健六介绍，向恺然在上海居士林皈依“谛老和尚”，听讲《慈悲永谶》。

按：《侦探世界》第1至8期封面、封底均无出版月日，文中所注时间出自推算。叶洪生《近代中国武侠小说名著大系·平江不肖生小传及分卷说明》谓美国斯坦福大学胡佛图书馆藏有民国十二年世界书局原刊本《绘图江湖奇侠传》。国内曾见此版，似用刊物连载之纸型直接付印，分册装订。《国技大观》扉页署“向恺然 陈铁生唐豪 卢炜昌著”；“名著类”中除《拳术传薪录》外又收“向恺然注释”之《子母三十六棍》，该篇原出《纪效新书》，作者为明代俞庐江（大猷）。

《新闻报》1924年3月19日始载《留东新史》第26章，由此推测初载当在1923年（待核始载之确切时间）。或称不肖生又撰有《留东艳史》，写作、出版时间未详。

皈依“谛老和尚”事据向氏《我投入佛门的经过》。按：“谛老和尚”当即天台宗名僧谛闲法师（1853—1932），俗姓朱，法名古虚，字谛闲。光绪十二年（1886）由上海龙华寺方丈、天台宗四十二代祖师迹瑞法师授为传持天台教观四十三世祖，叶恭绰、蒋维乔、徐蔚如等均为其居士弟子。

《近代侠义英雄传》第一集有沈禹钟序，署“癸亥秋月”。第三至八集初版时间待查。《江湖奇侠传》第三集以后之初版时间有待核查、考证，暂不列入本表系年；参见顾臻《〈江湖奇侠传〉版本研究》[11]。

1924年（民国十三年甲子）35岁

7月18日，《红杂志》出至2卷50期（总100期）停刊；8月2日，《红玫瑰》出版第1卷第1期，编者严独鹤、赵苕狂。

向恺然在沪。

1月，《变色谈》连载于《社会之花》第1—4期，署名“不肖生”。

《侦探世界》续载《近代侠义英雄传》。又，元旦第17期载短篇小说《天宁寺的和尚》，三月朔日第21期载《吴六剃头》，四月朔日第23期载《江阴包师父轶事》，四月望日第24期载《拳术家李存义的死》。四月末，《侦探世界》终刊，共出24期，第24期刊载《近代侠义英雄传》4回，其他各期每期刊出2回，共计50回。

《红杂志》续载《江湖奇侠传》。又，2月29日2卷30期、3月7日31期、3月28日34期、5月16日41期、5月25日42期、6月6日44期、6月13日45期分别刊载短篇小说《熊与虎》《虾蟆妖》《皋兰城上的白猿》《喜鹊曹三》《两矿工》《一个三十年前的死强盗》《无锡老二》。

《红玫瑰》续载《江湖奇侠传》。又，8月9日1卷2号刊短篇小说《名人之子》，9月6日6号刊《李存义殉技讹传》（为《拳术家李存义的死》正讹），10月11日11号、10月18日12号、11月15日16号、11月22日17号、12月6日19号、12月20日21号分别刊载短篇小说《神针》《快婿断指》《孙禄堂》《鬍福生》《没脚和尚》《黑猫与奇案》。

6月26日，《新闻报》连载《留东新史》结束；30日始载《玉玦金环录》。

7月，世界书局出版《留东新史》3册，共36章。

按：《名人之子》为短篇社会小说，正文署“向恺然”，题下有赵苕狂按语云：“向君别署不肖生，素以武侠小说著称于世，兹乃别开生面，以此社会短篇见贶。绘影绘声，惟妙惟肖，绝妙一回官场现形记也。读者幸细一咀嚼之。苕狂附识。”《留东新史》出版时间据董炳月《“国民作家”的立场：中日现代文学关系研究》。

1925年（民国十四年乙丑）36岁

向恺然在沪。

《江湖小侠传》由世界书局出版发行。

《红玫瑰》1月17日1卷25号、2月7日28号、2月28日31号、3月28日35号、4月4日36号、4月11日37号、4月18日38号、5月23日43号、6月6日45号分别刊载短篇小说《恨海沉冤录》、《傅良佐之魔》、《侠盗大肚皮》、《无名之英雄》、《秦鹤岐》、《绿林之雄》（上下）、《三掌皈依记》、《何包子》。

5 月 1 日，《新上海》第 1 期开始连载《回头是岸》，署“不肖生”，至 1926 年第 3 期共载七章半。

5 月，陈微明设“致柔拳社”于上海，向恺然从之习练杨氏太极拳数月；适王志群来沪，又从之习吴氏太极拳。

按：《江湖小侠传》有初版广告见《红玫瑰》2 卷 1 期。《练太极拳之经验》：“到乙丑年五月，幸有一位陈微明先生从北京来到上海”，设立致柔拳社教授太极拳，乃得初习数月。而《近代中国武侠小说名著大系》所收《我研究推手的经过》则谓“一九二三年在上海从陈微明先生初学太极拳”，“一九二三”当为“一九二五”之误。陈微明（1881—1958），湖北蕲水人，曾举孝廉，任清史馆编纂。先从孙禄堂习形意拳、八卦掌，后从杨澄甫习太极拳。著有《海云楼文集》《太极拳讲义》等。

1926 年（民国十五年丙寅）37 岁

是年 7 月，国民革命军分三路从广东正式开始北伐。9 月 10 日，国民革命军第八军（军长唐生智）所部刘兴第四师占领湖北孝感，廖磊时为该师第三团团长。

向恺然在沪。

6 月 1 日，《江湖奇侠传》第 86 回在《红玫瑰》2 卷 32 号载完，编者在“编余琐语”中宣告：不肖生之《江湖奇侠传》共 86 回，本期业已登完。现请其接撰《近代侠义英雄传》，以备本刊第 3 卷之用。但 3 卷 1 号所载为《江湖奇侠传》之 87 回，仍系向恺然手笔。6 月，世界书局印行之《江湖奇侠传》或已出至第九集（79—86 回）。

6 月 6 日，《上海画报》第 118 期发表《郴州老妇》，署“向恺然”。其“后记”为“炯”所撰识语，云：“向恺然先生别署不肖生，技击之术，为小说才名所揜。兹篇（系）愚丐张冥飞先生转求得之者，所述又为武侠佚闻，弥足珍焉。”

同年，上海《新闻报》连载《玉玦金环录》结束（该书连载稿酬为千字4.5元），后由中央书店印行，改名《江湖大侠传》。

《红玫瑰》2月14日2卷17号、3月13日21号、7月7日37号、7月14日38号、7月21日39号、8月5日41号、8月12日42号分别刊载短篇小说《癞福生》、《梁懒禅》、《至人与神蟒》（上下）、《甲鱼顾问》、《杨登云》（上下）。

是年大东书局出版《留东外史补》。

是年撰成《近代侠义英雄传》第51回至第65回。

按：刘兴部占领孝感之后又曾出击广水、武胜关、汀泗桥，占领汉口；10月奉命留两湖整训。

1927年1月之《新闻报》已无《玉玦金环录》，是知连载结束于1926年。稿酬据向晓光所藏新闻报馆民国十五年二月六日致向恺然函原件。

大东书局出版《留东外史补》之时间据董炳月《“国民作家”的立场：中日现代文学关系研究》，待查此版是否初版。

《红玫瑰》所载《江湖奇侠传》回序、回目与后来印行之各种单行本回序、回目不尽相同，参见顾臻《〈江湖奇侠传〉版本研究》。《红玫瑰》3卷1号所载第87回开头有“因此重整精神，拿八十七回以下的《奇侠传》与诸位看官们相见”之语，正文文风亦与前相似，故论者多认为此回与88回仍属向氏手笔。世界书局所印《江湖奇侠传》第十至十一集，版权页所标印行时间与第九集同为是年6月，由于此二集涉及“伪作纠纷”，所署时间是否真实待考。参见顾臻《〈江湖奇侠传〉版本研究》。

《近代侠义英雄传》第51回末陆澹庵评语：“著者前撰此书，仅五十回，即已戛然而止，读者每以未睹全豹为憾，今乘暇续成之。”同书第66回开头正文则谓：“这部侠义英雄传，在民国十五年的时候，才写到第六十五回。”均指51回至65回写于《侦探世界》终刊之后。

1927年（民国十六年丁卯）38岁

2月3日，唐生智第八军扩编为第四集团军，原第四师扩编为第三十六军，军长刘兴；下辖第一师师长为廖磊。4月12日，上海发生反革命政变，国共、宁汉正式分裂。4月18日，武汉国民政府誓师继续北伐，三十六军挺进豫、皖。8月，唐生智通电讨蒋；9月，三十六军沿长江南岸进至芜湖，进驻东西梁山。10月，南京政府决定讨伐唐生智，唐退守湖南，三十六军失利西撤。11月，唐生智下野，三十六军退守湖南长沙、平江、浏阳、金井一线。

向恺然当于2、3月间离沪，就任三十六军军部中校秘书，随军驻湖北孝感。曾建议第一师师长廖磊在天后宫设立军民俱乐部，开展文体活动，敦进军民情谊。8月以后当随军往返于鄂、皖、湘。

是年二月二日（阳历3月5日），《红玫瑰》第3卷第7号续载《江湖奇侠传》第88回毕。编者在“编余琐话”中宣告：“不肖生到湖南做官去了，一时间没有工夫撰稿。《江湖奇侠传》只得暂停数期。”此后该刊续载者当皆系伪作。九月，中央书店印行《玉玦金环录》。

按：向恺然在孝感事迹据《向恺然逸事》[12]，然该文所述时间及部分细节与史实不符。本《年表》所记刘兴部进驻孝感时间、番号变动情况等，均以其他历史文献为依据。又《孝感市志·大事记》：是年5月6日，中共孝感县特别支部发起举行“倒蒋演讲大会”，“国民革命军第四师十七团宣传队”曾与会并发表演讲（按：

“第四师”或指刘兴部队旧番号，时已扩编为三十六军，该师或即指廖磊师)；6月30日，国民党极右分子会同土劣进入县城，勒缴农民自卫军枪支，驻军第三十六军第一师及教导团占领县党部、农协、妇协及总工会驻所，史称“湖北‘马日事变’”[13]。可知廖磊部(或包括三十六军其他部队、机构)在此期间确仍驻扎于孝感，撤离时间或在8月。

1928年（民国十七年戊辰）39岁

是年初，刘兴率三十六军撤至溆浦。在李宗仁压力之下，刘兴辞去军职，闲居上海，廖磊接任三十六军军长，部队受桂系节制。4月5日，蒋介石誓师“二次北伐”，白崇禧率三十六军再沿京汉路进军豫、冀，9月10日攻占唐山、开平。11月19日第四集团军缩编，三十六军缩编为第十师，廖磊为师长，仍驻开平。

向恺然随军进驻天津附近之开平。其间或曾挂职于天津特一区区署及市政府。

据《江湖奇侠传》相关内容改编，由张石川执导、明星公司发行之电影《火烧红莲寺》在沪上映；其后连续拍摄至18集，掀起武侠影片摄制热潮及武侠文艺热潮。

7月17日，《红玫瑰画报》第6期（非卖品）刊出《江湖小侠传》《侠义英雄传》《江湖奇侠传》广告。

9月4日，《红玫瑰画报》第8期刊出《留东外史》广告。

按：向氏挂职天津政府机关一事，当与时任天津特别市政府参事之黄一欧（黄兴之子）有关。详见1929年《北洋画报》8月6日所载亦强《不肖生生死问题》及8月8日所载袁寒云《记不肖生》二文。电影《火烧红莲寺》又有第19集，为香港所摄制。

1929 年（民国十八年己巳）40 岁

是年初，廖磊部或已进驻北平。3 月，唐生智与蒋介石合作倒桂，刘兴潜回旧部，逼走白崇禧，率部参与蒋桂战争。

顾明道《荒江女侠》开始连载。

向恺然当于是年初随廖磊部进驻北平，随即辞去军职。8 月间，随黄一欧赴津。同年夏秋间，受聘为沈阳《辽宁新报》特约撰述员，为该报撰长篇武侠小说《新剑侠传》。在北平时，曾从许禹生、刘思绶研习太极推手；又曾会见太极拳发源地河南陈家沟陈氏太极第四代传人陈积甫，考察陈、杨两派拳术异同。

同年，《现代奇人传》一册由世界书局出版发行。

3 月 24 日，《上海画报》第 450 期所载《小报告》（署名“网”）称：“小说名家向恺然先生，近年在湘中任军法官，昨世界书局得讯，先生已归道山矣。”4 月 3 日，上海《晶报》亦刊出不肖生“物故”消息。包天笑化名“曼奴”在该报发表《追忆不肖生》，其他报章亦有追挽文字跟进。7 月 21 日，《晶报》载张冥飞文，称不肖生在津沽。随后《琼报》《滩报》发表谴责赵苕狂冒名续写《江湖奇侠传》之文字，而平、津报章亦因《辽宁新报》预告刊载《新剑侠传》而发生不肖生存殁之争。8 月 3 日、6 日、8 日，《北洋画报》发表亦强《不肖生生死问题》《关于不肖生之又数种消息》及袁寒云《记不肖生》三文，证实向恺然确实曾在天津。

8 月 15 日，《北洋画报》刊出向恺然致该社社长冯武越函及近照一张，谣言遂息。

8 月 18 日，《上海画报》第 498 期，刊出署名“耳食”的《不肖生不死》一文，说“前年盛传向君已作古人，兹据北平友人函称，则向君目前确在北平头发胡同甲一号第十三师办公处，已投笔从戎矣！”同期所载《重理书业之不肖生》（署名“悄然”）则云：“不肖生向恺然君，自游幕湘南后，沪上曾一度传其已死，实则向已随李品仙部至北平，向寓在西城头发胡同甲一号，唯以随军关系，既不大与外间通问，且不愿以真相示人耳。近闻向已辞去军队生活，而重整理笔墨生涯，其第一步即为沈阳《辽宁新报》撰《新剑侠传》。”

另据《平襟亚函聘不肖生》（刊于1929年8月21日《上海画报》第499期，署名“俞俞”）云：“前此途中为匪戕害云云，特东坡海外之谣耳［张其锽（子午）杨毓瓒（瑟君）皆死于匪，向先生被戕之谣，殆即由此传误）。向先生尝致《新闻报》严独鹤先生一书，声明死耗之不确，又询《江湖奇侠传》九集以后之续稿，并谓可以继续为《快活林》撰著，平襟亚先生闻讯，急函约向先生到沪，为中央书店撰小说。每月交□万字（原稿漏字）］，致酬五百金，订约一年，款存银行保证，暂时不得更为它家作何种小说云。”其间还涉及向恺然与世界书局、时还书局的版权纠纷。

父国宾公卒于是年。

按：向恺然在《练太极拳的经验》中曾说：“戊辰七月，我跟着湖南的军队到了北京，当时北京已改名北平。”戊辰七月即1928年8月16日至9月14日，而三十六军9月10日方攻占开平，故文中“戊辰”疑为“己巳”之误，月份是否有误待考。练习、考察太极拳事，见《我研究推手的经过》等文。是年，《红玫瑰》第5卷第20号刊出《江湖奇侠传》十一集本及《现代奇人传》出版广告。《江湖奇侠传》第十集与第十一集均系伪作，涉嫌侵犯向恺然著作权。关于“物故”谣言及上述著作权纠纷，向为霖在《我的父亲平江不肖生》中亦曾叙及。下述资料较清晰地勾勒出了相关细节：

据《世界书局迎向记》（刊于1929年9月12日《上海画报》第506期，署名“耳食”）短讯称：“听说向恺然先生从北平写信到上海世界书局，提出一个小小交涉，就是《江湖奇侠传》要从第十集重新做过，沈老板大为赞成，赶忙托李春荣君亲自赴平，答应向君的要求，并且要请他结束全书。”又，短讯《快活林将刊不肖生著作》（刊于1929年9月27日《上海画报》第511期，署名“重耳”）则谓：“向现仍拟在沪重理笔墨生涯，其开宗明义之第一声，将在《新闻报》上之《快活林》露脸，以《快活林》编者严独鹤君，与向素有交谊，且甚钦佩向君之笔墨也。惟《快活林》之长篇小说，俟《荒江女侠》登完后，尚有徐卓呆和张恨水二君之小说，预计在本年度内，无再登他人小说之可能，故向君现特先撰《学习太极拳之经过》短文一篇，约五六千字，其中关于太极拳之派别及效用，均详述靡遗，极富趣味，不日即将刊载。”11月，《上海画报》第524期（1929年11月6日）所刊《向恺然返湘省亲记》（“振振”自北平寄）称：“其尊人忽抱沉疴，得电忽忽，即行就道。”另，《上海画报》528期（1929年11月18日）所刊《向恺然起诉时还书局》（署名“平平”）称：“世界书局以八千元了结《江湖奇侠传》版权纠纷事宜；向恺然就《半夜飞头记》署名问题起诉时还书局。”起诉时还书局之结果未详。

1930年（民国十九年庚午）41岁

是年3、4月间，电影《火烧红莲寺》第十一集“因取材偶不经心，致召上海市党部电影检查委员会取缔”（明星公司《普告国内外之欢迎〈红莲寺〉者》）。5月14日，“片经特别市检查会检许”，恢复公映。

向恺然约于3、4月间自北平返沪，继续其写作生涯。

3月18日，上海《新闻报》副刊《快活林》始载向恺然《练习太极拳的经验》，4月20日载完。此文主要总结在北平习研太极拳之心得、见闻，后收入陈微明所编《太极正宗》，列为第七章，题目改为《向恺然先生练习太极拳的经验》。

按：据4月24日《上海画报》第579期所刊《不肖生来沪》（记者）称："小说界巨子平江向恺然先生，著作等身，文名藉甚，近已偕其眷属来沪，暂寓爱多亚路普益公报关行，刻方卜居适宜之地。"

又据是年3月28日《新闻报·快活林》刊载陈微明《一封书证明事实·陈微明致向恺然》云："数年未见，每于友人中探兄踪迹，近始知在北平研究太极拳"，"闻兄仍作文字生涯，其境况可知，何不仍南来一游乎？"可知向氏返沪当在3、4月间。

关于《火烧红莲寺》第十一集遭取缔的时间，据明星公司《普告国内外之欢迎〈红莲寺〉者》文（附载于中央大戏院为该片第十二集上映而在是年7月5日《新闻报》上刊发的广告）推定。文中又说："（遭取缔后）嗣经本公司略具呈文，陈明中国影业风雨飘摇之苦况及《红莲寺》关系国片存亡之实情……差幸检会体恤商艰，业已准如所请。"经查，该片第十集上映于同年2月20日前后，第十一集既已于5月14日经"检会"允许公映，可知知遭禁当在3、4月间。

1931年（民国二十年辛未）42岁

7月15日，国民政府"内、教二部电影检查委员会"依据反对"提倡迷信邪说"之宗旨，在第十一次委员会议上又决议禁止播映《火烧红莲寺》，并吊销已换发之该片第十三至十八各集执照。

向恺然当于是年撰成《近代侠义英雄传》第66至84回。

按：《近代侠义英雄传》第66回："这部侠义英雄传，在民国十五年的时候，才写到第六十五回，不肖生便因事离开了上海，不能继续写下去；直到现在整整五年，已打算就此中止了。""不料近五年来，天假其便居然在内地谋了一桩四业不居的差使；可以不做小说也不致挨饿，就乐得将这支不健全的笔搁起来。……想不到竟有许多阅者，直接或间接写信来诘问，并加以劝勉完成这部小说的话。不肖生因这几年在河南直隶各省走动，耳闻目见的又得了些与前八集书中性质相类似的材料；恰好那四业不居的差使又掉了，正用得着重理旧业。”“四业不居的差使”当指所任军职。亦不排除上年业已开始续撰之可能。

关于本年以及 1932 年、1937 年、1938 年《火烧红莲寺》禁映或开禁的情况，均据顾倩《国民政府电影管理体制（1927—1937）》一书第十四章第四节。“内、教二部电检会”为中央级的电影管理机构，正式成立于是年 3 月，由内政部（含警务系统）和教育部联合组成。

1932 年（民国二十一年壬申）43 岁

2 月，湖南省政府主席何键于长沙创办湖南国术训练所，所址设于皇仓湾武圣宫内，首任所长万籁声；5 月，万籁声离任，何键亲自兼任所长。10 月 1 日至 5 日，湖南省第二届国术考试在长沙举行。

7 月，天津《天风报》开始连载还珠楼主（李寿民）所撰《蜀山剑侠传》。

8 月，明星公司呈文内、教二部“电检会”，列述摄制《火烧红莲寺》本意不在提倡迷信邪说诸情，请求重捡、弛禁。获准，遵命改名《红莲寺》，修改不妥内容，重领执照。然而，随之又接警字 137 号令，谓据《出版法》，小说《江湖奇侠传》业已查禁，《红莲寺》执照仍应吊销。虽经公司再次力辩该片仅前二集取材于小说，其他各集皆与小说无干云云，陈情仍被驳回。

是年向恺然离沪返湘，居长沙学宫街希圣园，于何键兼任国术训练所所长后出任该所秘书，主管所务。取得友人吴鉴泉、杜心五、王润生、柳惕怡等支持，以顾如章为总教官，刘清武为教务主任，加聘范庆熙、王荣标、范志良、纪授卿、常冬生、白振东等为教官；以李肖聃为国文教员，柳午亭为生理卫生教员。所内南北之争消弭，全所面貌一新。10 月派出学员参加省第二届国术考试，取得优异成绩。

是年 3 月，世界书局出版《近代侠义英雄传》第九至十二集（66—84 回）。

按：国术训练所创办时间据《湖南武术史》[14]。向恺然《自传》："民国二十一年回湖南办国术训练所及国术俱乐部，两次参加全国运动会，湖南省皆夺得国术总锦标。"（《长沙文史》第 14 辑所载肖英杰《湖南省国术馆始末——解放前的湖南武术界》一文谓国术训练所创办于 1931 年。互联网所载《湖南国术训练所掌故》一文跟帖或谓 1929 年冬万籁声即应聘入湘就任所长；关于万氏离湘时间，又有 1932 年 7 月、1933 年 7 月诸说，似均不确。）湖南省第二次国术考试时间据《湖南武术史》（第一次为 1931 年 9 月 27—29 日）。

岳麓书社版《近代侠义英雄传》之底本即世界书局 1932 年本，然被删去第 15 至第 19 回及第 65 回、第 67、68 回共计 9 回文字，导致文献残缺，殊为可惜。

1933 年（民国二十二年癸酉）44 岁

10 月 20 日至 30 日，中央国术馆于南京公共体育场举办全国第二届国术考试。

向恺然在国术训练所任秘书。10 月，派出选手多人参加全国国术考试，获得优异成绩。

《湖南省第二届国术考试汇刊》出版，内收向恺然《提倡国术之贡献》《妇女界应积极提倡国术》《写在国术考试以后》《我失败的经验》四文。

是年秋，《金刚钻月刊》第2期以《论单鞭》为题，刊载1924年（甲子）春季陈志进与向恺然来往书信三通。

按：第一次全国国术考试举办于1928年10月。《金刚钻月刊》编者施济群在《论单鞭》之前加有按语云："甲子春，余方为世界书局辑《红杂志》，陈君志进以书抵余，嘱转向君恺然，讨论太极拳中之单鞭一手。盖当是时有某书贾者，发行《国技大观》一书，贸然列向君名，丑诋单鞭无实用，陈君乃作不平鸣。迨鱼雁数往返，始悉《国技大观》一书，非向君所辑，然则向君之受此夹气，非向君始料所及也。岂不冤哉！癸酉仲秋编者识。"文末复按："陈、向二君，素昧平生，因此一度之笔战，乃成莫逆交。语云：'不打不成相识。'信然。今陈、向二君俱在湖南主持国术分馆教授事，倘重读当年讨论单鞭数书，悻悻之色，溢于言表，必哑然自笑也。"

1934年（民国二十三年甲戌）45岁

1月，竺永华出任国术训练所所长，建议何键于长沙又一村成立国术俱乐部。何自任董事长，竺任总干事长，下设总务、宣传、游艺、教务四股。

向恺然兼任国术俱乐部秘书，同时兼任高级班太极拳教员。端午节前，太极名家吴公仪、公藻兄弟应邀抵湘，就任国术俱乐部教员。向恺然主持欢迎仪式，有合影留存，题曰摄于"蒲节前一日"。

是年秋，王志群返湘，向恺然与之相聚三月，晨夕探讨太极拳。

在向恺然主持、筹划下，国术俱乐部之建设以及活动之开展颇见成效，拥有礼堂、演武厅、国术大操场、射箭场、摔跤场、弹子房、民众剧院等设施，组织、推广文体活动，贡献颇多。

是年，向氏撰《赵老同与尤四喇嘛》，连载于《山西国术体育旬刊》第1卷第1、2期；《三晋武侠传》，连载于同刊第1卷第3、4、5期（前两期署“肖肖生”，第5期署“不肖生”）；《国术名家李富东传》，载于第1卷第7、8期合刊；《霍元甲传》，连载于第6期及7、8期合刊。

母王氏太夫人卒于是年阳历2月28日。

按：与王志群重聚事，见《太极径中径》。《赵老同与尤四喇嘛》等篇多与《近代侠义英雄传》互文。

1935年（民国二十四年乙亥）46岁

10月10日至20日，第六届全国运动会在上海举行。

向恺然在国术训练所、国术俱乐部任秘书职。以国术训练所学员为主之湖南省国术队女子组荣获全国运动会总分第一名。

6月，长沙裕伦纸业印刷局印行吴公藻《太极拳讲义》，向恺然为之作序，以答客问方式阐释太极拳精义。

按：《太极拳讲义》序末署“民国二十四年六月平江向恺然序于湖南国术训练所”。

1936年（民国二十五年丙子）47岁

何键改湖南省国术训练所为湖南省国术馆。10月，第六届华中运动会在长沙举行。

向恺然受何键之命，与竺永华专任国术俱乐部事务。湖南省男、女武术队分别荣获第六届华中运动会武术总分第一名。

原配杨氏夫人卒于是年8月25日。

按：专任国术俱乐部事等据《湖南武术史》。

1937年（民国二十六年丁丑）48岁

7月7日卢沟桥事变，抗日战争全面爆发。7月18日，长沙市政府、国术俱乐部等九团体于又一村国术俱乐部召开会议，决定成立“长沙人民抗敌后援会”，24日改称“湖南人民抗敌后援会”，后又改称“湖南人民抗敌总会”。廖磊率部驻皖，9、10月间，以陆军上将衔出任第十一集团军总司令兼第七军团军团长。11月12日，上海沦陷。11月27日，新任湖南省主席张治中宣誓就职，何键调任内政部长。

向恺然任国术俱乐部秘书，积极参与抗敌后援等爱国活动。

电影《火烧红莲寺》在“孤岛时期”之上海经“中央电检会”办事处重检，获通过，但又在工部局电检会受阻。

按：向一学《回忆父亲一生》[9]称：向恺然时曾接待、安排田汉、熊佛西率领之抗日宣传队演出及徐悲鸿绘画展览等活动。

上海沦陷之后，城市中心为公共租界中区、西区和法租界，日军未能进入，因而形成四周都是沦陷区的独立区域，史称“孤岛”。国民政府在“孤岛”仍拥有治权，当时内、教二部电检会已被“中央电检会”取代，该会在沪留有办事处。

1938年（民国二十七年戊寅）49岁

1月23日，张治中改组省国术馆，原副馆长李丽久升任馆长，任郑岳为副馆长。2月，日机开始轰炸长沙等地。5月，湖南各县成立抗日自卫团。6月7日，第五战区司令官兼安徽省主席李宗仁迁省会于大别山区立煌县（今金寨县）。廖磊奉令驻守大别山，以第二十一集团军总司令身份兼任第五战区豫鄂皖边区游击总指挥，9月27日出任安徽省主席，10月8日兼任省保安司令。11月，日军攻长沙，国军撤退时放火烧城。

向恺然当于是年受廖磊之邀，往安徽立煌县出任第二十一集团军总办公厅主任兼省府秘书；同往之武术界人士包括白振东、粟永礼、时漱石、黄楚生、刘杞荣等。不久，嘱侄孙向次平于返湘时接成佩琼到立煌。是年秋，与成佩琼在立煌结婚，婚礼由第二十一集团军政治部主任胡行健操办。

是年中央书局印刷发行《玉玦金环录》之改名本《江湖大侠传》，署“襟霞阁主人精印”“大字足本”，列入“通俗小说文库”，前有范烟桥序及陈子京校勘后序。

上海工部局电检会亦对《火烧红莲寺》开禁，第十八集终于在“孤岛”正式上映。

按：廖磊就任安徽省主席时间据《中华民国史事日志》[15]等，《金寨县志·大事记》作10月24日[16]。向恺然所任职务据《湖南省文史馆馆员传略》，此外又有“顾问”“参议”诸说。成佩琼，婚后改名“仪则”，原籍湖南宁乡，生于民国八年（1919）1月6日。初中毕业后考入国术训练所女子师范班，主学太极拳；毕业后任益阳信义中学体育教师。向斯来2010年12月2日致徐斯年函云：“1937年卢沟桥事变，母亲回到国术训练所。不久，父亲应二十一集团军总司令廖磊的邀请，前往安徽任职总办公厅主任。父亲去安徽时，从国术训练所带了一些男学员随同前往，在廖磊部任职。后来又派他侄孙向次平（曾在行政院任过职）来长沙，说向主任派他来接母亲前往安徽安排工作。当时母亲与父亲只是师生关系，兵荒马乱的年代，工作不好找，有这样的机会，就跟向次平去了。到安徽后，父亲托人向母亲求婚（父亲元配杨氏已于1936年去世），母亲考虑父亲比她大20多岁，开始没有同意。父亲先后派了唐生智内侄凌梦南、参谋长徐启明、副官处长罗敏、政治部主任胡行健等人，轮番给母亲说媒，做工作，母亲终于同意了。1938年秋，由政治部主任胡行健操办婚筵，为我父母举行了结婚仪式。”向一学《回忆父亲一生》称：“因日机轰炸长沙，全家搬回老家东乡苦竹坳樊家神。

父亲在福临铺抗日自卫团当副团长……后来随桂系廖磊去安徽。”黄曾甫《平江不肖生为何许人》称：“1938 年长沙大火前，敌机时来侵扰，向恺然携眷下乡，住在长沙县竹衫铺樊家神（在麻分嘴附近）老家。在乡人士组织福临乡自卫团，又推举向恺然任副团长，他招来一批国术训练所的学生，在乡下训练。”经查《湖南抗日战争日志》[17]，“湖南民众抗日自卫总团”由张治中兼任团长，下设区团部，由各区保安司令兼任团长；县设县团部，由县长兼任团长；乡（镇）设大队部，由乡（镇）长任大队长。福临铺为镇，向恺然若任该职，当为福临铺抗日自卫团之副大队长。向斯来 2010 年 12 月 2 日函则云：“母亲回忆，抗战爆发后，父亲即随廖磊去了安徽，并没有在长沙出任过长沙县抗日自卫团副团长，一直从事文字和武术工作。此事母亲记得很清楚，因为卢沟桥事变后，她就从益阳回到了长沙（的）省国术训练所。对父亲行止比较清楚。”上述两说，以向一学、黄曾甫说为是。

1939 年（民国二十八年己卯）50 岁

10 月 23 日，廖磊因脑溢血逝世，追赠陆军上将，葬立煌县响山寺。

向恺然在立煌。殆于是年（或上年?）访刘百川并初识觉亮和尚（“胖和尚”）于六安，又识画僧懒悟（“懒和尚”）于立煌。

女斯来生于是年 12 月某日，生母为三配夫人成仪则。

按：向恺然《我投入佛门的经过》：“我学佛得力于一位活菩萨，那位活菩萨是谁？是六安大悲庵的胖老和尚。这和尚在大悲庵住了五六十年，七八十岁的六安人，都说在做小孩的时候便看见这胖老和尚，形貌举动就和现在一样。凡是安徽的佛教徒恐怕没有不知道他的。他的法名叫觉亮，但是少有人知道，他在大悲庵几十年的行持活动，写出来又是一部好神话小说。不过他是一个顶怕麻烦的人，我不敢无故替他惹麻烦。”向氏与此僧交往之确切时间、过程待考。成仪则《忆恺然先生》：“住在六安县的刘百川老师，是全国著名的武术家。此时困住家乡，一筹莫展。恺然先生访知后，和二十一集团军总司令廖磊乘视察军情之机，途经六安，会见了刘百川老师。老友相逢，倍加欢喜。刘百川对恺然先生的事业深表赞同，于是便同来立煌，住在我家。恺然先生向廖磊详细介绍刘的武术及为人，建议安排他的职务。廖磊当时是总司令兼安徽省主席，欣然接受了这一建议，将刘安排在安徽省政府任参议一职。”[18]姑将访刘百川及初会胖和尚均志于本年。朱益华《五档坡的大玩家》：“抗日战争时期懒悟应弘伞法师邀请到金寨（当时叫‘立煌’）小灵山。这时候曾经以写《江湖奇侠传》而轰动一时的向恺然，应安徽省主席的邀请来到金寨。向恺然与懒悟一见如故，并写了一副对联送给懒悟。联文是‘书成焦叶文犹绿，睡起东窗日已红。’懒悟很喜欢，抗战胜利后携回迎江寺，挂在他的画室里。”[19]按：懒悟即懒和尚，河南潢川人，俗姓李。生年未详，卒于1969年。以书画闻名于世，属新安画派，称“汪采石、黄宾虹后第一人”。迎江寺在安庆（当时已沦陷）。向恺然初会懒悟之时间待考，亦姑志于本年。向斯来，谱名振来。

1940 年（民国二十九年庚辰）51 岁

1 月 11 日，李品仙继任安徽省长。

向恺然在立煌。

1941 年（民国三十年辛巳）52 岁

向恺然在立煌。

女斯立当生于是年。生母为三配夫人成仪则。

按：向斯立，谱名振立。其身份证生日为1942年2月14日，向晓光谓实际出生时间早于是年。而向斯行身份证上生年亦为1942年，可知斯立当生于1941年。

1942年（民国三十一年壬午）53岁

是年春，经教育部批准，安徽省临时政治学院改建为安徽省师范专科学校。12月底，日军突袭并占领立煌，大肆烧杀，于次年初撤退。

向恺然在立煌。

12月，广益书局出版《龙门鲤大侠》一册，署“向恺然著”。

子斯行生于是年8月21日。生母为成仪则夫人。

按：向斯行，谱名振行，卒于2008年。《龙门鲤大侠》未见原书，书目所录出版时间为“康德八年”即1942年，疑印行于东北沦陷区。

1943年（民国三十二年癸未）54岁

安徽师范专科学校升格为安徽学院。

向恺然以省府秘书兼任安徽学院文科教授当始于是年。

女斯和生于是年12月27日。生母为成仪则夫人。

按：安徽学院后与原安徽大学合并重组，重建安徽大学（时在1949年10月）。向斯来2010年12月2日函称：“父亲在立煌县任二十一集团军总办公厅主任时，兼任安徽大学（按：对照《自传》及相关文献当为安徽学院）教授，教古典文学，每周去授课一天，上午两节课，下午两节课。持续时间大约一年多。”向斯和，谱名振和。

1944 年（民国三十三年甲申）55 岁

向恺然在立煌。奉派以省府秘书身份会同定慧禅师领修被日寇焚毁之响山古寺。《太极径中径》或撰于是年。

按：金寨县政府网 2009 年 4 月 28 日发布《响山寺》简介云："1943 年元旦，日寇犯境，寺被焚毁，荡然无存。1944 年安徽省府为恢复寺庙，派秘书向恺然会同禅师定慧领修，历时 8 个月，于 1945 年建成。"《太极径中径》写作时间据该篇内文推测。此文见于刘杞荣《太空拳》一书（湖南省新华印刷厂 1997 年印行），此前曾否公开发表待查。又，同书另收向恺然《湖南武术代有传人》一文，当作于 1949 之后，未知确切时间。

1945 年（民国三十四年乙酉）56 岁

抗战胜利。安徽省政府由立煌迁至合肥。

向恺然督修之响山寺完工，计重建瓦屋 30 间，分为一宅三院。其左后方为廖公祠、墓（祀廖磊），右为忠烈祠（祀桂系阵亡将士）。

按：响山寺完工资料据金寨县政府网。1947 年 12 月 10 日《纪事报》所载《名小说家平江不肖生匪窟脱险经过》谓：向氏督修之三大工程为"廖公祠、昭忠祠、胜利纪念塔"，而 1947 年 9 月尚"未竣"。《纪事报》所载文当据传闻而写，所叙督修时间及事实或有不确之处。成仪则《忆恺然先生》亦曾说及抗战胜利后督修响山寺及胜利纪念塔，而胜利纪念塔不见载于金寨县志及政府网。

1946 年（民国三十五年丙戌）57 岁

华中军政长官白崇禧在合肥宣布撤销第十战区，于蚌埠设立第八绥靖区，夏威任司令长官。

向恺然应夏威之邀，赴蚌埠佐其戎幕，出任少将参议，主办

《军声报》。2月，安徽省政府教育厅编印之《新学风》创刊号刊载向恺然所撰《宋教仁、杨度同以文字见之于袁世凯——〈革命野史〉材料之一》；该刊第2期列向恺然为特约编撰。是知其时已开始构思、撰写《革命野史》。

6月，上海广益书局出版《太湖女侠传》一册，署“向恺然、许慕羲合作”。

按：任少将参议等事据《湖南省文史馆馆员传略》。《军声报》，民国三十五年（1946）由第八绥靖区政训部创办，社址设于蚌埠华丰街10号，日出对开一大张，次年停办。叶洪生编《近代中国武侠小说名著大系》之《近代侠义英雄传》《江湖奇侠传》卷首《平江不肖生小传及分卷说明》谓：《革命野史》“原称《无名英雄》”，曾以《铁血英雄》之名“发表于上海《明星日报》”。待核实。《太湖女侠传》未见原书。

1947年（民国三十六年丁亥）58岁

9月2日，中国人民解放军晋冀鲁豫野战军（即二野）三纵八旅占领立煌县城。

向恺然时在立煌，因即被俘。审查期间二野民运部长史子云曾建议向恺然赴佳木斯高校任教，向因“家庭观念太重”而未允。解放军遂礼遇而释放之，并开具通行证，乃携眷经六安转赴蚌埠。

按：是年12月间，国民党军与二野二纵在立煌展开拉锯战。次年2月下旬，二野主力转移。直至1949年9月6日，中国人民解放军二十四军七十一师二一三团占领金家寨后，立煌县方正式宣告解放。1947年12月10日《纪事报》所刊《名小说家平江不肖生匪窟脱险经过》谓：向氏于9月3日被俘，在“古碑冲的司令部中”接受审查，“八天”之后获释。所述其他情节与下文所引向氏自述、向斯来函所述基本一致，“史子云”则误作“史子荣”，“民运部长”误作“行政部长”。湖南省文史馆所藏向恺然1953年致“李部长”（当为时任湖南省委宣传部长之李锐）函云：“1947年在安徽遇二野民运部长史子云和八纵队政治部许主任，他们都是读过我所作小说的。他们对我说，我的小说思想与他们接近，一贯的同情无产阶级，不歌颂政府，不歌颂资产阶级，并说希望我到佳木斯去当大学教授。我自恨家庭观念太重，那时已有五个小儿女，离开我便不能生活，不愿接受他的希望，于今再想那样认识我的人便不易得了。”向斯来2010年12月2日函谓：“经我与母亲及妹妹们回忆”，父亲被俘“是1947年秋天的事，刘邓大军进军大别山后发生的。当时父亲被带走了一个星期，回来后告诉我母亲，新四军对他很好。说他很坦白，有什么说什么；思想先进，和共产党能够合拍；又是文化人，共产党队伍里很需要他这样的人，动员他加入共产党，随部队到东北佳木斯去。父亲一生没参加过任何党派，虽然在廖磊部做事，也并没有加入国民党。父亲对新四军说，他可以随部队去东北，但是，家有妻室儿女大小六人，而且子女年龄都很小，要去得带家属一起去。新四军答复说，战争年代，家属不能随军，但是，蚌埠设有留守处，家属可以留在蚌埠。父亲回复说，此前他之所以没有随二十一集团军去蚌埠，留在立煌没走，自己讨点事做（负责建胜利纪念塔），就是因为孩子都小，走不了。如果家属不能随军，他一个人去东北会放心不下。因此只能答应新四军说，他回湖南后，将来贵军解放长沙，他一定出城三十里迎接。1949年，父亲与程潜等国民党高级将领一起，在长沙签名起义，迎接解放军。在审查父亲的那七天时间里，新四军要父亲帮他们做了一些文字工作，比如写小册子、宣传品等。闲聊中，他们问父亲对共产党有什么看法，父亲说，担心他们挺进大别山离后方太远，怕给养供不上。冬天马上来了，天冷了怎么办？通过审查，父亲一无血债，二无劣迹，而且在当地民众中口碑很好，七天后，新四军把父亲放回来了。临回家前，还请父亲吃了餐饭，一位叫‘史团长’的（按：当即向恺然致‘李部长’函中所说之史子云）陪同父亲一起用餐。回家后，父亲继续为部队做了一些文字工作。后来新四军给我们家开了豫、鄂、皖三省通行证（路条），我们就离开了立煌县，到六安去了。我们在六安过完春节就从六安去了蚌埠。淮海战役开始前，形势十分紧张，我们又随父亲从蚌埠撤到南京。1948 年冬天，二哥向一学给全家搞来了免费机票，于是，我们全家和二哥一起，坐免费飞机从南京飞到汉口，再从汉口坐火车回长沙。”按：当时“中国人民解放军”虽已定名，但当地仍习惯使用“新四军”这一称呼；“蚌埠设有留守处”之说或属误记，因为当时该市并未解放。又，向一学在《回忆父亲一生》中称其父被解放军“释放”后暂居于“合肥”的“一个庙里”，《纪事报》所刊文亦称向氏“脱险”后“依于合肥城内东大街皖中唯一古刹的明教寺”。是则赴蚌埠前后曾否逗留于合肥，尚待考证核实。《湖南省文史馆馆员传略》仅云：“一年后辞（参议）职，任蚌埠实验小学校长。”按：向斯来曾向徐斯年口述父亲被俘经过甚详，略谓：解放军进入家中，父亲先交出佩枪，他们接着入室搜查，但对钱物、字画等分毫不动，这一点给我们留下的印象特别深刻。又按，香港《华侨日报》1947 年 10 月 18 日刊有《不肖生突告失踪》特讯，谓“上海息：小说家向恺然（即不肖生），在抗战时，任廿一集团军总部少将机要秘书，胜利后辞退，隐居立煌山中，研讨印度哲学，遥领省府高参名义。讵在前次立煌被匪窜陷后失踪，至今音信杳然，遍觅无着，合肥文化界，对之异常关怀，刻在设法访查中。”

1948 年（民国三十七年戊子）59 岁

12 月，淮海战役接近尾声，蚌埠即将解放。

是年春，向恺然就任蚌埠市中正小学校长。冬，携妻女等赴南京，由次子为霖护送，乘空运署专机飞汉口，再转火车返回长沙，出任程潜主持之湖南省政府参议。

8 月，于佛学刊物《觉有情》月刊第 208 期发表《我投入佛门的经过》。

女斯道生于是年 6 月 6 日。生母为成仪则夫人。

按：中正小学，解放后改名“实验小学”。《上海滩》1996 年第 2 期所载夏侯叙五《平江不肖生身世补缀》：“到了 1947 年的元月份，《军声报》忽然停刊了。不久，夏威受命接任安徽省主席，因为省会在合肥，第八绥靖区机关也随之迁往合肥。可是向恺然却不愿意跟随，似另有所谋。果然他通过新任蚌埠市长李品和（湖南人，李品仙的弟弟）的力荐，出任中正小学校长……向恺然上任后，很少过问校务，把校内大小一切事务全部推给了教导主任，他自己则每日读书写作（《革命野史》即在此时动笔）。”按：此文所述时间较含混，经核《蚌埠市志·蚌埠大事记》，第八绥靖区迁合肥时间为民国三十七年（1948）10 月；李品和原任蚌埠市政筹备处主任，确于 1947 年正式设市后出任市长；向恺然任中正小学校长则在 1948 年春。向为霖《回忆父亲一生》：“大约是淮海战役后，父亲由安徽来到南京”，随后又“回安徽将家小接来南京”，一同返湘。向斯道，谱名振道。

1949 年（己丑）60 岁

向恺然在长沙随程潜、陈明仁将军和平起义。时居长沙南门外青山祠。

1950 年（庚寅）61 岁

自是年 9 月起，向恺然每月受领军政委员会津贴食米一市担。

4 月，上海元昌印书馆出版《侠义英雄》三册，署“向恺然著”。

5 月，所著《革命野史》由岳南铸字印刷厂印行，署“平江不肖生”。因销量过少而未续写。

按：津贴数额后来略有增加，但因子女众多，生活仍颇窘迫。《侠义英雄》未见原书。

1951 年至 1953 年（辛卯至癸巳）62 至 64 岁

向恺然在长沙。

1954 年（甲午）65 岁

2 月，向恺然应湖南省人民政府之聘，任省文史馆馆员，月薪 50 元。

1955 年（乙未）66 岁

向恺然在长沙。

1956 年（丙申）67 岁

11 月，向恺然于北京参加全国第一次武术观摩表演大会，任裁判委员，受到国家体委主任贺龙元帅接见。

1957 年（丁酉）68 岁

7 月 12 日，香港《大公报》刊出《陈公哲返港谈北游，乐道政府重视无数，参观全国武术观摩并游各城市，在长沙与平江不肖生见面欢技》特讯，谓“武术界名宿陈公哲前日自北京返抵港……于长沙又和六十八岁的武侠小说作家不肖生（向恺然）会面，对发展武术方面，交换意见”云云。

是年向恺然撰《丹凤朝阳》，刊于湖南省文联刊物《新苗》第7期。又应贺龙元帅之请，准备撰写百余万字之《中国武术史话》，因“反右运动”开始而未果，并于运动中被划为“右派分子”。同年12月27日逝世。

附：确切写作、出版（刊载）时间未详之作品目录及部分辨疑

《变色谈》（此为林鸥《旧派小说家作品知见书目》手稿所录书目，原书未见，版别未详）；

《乾坤弩》（有大众图书社版，未见原书，出版时间未详）；

《绿林血》（有大众图书社版，未见原书，出版时间未详）；

《烟花女侠》（未见原书，版别未详）；

《铁血大侠》（未见原书，版别未详）；

《荒山游侠传》（有艺光书店版，未见原书，出版时间未详）；

《情恨满天》（有天津古籍出版社1987年重印本上、下二册，署名“不肖生”，收入“近代通俗文学研究资料丛书”），按：该书实为王度庐所撰《鹤惊昆仑》，系托名之伪作；

《玉镯金环镖》（未见原书，版别未详）；

《小侠万人敌》，署名“不肖生”，上海书局出版，二册全，按：疑为冯玉奇同名之作，待核实；

《雍正奇侠血滴子正传》，署名“不肖生”，中中图书出版社版，二册全，按：该书实为陆士谔《七剑三奇》，当系托名伪作；